I0690835

RETROUVE-MOI

VIVRE L'INSTANT PRÉSENT
TOME 1

LEXI RYAN

COPYRIGHT © 2021 PAR LEXI RYAN

EBOOK ISBN: 978-1-940832-43-2
PRINT ISBN: 978-1-940832-44-9

Cover und Titelbild: © 2018 Sara Eirew

Traduit de l'anglais par Well Read Translation.

Pour Adrienne.
À nos rendez-vous d'écriture, nos fous rires, et ces rêves qui
deviennent réalité.

REMERCIEMENTS

Tant de personnes soutiennent la rédaction de mes livres, et celui-ci n'a pas fait exception à la règle.

Tout d'abord, mon mari Brian, qui ne se plaint jamais quand nos soirées en amoureux se transforment en séances de réflexion et qui est plus qu'heureux de m'indiquer comment il réagirait à la place de mes héros face aux entraves que je place sur leur chemin. C'est toi le vrai héros, mon amour. Merci d'être aussi fantastique. Je vais peut-être te garder finalement.

Merci au personnel médical qui m'a aidé à comprendre la condition médicale d'Hanna et le protocole hospitalier. Je remercie mes sœurs, Deb et Kim, ainsi que ma mère, d'avoir répondu à mes questions sans fin. Je tiens à remercier particulièrement Eileen Dreyer, qui ne me connaissait pas du tout et qui a gentiment répondu à mes mails au sujet de l'amnésie rétrograde ainsi que des douzaines de « et si ? ». Ces dames m'ont offert bien plus d'informations que ce qu'il m'était possible d'inclure, m'ont évité des trous dans l'intrigue, et ont inspiré des retournements de situation grâce à leurs connaissances. Toute erreur est de ma responsabilité.

Un immense merci à mes amis et à ma famille pour leur incroyable soutien. Mention spéciale à l'« Indy

Crew ». Vous me manquez, et je suis tellement reconnaissante de votre soutien continu, qu'il soit virtuel ou autre. Justin, merci à toi d'avoir discuté de l'intrigue au téléphone alors même que tu établissais ta liste de mariage. Tu t'es surpassé.

À tous ceux qui m'ont donné leur avis à propos de cette intrigue folle et pleine de rebondissements — particulièrement Violet Duke, Adrienne Hogan, et Annie Swanberg. Vous êtes de véritables rock stars.

Merci à l'équipe qui m'a aidée à mettre en forme ce livre et à en faire la promotion. À mon équipe d'éditeurs, Rhonda Helms, Mickey Reed, et Arran Nicol, qui améliorent mes livres. À Chris, mon assistant, qui tente d'organiser mon travail. Je remercie aussi Julie de chez ATOMR d'avoir organisé mes événements promotionnels, ainsi que tous les blogueurs et critiques qui ont aidé à faire connaître mes livres. Vous êtes géniaux. Chacun de vous.

À mon agent Dan Mandel et mon agent littéraire étranger Stefanie Diaz qui ont permis la distribution de mes livres à des lecteurs du monde entier — mes rêves se réalisent grâce à vous.

À tous mes amis écrivains sur Twitter, Facebook, et mes différents réseaux d'auteurs, merci pour votre soutien et l'inspiration que vous m'offrez. Je remercie tout particulièrement NWB — Sawyer Bennett, Lauren Blakely, Violet Duke, Jessie Evans, Melody Grace, Monica Murphy, et Kendall Ryan — vous me faites sourire chaque jour !

Et pour finir en beauté, merci à mes fans. À ceux qui

ont lu *Unbreak Me* et *Wish I May* et m'ont supplié d'écrire une autre histoire basée à New Hope. À ceux qui me suivent sur Facebook et m'encouragent à écrire plus vite car ils sont impatients. Vous êtes le genre de fans que tout auteur rêve d'avoir. Je ne pourrais pas faire cela sans vous et ne le souhaiterais pas. Merci d'acheter mes livres et d'en parler à vos amis. Merci de m'en réclamer plus. Vous êtes les meilleurs !

-Lexi

À PROPOS DE LOST IN ME

La dernière chose dont je me souviens c'est d'avoir bu un verre au Brady et d'avoir essayé d'éviter de croiser le regard de mon béguin de toujours — le sublime et inaccessible Maximilian Hallowell. On me dit que cela remonte à un an, mais je ne possède aucun autre souvenir depuis ce moment. Tout ce que j'ai c'est cette bague au doigt que Max prétend m'avoir offerte et ce corps beaucoup plus mince dont j'ai rêvé quasiment toute ma vie. Mis à part mon amnésie rétrograde, tout semble presque... parfait

Mais plus je me plonge dans ce nouveau monde qui est le mien — l'organisation de mon mariage avec un homme que je ne me rappelle pas avoir fréquenté, la gestion d'une entreprise que je ne me rappelle pas avoir créée — plus il devient évident que les apparences sont trompeuses. S'agit-il de la vie dont j'ai toujours rêvé ou bien d'une mascarade soutenue par des secrets que je ne suis même pas consciente d'avoir ?

J'ai besoin de réponses avant d'épouser Max, et la seule personne qui semble les avoir est le très sexy et déchaîné rocker tatoué Nate Crane. Ce même Nate qui me veut pour lui.

PROLOGUE

SEPTEMBRE - ONZE MOIS AVANT L'ACCIDENT

Quand Maximilian Hallowell me fait un clin d'œil, mon cœur fait un saut périlleux, comme une petite fille trop zélée lors de son premier cours de gymnastique. Eh oui, quand il s'agit de ce mec, je suis si excessivement gauche que même les culbutes métaphoriques de mes organes sont exaspérantes. Je m'efforce de lui sourire en retour, mais son attention a déjà basculé vers ma jumelle. Ma jumelle si peu identique que c'en est risible.

— Allez finir vos verres, dit Lizzy, en les encourageant d'un geste de la main à se diriger vers leur table. Nous avons besoin de discuter entre filles.

J'aurais aimé qu'elle évite de faire ça. Même s'il est à peine conscient de mon existence, j'apprécie de passer du

1

temps aux côtés de Max. Quand il est proche de moi, j'oublie de respirer, et pourtant je me sens plus vivante que jamais. Lizzy se glisse dans notre box et m'attire à côté d'elle tandis que Cally s'installe en face de nous.

— C'est quoi le problème ? me demande Cally, visiblement inquiète.

Je secoue la tête. Je devrais être heureuse que Lizzy ait envoyé balader Max. Je suis si transparente. Je me serais probablement ridiculisée.

— Elle a le béguin pour Max, explique Lizzy.

Je lui donne un coup de coude dans les côtes ; je ne tiens pas à ce que mon faible pour l'inaccessible Maximilian Hallowell devienne de notoriété publique. Lizzy m'ignore.

— Je ne vais pas lui jeter la pierre. On pourrait faire rebondir une pièce sur les fesses de ce mec.

— Il n'a pas la moindre idée que j'existe, je murmure à Cally. Il n'y en a que pour Lizzy depuis qu'il est revenu en ville et a ouvert cette salle de sport.

Cette dernière fronce les sourcils et je me sens coupable d'avoir mis ça sur le tapis.

— Je n'aurais jamais accepté ce rencard avec lui si j'avais su qu'Hanna était intéressée. Je l'ai lâché à la minute où je l'ai appris.

— Est-ce qu'il sait ce que tu ressens ? me demande Cally.

— Bon sang, non ! s'exclame Lizzy avant que je ne puisse répondre. Tu plaisantes ? Hanna ne fait jamais part de son intérêt aux mecs qui lui plaisent. Elle préfère se cacher et croire qu'elle n'a pas la moindre chance. Ce qui est faux et stupide.

Je jette un coup d'œil peu discret en direction de la table des garçons pour m'assurer que Max n'écoute pas notre conversation. *Comme s'il s'en souciait.*

— Qu'est-ce qu'il pourrait bien faire avec moi de toute façon ? je marmonne. C'est un entraîneur athlétique qui gère sa propre salle de sport, et moi une fille grosse.

— Hanna ! crient Lizzy et Cally de concert.

Je regrette ma tournure à l'instant où le mot quitte mes lèvres. Il y a des règles tacites à suivre quand on est la nana ronde dans un groupe de filles, et la *numero uno*, c'est de ne jamais utiliser le mot en G. Il n'y a rien d'autre à faire que de hausser les épaules. Je ne peux pas revenir en arrière. La triste vérité m'a échappé.

— Désolée.

— Putain, tu es sublime, et n'importe quel type aurait de la chance de t'avoir.

Lizzy s'énerve tellement quand j'ose suggérer que ses membres minces et élancés sont plus désirables que les courbes allant avec ma taille quarante-deux, voire quarante-quatre (courbes étant le terme poli pour désigner des couches de gras visibles). La réalité n'a aucune prise sur sa perception de la situation. La réalité, c'est que j'ai participé à une poignée de rencards horribles et que j'ai eu deux petits copains encore pires. Lizzy, en revanche, a l'embarras du choix . Y compris Max Hallowell. Il n'y a honnêtement pas assez de bière dans ce pichet pour que j'entame cette conversation ce soir.

— Il est temps de changer de sujet, s'il vous plaît.

Lizzy dépose un baiser sur mon front et murmure à ma seule attention :

— Si ma Hanna veut Max, alors ma Hanna aura Max.

CHAPITRE UN

*L*es histoires ne sont pas censées commencer avec le réveil du personnage principal. C'est une règle que j'ai apprise lors de mon cours d'écriture créative à l'université. Est-ce pour éviter de lasser le lecteur, ou parce qu'il s'agit d'un cliché, ou... En fait, je ne me souviens pas de la raison. Mais les rêves ? Nombre de mes rêves débutent avec mon réveil, et cette scène est bien trop surréaliste pour être autre chose qu'un rêve. En ouvrant les yeux, je découvre que je suis à l'hôpital, sans savoir comment ou pourquoi, alors qu'une infirmière m'informe que je m'y trouve depuis plus de vingt-quatre heures.

— Quel est le nom de jeune fille de votre mère ? demande cette dernière.

Elle m'interroge depuis plusieurs minutes. Mon nom, mon anniversaire, le fichu président des États-Unis. Je cligne des yeux, éblouie par la lumière du plafonnier fluorescent et réponds :

— Crossen.

Ma tête me fait souffrir comme si un millier de clowns ivres avaient dansé dessus. Avec des crampons.

— Est-ce que vous connaissez la date ?

Je grimace en ajustant ma position sur le matelas de l'hôpital, et ce geste fait ricocher une douleur lancinante à travers des muscles que je n'étais même pas consciente de posséder. Je suis sûre qu'il y a une bonne raison à ces questions, mais j'aimerais en poser à mon tour, à commencer par, *Pourquoi suis-je à l'hôpital ?* Et, *Qui m'a rouée de coup ?*

— Septembre...le douze, peut-être ? Ou le treize ?

Ces mots m'échappent plus comme un croassement que comme des syllabes intelligibles et me font l'effet d'une râpe sur les parois de ma gorge.

— Août, couine quelqu'un derrière l'infirmière. Elle veut dire août. N'est-ce pas, Hanna ?

Lizzy apparaît dans mon champ de vision. Ses boucles blondes rebondissent quand elle hoche la tête dans ma direction, comme s'il était *essentiel* que j'acquiesce. Bien sûr, elle a complètement tort. Nous ne sommes pas en août, mais en septembre. Cela fait un mois que nous avons entamé notre dernière année à Sinclair. J'essaye de froncer les sourcils mais cela me fait souffrir. Ma main se dirige aussitôt vers mon visage d'où la douleur irradie comme une mini explosion. Je touche délicatement ma joue et tressaille. Des machines bipent autour de ma tête, et même si je viens juste de me réveiller, tout ce que je désire c'est de prendre des médicaments efficaces contre ce mal de tête et de faire une sieste.

— Pourquoi suis-je à l'hôpital ? Que s'est-il passé ?

— Connaissez-vous cette personne, Hanna ?

L'infirmière m'indique sa droite avec sa main. Je laisse tomber ma tête sur le côté pour pouvoir me concentrer plus facilement sur ma soeur. Ses cheveux blonds bouclés encadrent son visage de manière étrange, comme si elle avait dormi sur le banc d'un parc, ou quelque chose du genre.

J'essaye de ne pas paniquer, mais encore une fois, je viens juste de me réveiller à l'hôpital, je ne sais pas ce qui m'y a amenée, ils prétendent que ça fait plus d'une journée que je m'y trouve, et ils me demandent si je connais mon nom. J'ai l'impression que mon visage est entré en collision avec un poing américain, et mon crâne menace d'exploser. Ce ne sont généralement pas les signes d'une soirée tranquille à la maison. Les yeux de Lizzy sont rouges. Elle a pleuré. Je ne cesse de songer à ce deuxième pichet de bière que nous avons commandé chez Brady. Avons-nous pris le volant après avoir bu ? Lizzy à l'air en forme même si elle semble bouleversée. Est-ce que quelqu'un est blessé ?

— Lizzy, je demande, que s'est-il passé ?

— Vous voyez bien qu'elle me connaît, dit Lizzy. Elle va bien.

— Pouvez-vous m'indiquer votre lien de parenté avec Lizzy ? demande l'infirmière.

— C'est ma soeur jumelle.

— Très bien, roucoule l'infirmière. Bon travail. Et pouvez-vous me dire quelle est la dernière chose dont vous vous souvenez ?

Je n'ai pas le temps d'y réfléchir bien longtemps avant qu'elle n'envahisse mon espace, son visage trop proche du mien alors qu'elle observe fixement mes yeux. Quoi ? A-t-elle perdu quelque chose qu'elle espère y retrouver ?

— Nous étions au Brady. Soirée filles. Que s'est-il passé ?

Bon sang, je commence à radoter.

— Vous avez eu un accident, indique la dame en regardant ma soeur, qui secoue la tête.

Une larme s'échappe du coin de l'œil de Lizzy.

— Une mauvaise chute dans des escaliers. Pouvez-vous m'indiquer votre dernier souvenir avant cette soirée au Brady ?

— Je terminais une dissertation pour l'école. Toutes les journées se mélangent pendant le semestre. Je ne... je ne sais pas.

— Le semestre ? crie Lizzy. De quoi est-ce que tu parles, Hanna ?

Elle se tourne vers l'infirmière :

— Vous m'avez dit qu'elle irait mieux une fois lucide ?

— Tout va bien, la rassure l'intéressée. Vous allez la perturber.

— Que s'est-il passé au Brady ? me demande Lizzy. De quoi te souviens-tu ?

— Nous étions avec Cally, et les gars étaient aussi présents et se sont joints à nous.

— De quoi est-ce qu'on parlait ? insiste Lizzy.

Elle semble troublée, donc je tente de sourire. C'est mon rôle, après tout. Je suis celle qui arrange toujours les choses.

— Nous tentions de convaincre Cally qu'elle devait coucher avec William.

— C'est arrivé en *septembre dernier*, murmure Lizzy.

Le front de l'infirmière se plisse.

— Docteur Reid fait sa tournée des patients en ce moment. Je vais la mettre au courant et elle passera rapidement.

Lizzy observe l'infirmière partir puis se tourne vers moi.

— Ne t'inquiète pas. Nix va tout arranger.

— Qui est Nix ? je murmure.

Ses yeux s'emplissent de larmes.

— Notre amie Nix. Tu sais, Dr. Reid. Elle est arrivée en ville l'hiver dernier ?

— Je ne connais aucun médecin nommé Nix, Liz.

Avant qu'elle ne puisse s'expliquer, une jolie jeune femme entre dans la pièce vêtue d'une robe sombre et d'une veste de laboratoire blanche. Elle a de longs cheveux châtains attachés en chignon juste au-dessus de son cou et un sourire chaleureux.

— Apparemment, tu vas bien mieux que la dernière fois que je t'ai vue.

Je regarde Liz, en espérant qu'elle m'aide.

— Est-ce que tu te souviens d'elle, maintenant ? me demande ma sœur.

Je fronce les sourcils en étudiant la femme que je suis censée connaître et secoue la tête.

— Je suis désolée.

— Je suis le docteur Phoenix Reid. Mais tu m'appelles Nix.

L'infirmière fait son retour dans la pièce et tend un porte-bloc à Nix, qui le consulte puis hoche la tête.

— Pourquoi est-ce qu'elle ne se souvient pas de toi ? demande Liz au médecin.

Nix lui retourne un regard sévère.

— Calme-toi. Hanna, te souviens-tu d'autre chose après avoir quitté le bar ?

Je secoue la tête, gagnée par la panique.

— Vous me fichez la frousse. Que s'est-il passé ? Est-ce que j'ai trop bu ?

— Tu t'es blessée à la tête, dit Nix, et il arrive parfois qu'un patient souffre d'amnésie plus ou moins importante après un tel choc.

— Elle n'a pas d'*amnésie*, proteste Lizzy.

— Il y a différents genres d'amnésies. Et aucune raison de paniquer.

La pièce me paraît glaciale soudainement, et je suis envahie par ce sentiment anxieux et claustrophobique qui me gagne à chaque fois que je perds le contrôle ou que je me sens impuissante.

— Est-ce que c'est une blague ?

— Elle est réveillée ? Lucide ?

La voix grave et familière détourne mon attention du docteur Reid vers l'autre côté de la pièce, où Max Hallowell vient de s'engouffrer par la porte, un air soucieux marquant son visage sublime alors qu'il me dévisage de la tête aux pieds dans mon indigne robe d'hôpital. Ce n'est pas comme si ma journée se déroulait merveilleusement bien jusqu'alors, compte tenu des clowns en crampons fanfaronnant à l'intérieur de mon crâne et du diagnostic d'amnésie, mais le fait que Max Hallowell me voit dans cet état — et surtout dans cette tenue — transforme la situation de terrible à « mais bon sang, qu'est-ce que j'ai fait pour mériter ça ».

— Je suis désolée, monsieur, dit l'infirmière. Mais seule la famille proche est autorisée à rester. Vous devez quitter la pièce.

Il l'ignore et se précipite vers mon lit, puis pose tendrement sa main contre mon visage. La sensation de sa paume rugueuse contre la peau de ma joue fait battre la chamade à mon cœur. *Max* me touche. Il s'agit bel et bien d'un rêve.

— Monsieur ! le réprimande l'infirmière.

— Je suis sa famille, siffle-t-il en retour.

— Tout va bien, dit Nix à l'infirmière.

Le regard de Max tombe sur ma main et il ajoute :

— Je suis son fiancé.

J'inspire si fort et brusquement que mes côtes meurtries heurtent douloureusement mes poumons gonflés. Puis, j'aperçois ce qu'il regarde. L'énorme diamant me fait de l'œil depuis mon annulaire comme s'il connaissait tous mes secrets. Tout mon monde part en vrille. Ça ne peut qu'être une blague élaborée, que je ne trouve pas drôle du tout.

— Bébé, murmure-t-il. As-tu enfin retrouvé la mémoire ? Ce qui s'est passé ?

— Elle ne s'en souvient pas, dit Lizzy, la voix tranchante.

J'ai l'impression d'être à la traîne derrière tout le monde.

— Mon fiancé ?

— Hanna est atteinte d'amnésie rétrograde, dit Nix à Max. Ça peut arriver avec les blessures à la tête.

— Mais ce n'est pas comme une amnésie *normale*, objecte Lizzy. Elle sait qui elle est. Elle sait qui *je* suis.

— Ses souvenirs les plus récents semblent concerner une soirée en septembre, répond patiemment le médecin. L'amnésie rétrograde n'est pas la même chose que l'amnésie globale. Sa mémoire des événements antérieurs à ce moment spécifique est vraisemblablement parfaite. C'est pour cela qu'elle se souvient de Lizzy et toi, qu'elle a toujours connus, mais ne se rappelle pas d'avoir fait ma connaissance, comme nous nous sommes seulement rencontrées en Décembre.

— Elle a seulement perdu une *partie* de sa mémoire ? demande Liz. Est-ce qu'elle va la récupérer ?

Je suis trop préoccupée par la bague. Une bague de *Max*. Comment ai-je pu oublier ça ?

— Il y a de grandes chances que la majeure partie de ses souvenirs de cette intervalle de temps revienne. Peut-être d'ici quelques heures, mais cela pourrait aussi demander plusieurs semaines ou mois.

Le visage de Max devient blême et sa pomme d'Adam tressaille quand il déglutit.

— Septembre dernier ?

— La *majeure partie* de ses souvenirs ? demande Lizzy. Elle ne va pas se souvenir de tout ?

Je ne peux prétendre comprendre les émotions qui recouvrent une à une le visage de Max. Franchement, je ne le connais pas si bien que ça. Ou... est-ce le cas ? Je secoue la tête et m'efforce de me concentrer sur Nix alors qu'elle explique ma condition à Max et Liz. *Amnésie rétrograde. Impossible de savoir quand, ou même si, mes souvenirs reviendront. Un rétablissement spontané est probable. Peu à peu, mais pas d'un coup. Le délai varie en fonction de chaque patient.*

— Tu te souviens de Max, n'est-ce pas, Hanna ? demande Lizzy.

Elle s'est à son tour rapprochée de mon lit. Je commence à me sentir un peu étouffée. Trop de gens et leurs propos incompréhensibles.

— Bien sûr que je me souviens de Max, je marmonne. Nous avons tous grandi ensemble.

— Te souviens-tu de ça ?

Il saisit ma main et caresse mon doigt avec son pouce.

— Est-ce que tu te souviens que je te l'ai offerte ?

— Ouais, dit Lizzy. Quand est-ce que c'est arrivé, d'ailleurs ? Est-ce que quelqu'un comptait m'annoncer que ma *soeur jumelle* va se marier ?

Je peux à peine intégrer les interrogations frustrées de Lizzy. Je suis trop concentrée sur ma tentative de me remémorer la réception de cette bague. Max à genoux, de la musique, des bougies, quoi que ce soit. Mais la bague est aussi pertinente pour moi que le médecin qui indique que je l'ai surnommé Nix.

— Je... Je veux me souvenir.

Il ferme les yeux, entravant mon observation tandis que sa poitrine se gonfle et se relâche après une grande inspiration.

— Nous allons devoir effectuer quelques tests, dit Nix. Mais la meilleure chose que vous pouvez faire pour

Hanna, c'est de lui laisser le temps. Elle a besoin de repos et de soutien pour le moment. Pas de stress.

— Nous t'aiderons à retrouver la mémoire, Han-Han, dit Lizzy.

— Ça ne fonctionne pas comme ça.

Nix se dirige vers l'ordinateur et tape quelque chose sur le clavier.

— Mais faites-lui part de ce qu'elle a besoin de savoir pour reprendre le cours de sa vie. Ces souvenirs réapparaîtront peut-être plus vite que vous ne le pensez.

— Cally et Maggie sont dans la salle d'attente, dit Lizzy. Je vais juste aller les mettre au courant. As-tu besoin de quoi que ce soit ?

Une mémoire saine ? La preuve que tout ceci n'est pas simplement un rêve étrange ?

— Non. Ça va. Merci.

Lizzy part, et je suis happée par la fatigue. Mes paupières sont lourdes et mes pensées troublées par les conséquences de tout ce que j'ai appris au cours des quinze dernières minutes.

— Quand est-ce que je vais pouvoir rentrer à la maison ? je demande dans un murmure.

Le médecin continue de taper sur son clavier un instant puis se tourne finalement vers moi.

— Pas aujourd'hui, et probablement pas demain. Nous avons besoin de réaliser quelques tests et de te garder en observation pour les prochaines vingt-quatre à trente-six heures. Si tout se passe comme je l'espère, tu pourras rentrer chez toi après ça.

Max enveloppe mes mains entre ses paumes chaudes.

Nix vérifie l'écran sur la tour connectée à mon intraveineuse et appuie sur quelques boutons.

— Appelle les infirmières si tu as besoin de quoi que ce soit. Malheureusement, à cause de ta blessure à la tête, nous ne pouvons pas te donner autre chose que de l'ibuprofène et du doliprane, mais essaye de dormir autant que possible. Je passerai te voir demain pendant ma ronde.

Elle éteint les lumières en pressant l'interrupteur près de la porte

— Repose-toi. Prends bien soin d'elle, Max. Tu sais comment me joindre.

Je dors par à-coups, la douleur infligée par mon crâne et mes côtes m'empêchant de plonger dans mes rêves. Quand les premiers rais de soleil matinaux filtrent à travers les rideaux, Max est toujours installé dans le fauteuil à côté de mon lit. Il s'est affaissé et dort, ses cheveux sombres tombant sur son visage. Je brûle de tendre la main et de les repousser. Je tente de rouler sur mon flanc, mais ce mouvement fait pression sur mes côtes et envoie une décharge de douleur à travers mon torse. Je ravale mon cri, mais trop tard pour éviter de réveiller Max. Il bondit de son fauteuil et se précipite à côté de moi.

— Est-ce que ça va ? Qu'est-ce qui te fait mal ?

Les yeux fermés, je me concentre sur ma respiration. J'inspire. J'expire.

— Tu veux que j'appelle l'infirmière ? Ils peuvent te donner autre chose pour la douleur.

Une expression inquiète recouvre ses traits alors qu'il étudie mon visage.

— Je vais bien, je le rassure, car je sais bien qu'il ne peuvent rien me donner d'autre. Je suis juste un peu amochée.

— Ok.

Il souffle et passe sa main dans ses cheveux.

— Tu sais, ça a été un véritable enfer. Ces derniers jours. Tu ne pouvais même pas participer à une conversation. Ils te posaient une question, et quand tu y répondais enfin, tu étais de nouveau confuse. J'ai cru ...

Il secoue la tête.

— Je ne savais pas si tu me reviendrais.

Je suis obligée de déglutir pour chasser le nœud dans ma gorge.

— Je suis là maintenant.

Il s'installe dans le fauteuil après l'avoir traîné à côté du lit et prend ma main. Il joue avec la bague sur mon doigt et un sourire retrousse le coin de ses lèvres.

— J'aime la voir sur toi.

— Tu m'as donné cette bague ? je murmure.

Il soulève ma main et dépose un doux baiser sur mes phalanges, juste au-dessus du diamant.

— En effet.

— Pourquoi ? Je veux dire ...comment ? Je veux dire ...

Je mords ma lèvre. Mon estomac est noué par l'anxiété. Il glisse une mèche de mes cheveux derrière mon oreille et m'offre un sourire triste, continuant d'esquisser des petits cercles avec ses doigts sur ma paume.

— Comment ? Je suppose que je suis un sacré veinard.

— Hmm.

Je laisse tomber ma tête sur mon oreiller et me détends.

— Apparemment. Un sacré veinard qui est fiancé à une fille au visage tuméfié qui ne se souvient même pas être sortie avec lui.

— Je suis sûr de pouvoir tourner la situation à mon avantage.

De petites rides creusent le coin de ses yeux quand il sourit. Il est tellement beau.

— Laisse-moi te rappeler toutes les choses qui font de moi le meilleur petit-ami au monde. Les fleurs, les massages des pieds, les... quoi d'autre ?

— Les sacs Coach, je lui suggère. Les nombreux sacs Coach que tu m'a achetés lorsque tu me faisais la cour.

— Je dois avouer que je ne t'ai jamais acheté de sac Coach.

Je siffle.

— Et j'ai accepté ta demande en mariage ?

— Je t'aime, Hanna, dit-il tendrement, et ce qui me surprend plus que ces mots, c'est cette sensation dans ma poitrine.

Comme si quelque chose à l'intérieur de moi me dit que c'est la pure vérité, même si mon esprit est incapble de se rappeler comment nous sommes parvenus jusqu'à ce point.

— Je...

Que suis-je censée répondre ? Lui retourner ses mots serait vide de sens. Nous avons tous les deux que je ne me souviens pas d'être en couple avec lui, et encore moins d'être tombée amoureuse. *Je suis sûre que je t'aime aussi ?* Cette option ressemble trop à un coup de genoux entre les jambes.

— Ne t'inquiète pas, murmure Max en embrassant une nouvelle fois ma main. Je sais que tu ne t'en souviens pas. Je n'aurais qu'à conquérir ton cœur une nouvelle fois si c'est nécessaire.

CHAPITRE DEUX

Quand je me réveille, mes yeux tombent sur ma sœur Maggie, dont la tête s'agite au rythme de la musique que je peux à peine percevoir depuis ses écouteurs alors qu'elle se concentre sur les pages d'un manuel scolaire plutôt dense.

— Alors, qu'est-ce que j'ai oublié d'autre ? je demande d'un ton endormi. Attends-tu enfin un enfant d'Asher ?

Elle lève la tête et me sourit brillamment, puis retire ses écouteurs.

— Hé, tu as bien dormi ?

— Comme un bébé. Réveillée toutes les deux heures, comme un véritable cliché.

Les hôpitaux sont les pires endroits où espérer trouver du repos. Chaque fois que je m'endormais, l'infirmière entrait pour vérifier quelque chose ou changer ma poche intraveineuse. Je tapote la couverture du livre de Maggie.

— Tu travailles sur quoi ?

— J'effectue une étude autonome sur la place des femmes dans l'histoire de l'art. J'essaye de rattraper le retard et de compenser mes lacunes après l'année de césure que j'ai prise.

— Donc c'est un non pour les bébés ?

— À moins que tu ne comptes Zoe, non. Pas de bébés.

Je hoche la tête, songeuse. Je me souviens de Zoe. C'est la fille d'Asher qui vit à New York. Elle a passé la majeure partie de cet été ici — enfin, l'été dernier, en tout cas. Ce trou dans ma mémoire est si étrange. Ce n'est pas comme oublier ce que j'ai fait le week end précédent tout en étant consciente que du temps a passé, même si je ne me souviens pas précisément de mes activités, mais comme si l'année dernière n'avait simplement pas eu lieu. Je me glisse sur le flanc doucement, soucieuse de préserver mes côtes amochées. Le docteur m'a informée qu'il n'y a pas de fractures. Simplement de sales ecchymoses. Quelle chance. Entre les tests, mon sommeil et les soins prodigués par les infirmières, je n'ai pas obtenu beaucoup de réponses à mes questions.

— Que m'est-il arrivé, Maggie ?

— On ne sait pas vraiment.

Elle ferme son livre et le pose sur le côté.

— Lizzy t'a trouvée au pied des escaliers à l'arrière de la pâtisserie. Tu étais inconsciente et — elle grimace — un peu moins amochée que tu ne l'es désormais. Ces bleus sont devenus hauts en couleur.

— Quelle pâtisserie ?

— La tienne.

20

Un lent sourire éclaire son visage.

— Tu as ouvert une pâtisserie.

— Vraiment ? Et maman n'a pas pété un plomb ?

J'ai toujours adoré la pâtisserie, pour le plus grand désespoir de ma mère et sa phobie de la graisse. Maggie hausse les épaules.

— Je ne sais pas, mais tu souhaitais le faire, et tu l'as fait. C'est dans le centre-ville et marche assez bien. Et tes gâteaux de mariage sont sublimes.

— Mes gâteaux de mariage ?

Cela fait des années que je décore des gâteaux pour les anniversaires d'amis, et j'ai toujours adoré jouer avec le glaçage, le pastillage et le fondant. Je suis obsédée par les émissions de pâtisserie. Mais c'était juste un rêve. Je n'aurais jamais imaginé pouvoir en faire mon métier. Maggie sourit.

— Nous sommes tous si fiers de toi.

— Si j'ai bien compris, j'ai une pâtisserie, et j'ai mystérieusement finie meurtrie et contusionnée à l'arrière.

— L'hypothèse la plus probable, c'est que tu es tombée dans les escaliers.

Je plisse les yeux dans sa direction.

— Tu veux dire que je ne suis pas devenue gracieuse au cours de ces mois que j'ai oubliés ?

Elle ricane.

— Tu es bien plus gracieuse que moi.

— Qu'est-ce que j'ai raté d'autre ?

— Tu n'as rien manqué. Tu étais présente à chaque événement, et ces souvenirs reviendront vite. J'en suis sûre.

— Fais-moi plaisir.

— Vous avez obtenu vos diplômes en mai avec Liz.

Je lève la main et observe ma bague.

— Et puis, il y a cette histoire entre moi et Max.

— Ouais. Depuis décembre environ, enfin je crois. Mais vos fiançailles sont inédites. En fait, ça a été une surprise pour nous tous. Maman est passée quand tu dormais la nuit dernière et elle a failli fondre en larmes quand Max a confirmé que c'est sa bague que tu portes et que c'était sérieux.

— J'en déduis que maman apprécie Max ?

— C'est un euphémisme.

Je grimace en regardant ma main puis tend le bras pour l'étudier.

— J'ai perdu du poids.

Je m'assois au bord du lit et tend les jambes devant moi l'une après l'autre. Elles sont longues. Je n'ai évidemment pas grandi au cours de l'année écoulée, mais elles sont tellement plus fines qu'elles me paraissent plus élancées qu'avant. Je me suis rendue à plusieurs reprises dans la salle de bain accompagnée d'une infirmière, mais je n'ai pas prêté attention à mon apparence dans le miroir, bien trop vaseuse pour ça. J'ai eu trop peur de contempler mon reflet à cause de la longue liste de douleurs que je ressens. Je pose ma main sur mon estomac et inspire. Ce n'est pas mon corps. Je n'ai jamais été aussi mince. Ni quand j'étais adolescente, ni quand j'étais enfant. Je regarde Maggie.

— Est-ce que c'est arrivé avant ou après que je commence à sortir avec Max ?

— Après, me répond-elle prudemment.

Je me lève et elle attrape mon bras.

— Tout va bien, je la rassure. Je veux juste jeter un œil.

Malgré mes protestations, elle m'escorte jusqu'à la salle de bain, où je me fige en apercevant mon reflet dans le miroir. Ces bleus sur mon visage sont loin d'être seyants. En fait, leur apparence est bien pire que la douleur qu'ils m'infligent — ce qui n'est pas peu dire. Mais ce qui retient véritablement mon attention, c'est la forme de mon visage. Mes pommettes sont saillantes, la ligne de ma mâchoire plus dessinée.

— Je vais te laisser un instant, me dit Maggie. Je t'attends juste derrière la porte si tu as besoin de moi.

Une fois la porte fermée derrière elle, je soulève ma blouse d'hôpital et observe mon corps dans le miroir. Je grimace en traçant les lignes de mon ventre avec mes mains. Il est plus plat qu'il ne l'a jamais été, et je peux sentir des muscles sous la peau striée par les vergetures. Je pourrais tenir le rôle principal dans une vidéo de prévention contre les violences familiales avec les bleus qui recouvrent mes côtes. S'agit-il réellement du résultat d'une simple chute ?

Je n'aurais jamais un corps de mannequin, et pourtant je suis presque grisée par mon reflet dans la glace. Pour la première fois de ma vie, j'ai une taille mince, mes cuisses sont musclées, et les seins que je haïssais car ils soulignaient mon surpoids sont désormais de jolies courbes. À vrai dire, je suis plutôt excitée à l'idée d'enfiler des vêtements et de voir à quoi ressemble ma nouvelle silhouette quand je suis vêtue comme une personne normale.

— Tout ceci semble trop beau pour être vrai, je murmure en étudiant mon reflet.

— Quelle partie ?

Maggie passe sa tête dans l'embrasure de la porte au moment même où je réajuste ma blouse.

— Les bleus ou le traumatisme crânien sévère ?

— Tu sais bien ce que je veux dire.

Elle hausse un sourcil.

— Tu es la seule personne que je connais capable de voir le bon côté des choses après avoir subi ce qui t'es arrivé. Le reste du monde aurait tout à gagner à suivre ton exemple, Han.

Je la suis hors de la salle de bain.

— C'est comme un rêve, tu sais. Tout d'un coup, je me réveille, et même si je suis pas mal amochée et hospitalisée, j'ai quand même tout ce que j'ai toujours désiré. L'entreprise, la silhouette...

— Tu étais déjà magnifique avant, me dit-elle alors que je m'assois au bord du lit. Il n'y a que toi qui ne t'en rendais pas compte.

— Il n'y a pas que ça.

— Max, offre-t-elle.

— Ouais.

Je soupire.

— J'ai l'impression que l'univers m'invite à contempler la situation, à ne pas la prendre pour acquise. Le médecin a dit que mes souvenirs devraient bientôt revenir, donc c'est peut-être la meilleure chose qui me soit arrivée. Combien parmi nous ont la chance de prendre du recul et de remarquer à quel point nos vies sont parfaites ?

— Aucune existence n'est parfaite, Hanna.

— Tu sais bien ce que je veux dire.

— Oui, et c'est ça qui m'inquiète. Tu as des étoiles plein les yeux au sujet de ta vie, et d'ici quelques jours, tu vas la reprendre en main. Je souhaite juste que tu ne sois pas déçue si elle ne correspond pas à tout ce que tu imagines.

Je m'enfonce contre mon oreiller et inspire profondément, brisant le silence de ma chambre d'hôpital. Maman organise un brunch tous les dimanche chez elle, et comme je ne suis pas censée sortir avant ce soir, elle a amené le brunch à moi. Mes soeurs étaient toutes présentes — Abby, Maggie, Lizzy, et même Krystal, qui est rentrée de Floride quand elle a appris mon accident. Asher est lui aussi passé.

Et bien sûr, Max. Max, qui a chassé tout le monde de la pièce à l'instant même où j'ai commencé à me sentir étouffée. Max, qui a réussi à faire changer de sujet à ma mère alors qu'elle était obsédée par notre mariage. Max, que j'ai surpris en train de me regarder de la même manière qu'Asher observe Maggie, et Will étudie Cally. Un petit coup retentit à la porte, et je m'attends à voir

Lizzy, mais ce sont des boucles rousses et non blondes qui font leur apparition dans la pièce.

— Tout va bien ? demande Maggie.

Elle pénètre dans la pièce et ferme la porte derrière elle. Je laisse tomber mes jambes au sol puis hoche la tête.

— Ça va.

— Je parie que tu te sens submergée , n'est-ce pas ?

— Est-ce qu'il est toujours coincé avec maman ?

Maggie sourit largement.

— Ouais. Je crois qu'elle l'épouserait si elle le pouvait.

Traînant avec moi le sac de vêtements que m'a apporté Max dans la salle de bain, je laisse la porte entrouverte pour poursuivre ma discussion avec Maggie. Mon reflet me fait marquer un temps d'arrêt. Je vais devoir m'y habituer. J'imagine que je pèse au moins vingt kilos de moins que dans mes souvenirs. Peut-être même plus. Je sais que j'ai perdu du poids — je l'ai vu par moi-même. Et pourtant, quand Max m'a apporté des vête-ments de rechange, j'ai eu du mal à croire que ce jean et ce t-shirt minuscules m'iraient. Quand je le fait glisser sur mes hanches, je n'ai pas du tout besoin de forcer.

— Elle essaye de le convaincre de se convertir au Catholicisme, continue Maggie, et Hanna, il va falloir que tu lui dises que ce n'est pas nécessaire, car je crois qu'il serait prêt à le faire pour toi.

Je me lave le visage et brosse mes longs cheveux avant de les nouer en queue de cheval. Quand je retourne dans la chambre, Maggie est assise dans un fauteuil et feuillette un magazine. Des lèvres chaudes se posent sur la peau de mon cou et je sursaute avant de réaliser l'identité du responsable. Max enroule ses bras autour de ma taille et m'attire vers lui, le dos contre son torse.

— Tu es prête à partir ?

Je m'appuie contre lui et soupire.

— Plus que prête.

— Alors j'arrive au bon moment, intervient Nix depuis le seuil.

Je lui souris. Après deux jours à l'hôpital et d'innombrables tests, j'ai appris à apprécier la jeune femme. Je suppose que cela ne devrait pas me surprendre, comme nous sommes supposément amies.

— j'ai juste besoin de discuter de deux ou trois choses avec Hanna, et elle sera libre de partir.

Maggie se lève et attrape son sac à main.

— Je vais vous laisser tranquilles. Appelle-moi si tu as besoin de quoi que ce soit.

— Je le ferai. Merci.

Une fois Maggie partie, le médecin se tourne vers Max.

— Vous voulez bien nous laisser ?

Même s'il m'a relâchée, je sens la tension le gagner.

— Nous sommes fiancés.

— Et ce sera toujours le cas même si vous allez vous chercher un café à la cafétéria.

Elle lui offre un sourire rassurant.

— Plus sérieusement, ma requête est simplement due aux règles de confidentialité du patient et à mon désir de ne pas enfreindre mon serment de médecin afin de ne pas être radiée.

Il se détend mais paraît néanmoins réticent. Il caresse

27

ma mâchoire avec son pouce et dépose un tendre baiser sur mon front.

— Je reviens vite.

Nix le suit jusqu'à la porte et la ferme derrière lui. Quand elle revient vers moi, elle s'assoit dans la chaise à côté du lit et me sourit de manière gênée.

— Notre travailleur social est-il bien venu te rencontrer aujourd'hui pour discuter avec toi du processus pour reprendre tes activités habituelles ?

Je hoche la tête.

— Je ne devrais pas rencontrer de problème. Toute ma famille est prête à m'aider jusqu'à ce que je retrouve la forme, et Max est juste... incroyable.

Nix acquiesce.

— Que ressens-tu au regard de la situation ?

— À part l'impression que quelqu'un a décidé de faire les présentations entre ma tête et une batte de baseball ?

Je m'efforce de sourire.

— Malheureusement, ce n'est pas surprenant.

Elle étudie son porte bloc.

— Je voulais te parler de tes analyses de sang. Il n'y a rien d'alarmant, juste quelques signaux d'alerte concernant tes électrolytes, qui indiquent potentiellement un problème de malnutrition.

— Eh bien, tu es le premier médecin qui m'a jamais accusée de souffrir de malnutrition.

— Tu as perdu pas mal de poids ces derniers mois, et plutôt rapidement. Une fois que tu seras rentrée, j'aimerais que tu fasses attention à manger régulièrement des repas équilibrés.

Elle fronce les sourcils.

— Cette carence n'est pas alarmante en l'état actuel des choses, mais si elle empire, elle pourrait déboucher sur une insuffisance rénale, et je souhaite donc procéder à de nouvelles analyses d'ici deux semaines. J'ai déjà programmé un rendez-vous de suivi pour toi avec mon secrétariat.

Elle me tend un bout de papier avec une date et un horaire.

— Merci.

— J'ai du mal à imaginer ce que tu ressens alors que tous les gens qui t'entourent sont plus au fait de ta vie que toi-même.

Elle inspire profondément.

— Bon, cette partie va être un peu plus embarrassante. Tu es prête ?

— Euh, oui ?

Elle déglutit et étudie ses mains.

— En temps normal, je demanderais à un travailleur social d'aborder ce sujet avec toi, mais compte tenu des circonstances exceptionnelles liées à ta perte de mémoire et à notre relation personnelle, je souhaitais le faire moi-même. Il faut que tu saches qu'il existe des endroits que tu peux contacter si tu es effrayée ou que tu ne te sens pas en sécurité. Tu disposes de ressources.

— Effrayée par quoi ? Je ne comprends pas.

— S'il y a quelqu'un dans ta vie qui te fait du mal...

Nix s'interrompt. Un frisson traverse mon corps et la chair de poule recouvre la peau nue de mes bras.

— Qui voudrait me faire du mal ?

Nix penche la tête sur le côté.

— Je sais que tu ne te souviens pas de ta romance avec Max, mais j'aimerais que tu...

Elle prend une autre inspiration et s'agite, l'air gêné.

— Je suis désolée d'avoir à te le demander, Hanna, mais même avec ta perte de mémoire, tu connais mieux Max que moi. As-tu souvenir qu'il se soit montré violent par le passé ? Ou qu'il se soit brusquement énervé ?

Je secoue la tête.

— Pas du tout. C'est juste — *le type que j'ai toujours désiré* — un type bien.

Elle pose ses coudes sur ses genoux et acquiesce.

— Ok. J'ai confiance en tes instincts.

— Quoi ?

Je saisis enfin son sous-entendu.

— Tu penses qu'il est responsable de ceci ? Tu as tort. Il n'y a pas plus gentil que Max.

Elle hoche de nouveau la tête mais ne semble pas convaincue.

— Ne sois pas fâchée s'il te plaît. Je n'accuse personne. Je veux juste que tu sois consciente que tu disposes de ressources au cas où. Si tu ne te sens pas à l'aise à l'idée d'appeler les numéros spéciaux pour les violences domestiques, tu peux toujours m'appeler ou...

— Nix, je l'interromps. Je te promets de te contacter directement si je ne me sens pas complètement en sécurité.

Elle n'a pas l'air très convaincue et j'ajoute donc :

— Je suis juste...tombée dans les escaliers. J'ai toujours été maladroite.

— Hanna, répond-elle avec précaution, je soupçonne simplement que tes blessures sont liées à autre chose qu'une simple chute.

— Quoi ? Mais tu as dit...

— Peut-être que tu es tombée dans les escaliers et que tu as heurté ton visage, tes côtes et tes hanches aux pires endroits envisageables. C'est possible. Ou peut-être — elle touche alors sa propre pommette pour indiquer l'un de mes plus affreux bleus — peut-être que tu as été battue et ensuite poussée.

CHAPITRE TROIS

Je suis confuse quand nous nous garons à l'extérieur d'un bâtiment près de la grande place.

— Où est-ce que tu m'emmènes ?

Bon sang, cette situation est embarrassante. Max Hallowell me conduit chez moi. Max Hallowell est mon fiancé. Max Hallowell est peut-être abusif. Non. Je ne peux pas croire ça. Je connais Max depuis toujours, et il est adorable. Tendre. Il ne m'aurait jamais poussée dans les escaliers. Mais qui ? Et *pourquoi* ? Cela me paraît si improbable que je penserais qu'il s'agit d'une mauvaise blague si je n'étais pas couverte de bleus.

— C'est ici que tu vis désormais, me dit-il à voix basse.

Il y a une petite ride entre ses yeux qui m'indique que tout ceci est aussi étrange pour lui que pour moi.

— Tu as déménagé ici en mai.

— Oh.

32

J'ai déménagé ici. Pas *nous*. N'est-ce pas bizarre que nous n'habitions pas ensemble ? Probablement pas. Mom se croit toujours dans les années cinquante et n'approuve pas plus l'idée de cohabiter avec son futur conjoint avant les noces qu'elle n'approuve les relations sexuelles avant le mariage. C'est peut-être même pire à ses yeux car les ébats prénuptiaux peuvent au moins être dissimulés au regard des voisins.

— Est-ce que Lizzy vit avec moi ?

Il secoue la tête et glisse une mèche de mes cheveux derrière mon oreille.

— Non, tu vis seule.

Cela me surprend, mais je ne m'attarde pas sur ce sujet car mes yeux se ferment au contact des doigts rugueux de Max contre ma joue. Je me demande si c'était devenu banal pour moi. Les caresses de Max. Son regard empli de tendresse. J'ai du mal à me faire à l'idée qu'il s'agit de mon nouveau quotidien.

— Allez.

Il pince légèrement mon lobe d'oreille entre deux doigts.

— Je t'accompagne jusqu'à la porte.

Il sort de la voiture et se précipite de mon côté pour ouvrir ma portière puis me tend la main pour m'aider à sortir. Il ne la lâche pas une fois que je suis sur le trottoir, mais glisse simplement ses doigts entre les miens. L'enseigne devant nous indique *Coffee, Cakes, & Confections*, et l'idée que cet endroit m'appartient me coupe le souffle. J'adore la simple alchimie créée par les gâteaux et les cookies depuis que je suis enfant. Ces parfums m'ont toujours mieux réconfortée que tout autre chose. Offrir ces délices à d'autres personnes ? C'est incroyable. Max hoche la tête en direction des portes vitrées.

— C'est ta pâtisserie. Il y a aussi un bureau pour rencontrer les clients et une cuisine à l'arrière où tu t'occupes des préparations, mais l'avant est entièrement dédié aux pâtisseries et au café.

— C'est bon ?

— Les desserts les plus délicieux que j'aie jamais goûtés.

Il pose une main sur son estomac.

— J'ai du prendre cinq kilos depuis que tu as ouvert.

Je hausse un sourcil.

— Ça ne se voit pas.

Il serre ma main.

— Ton appartement est à l'étage.

Nous nous dirigeons vers l'allée pavée à l'arrière du bâtiment, et je m'arrête en souriant pour apprécier le son mélodieux de la rivière New Hope. J'ai grandi ici, j'ai joué sur ces rives, et il n'y a rien qui me rappelle autant que je suis à la maison que le bruit et l'odeur de la rivière. Je ralentis en m'approchant des escaliers. Ils sont en bois et semblent assez solides. Ils ne me paraissent pas particulièrement abrupts, et nous sommes en août, donc ce n'est pas comme si les marches étaient givrées. Le médecin avait-il raison ? Quelqu'un m'avait-il poussée en bas des escaliers ? Max touche mon épaule.

— Ça va ?

— C'est ici que c'est arrivé ?

— Lizzy t'a trouvée. Dieu merci, elle est passée te voir quand tu n'as pas répondu à ses appels.

— Cela te paraît-il aussi étrange qu'à moi ?

Il réajuste sa position de manière embarrassée.

— Je ne sais pas, Han. À mon avis, tu as encore sauté un repas et fait une crise d'hypoglycémie.

Il caresse ma joue avec son index.

— Tu as pris de mauvaises habitudes à ce sujet depuis que tu as ouvert ton entreprise.

Oublier de manger ? Ça ne me ressemble pas du tout. J'ai déjà *prétendu* avoir oublié de manger par le passé, mais ça n'a jamais vraiment été le cas. Manger est mon mécanisme de défense. Ma réaction incontournable quand le reste échoue. Mais encore une fois, avec toutes ces choses incroyables qui m'arrivent, peut-être que je n'ai simplement plus eu besoin de ça pour tenir.

Nous montons les escaliers jusqu'au deuxième étage, et je me prends à chercher une marche défaillante ou quelque chose qui aurait pu me faire trébucher. Si je m'étais évanouie après avoir sauté un repas et que je n'avais donc pas été consciente pour me rattraper, cela expliquerait-il la force de ma chute ? Quand nous arrivons devant la porte, je fouille dans mon sac pour trouver mes clés, mais Max sourit simplement et ouvre la porte avec une clé accrochée à son trousseau.

Il possède une clé de mon appartement. Évidemment. Nous sommes fiancés. Il allume la lumière, illuminant le spacieux loft à aire ouverte. Une petite cuisine est installée sur la gauche, un salon sur la droite, et sur le mur du fond, contre des fenêtres surplombant la rivière New

Hope, se trouvent une petite table de bar ainsi que quatres chaises.

— Waouh. C'est... Waouh.

Il penche la tête sur le côté et me regarde alors que j'observe ce qui nous entoure.

— Ça ne te rappelle rien ?

Je grimace.

— Je suis désolée. Je ne m'en souviens pas.

Il hoche la tête. Nous avons ressassé ce sujet encore et encore à l'hôpital. Ce dont je me souviens (toute ma vie jusqu'à un certain jour environ onze mois auparavant) et ce que j'ai oublié (tout ce qui s'est passé depuis ce jour-là), mais j'imagine que c'est aussi difficile à concevoir pour lui que pour moi.

— Eh bien, cet appartement t'appartient, tout comme la pâtisserie.

— Je n'arrive toujours pas à croire que j'ai créé mon propre commerce.

Et pas n'importe quel commerce. Une pâtisserie. Le rêve. Max s'approche de moi.

— Une excellente boîte, murmure-t-il.

Je penche la tête pour le regarder. Il fait quinze centimètres de plus que moi. Je me demande si ça rend les baisers compliqués lorsque nous sommes debout. Je suis certaine que j'ai déjà dû l'embrasser. Combien de centaines de fois embrasse-t-on un homme avant d'accepter de porter sa bague ? Mon cœur bat la chamade alors que ses yeux vont et viennent entre ma bouche et mes yeux. Pour autant qu'il se soit montré doux avec moi depuis mon réveil à l'hôpital, malgré le nombre incalculable de baisers qu'il a déposés sur ma main ou mes joues, et malgré le nombre de fois où il m'a touchée, il ne m'a pas encore réellement *embrassée*.

Et j'ai besoin de l'embrasser plus que je n'ai besoin de respirer. Sans le moindre souvenir de ses baisers, ceci pourrait tout aussi bien être la première fois. Il effleure ma mâchoire de chaque côté de mon visage avec ses pouces.

— J'étais tellement inquiet pour toi quand Lizzy m'a appelé pour me dire que tu étais à l'hôpital et inconsciente. J'ai eu l'impression d'avoir perdu une partie de moi-même. Ne me fais plus jamais ça, d'accord ?

Je m'efforce de rire.

— Bien sûr. Je vais essayer.

Son regard tombe à nouveau sur ma bouche.

— J'ai envie de te prendre dans mes bras et de plus jamais te relâcher, et en même temps, je crains de te blesser si je m'autorise à te toucher.

— Tu ne vas pas me faire de mal, je murmure.

Embrasse-moi. Je t'en prie, embrasse-moi.

Ce qu'il fait aussitôt. Il penche la tête et caresse mes lèvres avec les siennes comme s'il s'agit de la chose la plus naturelle au monde. Comme s'il l'a déjà fait un millions de fois. Son baiser est doux mais chaud, et je glisse mes doigts dans ses cheveux pour l'encourager. Il n'en faut pas beaucoup plus pour que sa bouche s'ouvre sur la mienne et que je le savoure, lui et sa chaleur, ainsi que son désir à peine harnaché.

Il est doué pour ça, et mon cœur s'emballe rapidement d'un martèlement nerveux aux soubresauts d'une course enfiévrée. Il m'attire contre lui jusqu'à ce que me seins soient plaqués contre son torse et que je sente l'arête saillante de son sexe contre mon estomac. Quand il interrompt notre baiser et niche son visage dans le creux de mon cou, il laisse une main sur ma hanche, son pouce caressant la peau exposée au-dessus de la ceinture de mon jean.

C'est ma vie. Cela me paraît impossible. Je sais qu'il se retient, qu'il s'est interrompu de lui-même. Mais à en juger par la manière possessive dont ses doigts sont pressés contre ma hanche, je peux voir qu'il en veut plus — et c'est ce que je souhaite lui offrir. Mon coeur tressaille à cette idée. *Plus. Avec Max.*

Il lève la tête et observe mon visage. Ses yeux bleus sont devenus sombres et voilés. Est-ce ainsi qu'il me regarde quand je suis nue ? Bon sang, j'espère que oui. Et pourtant, malgré la transformation de mon corps, l'idée que son regard se pose sur ma silhouette exposée me rend douloureusement mal à l'aise. J'ai déjà vu les femmes avec qui il est sorti. Je ne leur arriverai jamais à la cheville.

— As-tu besoin de te reposer ou est-ce que tu veux que je reste un moment ?

Une pointe de douleur perce dans sa voix.

— Reste.

Je rougis et mords ma lèvre.

— Je suis un peu nerveuse, je lui avoue, mais même en disant cela, je tire sa chemise de son pantalon et glisse mes mains dessous.

J'ai le béguin pour Max depuis que j'ai treize ans, et

j'ai désormais le droit de le toucher comme j'en ai toujours rêvé. Son estomac est une de tablette de chocolat sous la pulpe de mes doigts. Ses yeux se ferment alors que je caresse la ligne de poils doux qui court de son nombril à la ceinture de son jean. Son souffle s'échappe entre ses lèvres entrouvertes. Je me souviens avoir admiré ces abdos quand il travaillait sur la terrasse du chalet d'Arlen Fisher. Je suppose que ça fait presque un an maintenant. Sa poitrine était recouverte d'une couche de sueur tandis qu'il riait avec William Bailey pour une raison ou pour une autre. Je me souviens l'avoir regardé et avoir souhaité être le genre de fille qui lui plaît. Avoir souhaité avoir la moindre chance.

Et je porte aujourd'hui sa bague. Cette idée me donne une assurance que je n'aurais jamais imaginé pouvoir ressentir, et je détache le bouton de son pantalon et glisse ma main sous l'élastique de son boxer. Il siffle et titube en arrière. Je rougis de honte. Je n'aurais pas dû me montrer si entreprenante. Je n'aurais pas dû présumer que...

— Tu viens juste de sortir de l'hôpital.

Un simple coup d'oeil à son visage suffit à dissiper mon angoisse. Sa respiration est saccadée, et une expression presque torturée masque ses traits alors qu'il me regarde.

— Tu ne vas pas me faire de mal, Max. Ne t'inquiète pas pour ça.

Il me prend la main et m'attire vers le canapé. Il s'assoit d'abord, mais au lieu de m'installer à côté de lui, je profite de cette nouvelle confiance en moi et le chevauche. Il grogne.

— Tu es déterminée à me faire succomber, n'est-ce pas ?

J'ajuste ma position d'un côté puis de l'autre, faisant glisser mes genoux jusqu'à ce que son érection soit délicieusement pressée contre mon entrejambe.

— Hanna, souffle-t-il.

Il y a quelque chose dans son regard. Quelque chose de plus profond que la tendresse dont il a fait preuve envers moi à l'hôpital. Un brasier.

— Ne te retiens pas.

Je presse ma bouche contre la sienne et ses mains trouvent aussitôt mes hanches, ses doigts recroquevillés trahissant son désir véritable. J'en veux plus, je veux d'autres preuves que tout ceci est bien réel, qu'il s'agit véritablement de ma vie.

— J'ai hâte de t'épouser, murmure-t-il contre ma bouche.

Il caresse ma mâchoire et ma clavicule du bout des doigts tout en secouant la tête.

— Comment ai-je pu avoir autant de chance ?

— Parle-moi de notre premier rendez-vous.

Son visage s'illumine avec un sourire.

— Qu'est-ce que tu veux savoir, à quel point tu étais nerveuse, ou bien l'endroit où nous sommes allés, ou....

— Comment est-ce arrivé ?

Je pose ma main sur son torse, savourant la sensation de ses muscles chauds et fermes sous ma paume, le rythme régulier des battements de son cœur.

— J'ai le béguin pour toi depuis si longtemps, mais j'avais l'impression que tu ne remarquais que Lizzy. Est-ce que j'ai enfin trouvé le courage de t'inviter à sortir ?

Une émotion que je ne parviens pas à identifier recouvre brièvement son visage.

— C'est moi qui t'ai invitée.

— Vraiment ?

— Tu t'es inscrite à la salle de sport, et j'ai remarqué que je te plaisais.

Gêné, il hausse les épaules et laisse tomber ses mains de mes hanches à mon derrière.

— T'inviter à dîner fut la meilleure décision que j'ai prise de toute ma vie.

Je suis fiancée à Max Hallowell, et il ne cesse de me dire ces choses incroyablement tendres.

— Où m'as-tu emmenée ?

— Chez Sebastian.

J'écarquille les yeux.

— Très chic.

— Je voulais t'impressionner.

— Ha ! Je t'aimais tant que tu aurais pu m'emmener chez McDonald et m'impressionner tout autant.

— Hanna...

Je l'interromps avec un baiser. Je presse doucement mes lèvres contre les siennes et sens la tension le quitter sous mon corps. Quand ses lèvres s'entrouvrent et que ses mains s'enfoncent dans mes cheveux, ce n'est plus moi qui mène la danse. C'est lui qui m'embrasse. Ses lèvres sont douces et persuasives, et je suis gagnée par le sentiment qu'il s'agit d'un rêve élaboré. Et je ne souhaite pas me réveiller. Quand nos lèvres se séparent, nous sommes tous les deux essoufflés, et je pose mon front contre le sien.

— Qu'allons-nous faire si je ne retrouve pas la mémoire ? je murmure.

Cette question ne cesse de me tarauder.

— Nous sommes censés nous marier et j'ai oublié l'intégralité de notre relation. Ce doit être affreux pour toi.

Ses yeux s'écarquillent.

— Tu es inquiète pour *moi* ?

— Ça ne me semble pas très juste pour toi de devoir repartir de zéro.

— Ce n'est pas tes souvenirs que j'épouse. C'est avec toi que je me marie. Et je serais heureux de repartir de zéro avec toi.

— Tout ceci est surréaliste. Je ne cesse de me demander à quel moment je vais me réveiller et découvrir qu'il ne s'agissait que d'un rêve.

Il retire ses doigts de mes cheveux et les glisse sous mon t-shirt. Ses caresses sont légères et prudentes avec mes ecchymoses, mais quand il caresse le dessous de mes seins du bout des doigts, il se montre confiant et sûr de lui — un vagabond de retour en terrain familier. Il trouve mon téton avec son pouce et j'inspire dans un sifflement. Je m'effondre en avant et repose ma tête contre son épaule.

— Je suis là, murmure-t-il près de mon oreille alors que ses doigts continuent à opérer leur magie sous mon haut. Et je suis bien réel.

Mes hanches roulent contre son érection, et je ne

peux pas le nier. Il est réel. Et il est incroyable. Je glisse une main entre nos corps et trouve son sexe ferme.

— Nous ne devrions pas faire ça, grogne-t-il.

Ses lèvres savourent la peau sur le côté de ma nuque entre chaque mot.

— Pas avant que tu ailles mieux. Pas avant qu'on ait eu le temps de discuter.

Je sais que ce n'est pas la première fois que nous nous touchons. C'est impossible. Si je désire libérer son érection de l'entrave de son jean et la glisser dans ma bouche, ce ne serait probablement pas la première fois que ça arrive non plus. Dans le conflit qui règne entre mes envies et mes complexes, ces derniers l'emportent et je refuse que cela se produise. Si cette nouvelle vie incroyable est bien la mienne, je compte bien en profiter.

— Je suppose que c'est idiot que je sois aussi nerveuse, je chuchote.

— Non. Pas du tout.

J'interromps le fil de ses pensées en lui arrachant un grognement quand je défais la braguette de son jean et sort son sexe de son boxer d'un geste audacieux de la main. J'ai le souffle coupé en l'apercevant, si long, épais, et dur. Pour moi. Je me lèche les lèvres, enroule ma main autour de son manche, et le caresse.

— Bon sang.

Ses yeux se ferment doucement et ses hanches sursautent de manière spontanée, renforçant la prise de ma main autour de lui. Mon anxiété s'envole alors qu'il se perd dans mes caresses. Il lutte pour maintenir ses yeux ouverts et garder le contrôle. Je suis peut-être plutôt inexpérimentée, mais je sais bien comment branler un partenaire. J'ai eu un connard de petit ami lors de ma première année à l'université qui insistait pour que je lui en fasse régulièrement. Fut un temps où je regrettais cette relation, mais elle m'apparaît désormais utile car j'adore l'expression de plaisir manifeste sur le visage de Max — la manière dont il me regarde à travers ses cils, dont ses narines se dilatent alors que je me sers de mon pouce pour vérifier la présence de liquide au bout de son sexe.

— Hanna, s'étrangle-t-il, et je le serre un peu plus fort.

Je vois bien qu'il est proche de l'orgasme à la manière dont son sexe enfle. Plus ferme. Plus épais. Je descends du canapé et m'installe à genoux au sol, sans jamais le relâcher. Il essaye de me rattraper, mais j'ignore ses mains et lèche le bout enflé de sa queue.

— Oh, putain.

Je souris car il a perdu la bataille contre son sang-froid, et je n'avais pas l'intention de le laisser gagner. Je me retire juste assez pour lécher le dessous de sa verge, et son corps frémit. Quand j'étire mes lèvres autour de lui et l'avale profondément, il gémit, et je me sens belle et puissante. Mon corps est en proie au désir. Max pose une main douce sur mon visage.

— Tu n'as pas à...

Je l'avale un peu plus avant qu'il ne puisse continuer. Je ne me souviens pas avoir déjà fait ça — les pipes ne font définitivement pas partie de mon expérience limitée — mais en l'espace de soixante secondes, je peux déjà deviner ce qui lui fait du bien et lui fait presque perdre la tête.

Je presse ma langue contre le dessous de son sexe et suce un peu plus fort. Sa main douce glisse de mon visage jusque dans mes cheveux. Il m'encourage à l'enfoncer un peu plus loin dans ma gorge. Avant que je ne m'adapte à cette nouvelle position, il jouit, remplissant ma bouche d'une manière bien plus sexy que tout ce que j'aurais jamais pu imaginer.

Et pourtant, un sourire retrousse le coin de mes lèvres quand je le relâche, aussi heureuse qu'excitée. Et *Dieu sait* que je suis excitée. Il m'attire sur ses genoux et contre lui.

— C'était incroyable, je murmure contre son torse.

Son corps tremble sous l'effet de son rire presque silencieux.

— Je crois bien que c'est à moi de dire ça.

— Je sais que tu n'avais pas prévu de t'aventurer sur ce terrain ce soir, mais...

Je soupire et lui sourit.

— Je n'ai pas pu m'en empêcher.

Il m'embrasse fermement, glissant sa langue dans ma bouche avant de mordiller ma lèvre. Sa main glisse ensuite une nouvelle fois sous mon t-shirt, caresse délicieusement mes tétons, et je prie de tout mon être qu'il ne s'arrête jamais.

— J'aime tellement ça, je souffle contre son oreille, et il gémit tout en pinçant un mamelon entre deux doigts.

Il glisse son autre main entre mes jambes. Je me hisse sur les genoux pour trouver un angle plus favorable. Alors que je me frotte contre sa main, un gémissement désespéré s'échappe entre mes lèvres, et il applique aussitôt la pression supplémentaire dont j'ai besoin. Mon corps est peut-être meurtri et douloureux, mais j'ai des années de fantasmes au sujet de cet homme à mon actif. Je n'ai pas la patience d'attendre maintenant qu'il est à portée de main. Plus de pression entre mes cuisses. L'ourlet de mon jean frotte contre mon clitoris gonflé, et je me presse plus fort, mais j'ai besoin d'autre chose. j'ai besoin de chair lubrifiée et de doigts rêches et...

— Mince !

Un cri féminin me fait bondir du canapé. Mes pieds s'emmêlent et je tombe, heurtant ma tête sur la table basse en verre au passage. Les yeux de Max volent vers la porte d'entrée, où se tient ma mère, le dos tourné dans notre direction et une main sur les yeux.

— Merde, marmonne-t-il.

— Je n'ai rien vu, chantonne Maman. Je suis juste passée voir comment allait ma fille et déposer des courses.

Elle soulève un sac en plastique en l'air en guise d'alibi. Max se rhabille rapidement, fermant sa braguette avant de s'agenouiller au sol à côté de moi.

— Tu vas bien ?

Je frotte ma tête là où elle est entrée en contact avec la table.

— Oui.

Quelque peu mortifiée que ma mère m'ait surprise en train de chevaucher la main de Max. Mais bon, je suis une optimiste, et cet partie de moi est juste heureuse qu'elle ne se soit pas présentée à la porte disons, cinq minutes plus tôt — quand j'étais à genoux.

— Nous n'avons pas verrouillé la porte, hein ? il murmure.

— Apparemment.

— Ouais, la prochaine fois...

— Absolument.

Il m'aide à me lever, et je fais gentiment la leçon à mes parties intimes en les invitant à patienter car elles se font bien remarquer, « *Pas juste ! Fais la partir ! Les choses devenaient tout juste intéressantes !* »

— Vous êtes décents ? demande maman, sans attendre pour se retourner.

— Maintenant oui, je réponds dans ma barbe. Maman, tu pourrais peut-être frapper la prochaine fois ?

— Tu viens juste de sortir de l'hôpital. Je n'avais pas imaginé...

Pour sa défense, ses joues sont rouge vif, et je suis quasiment sûre qu'elle n'oubliera pas de frapper la prochaine fois. Et toutes les autres.

— Moi aussi j'ai été jeune. Je me souviens de ces quelques semaines avant mon mariage. Ton père et moi pouvions à peine...

— Maman. S'il te plaît ?

Franchement, je ne vois pas en quoi entendre à quel point mon père et elle étaient chauds avant leur mariage rendrait la situation présente moins gênante.

— Je suis juste passée m'assurer que tu n'as besoin de rien, mais Max s'occupe visiblement de toi...

— Maman !

Elle couvre sa bouche de ses mains, mais je devine le sourire qui étire la commissure de ses lèvres.

— Ce n'est pas ce que je voulais dire.

Elle laisse tomber ses mains et soupire en posant son sac de courses sur le plan de travail.

— Merci d'être passée la voir et — Max se frotte la nuque — désolé pour la scène.

Elle balaie ses excuses d'un geste de la main.

— Bien, nous n'avons pas vraiment eu l'occasion de célébrer vos fiançailles avec cet histoire d'accident. Max, est-ce que tu voudrais bien me laisser organiser une fête chez moi ? Je ne veux pas passer pour une belle-mère intrusive, mais j'aimerais sincèrement célébrer l'événement.

Max enroule ses bras autour de moi par derrière et embrasse mes cheveux. J'adore le fait qu'il cherche toujours le contact physique entre nous. Comme s'il ne pouvait pas s'en empêcher.

— Ce serait fantastique, Mme. Thompson. S'il y a bien une chose que je souhaite célébrer, c'est qu'Hanna ait accepté de m'épouser.

Elle presse une main contre sa poitrine et ses yeux s'emplissent de larmes.

— Ça me fait chaud au coeur de vous voir si heureux ensemble tous les deux. La nouvelle de vos fiançailles m'a vraiment aidée à surmonter l'inquiétude que j'éprouvais pour ma fille.

— Je vais bien, maman.

Elle hoche la tête et cligne des yeux pour chasser ses larmes.

— Je sais, je sais. Mais ce fut un choc. Oh, mais ne m'écoute pas ! Je te retiens alors que tu devrais te reposer.

Même après cette démonstration d'affection touchante, j'ai hâte qu'elle parte pour me retrouver de nouveau seule avec Max. Je tiens mes parties intimes pour responsables. Elles n'en font manifestement qu'à leur tête, et sont apparemment dotée d'une sacrée imagination. Maman ajuste son sac sur son épaule.

— Essaye de dormir ce soir. Je sais que c'est difficile, mais c'est important pour ta convalescence.

— Je le ferai, promis.

Le sourire de maman se tourne vers mon fiancé.

— Max, tu veux bien être un ange et m'accompagner dehors ? Je sais que tu dois y aller toi aussi.

Max acquiesce, et je dois me forcer pour garder un sourire sur mon visage. *Sérieux ? Il me laisse ?*

— Avec plaisir.

Il me fait un clin d'oeil.

— Tu sais comment me joindre si tu as besoin de moi.

Si j'ai besoin de lui ? Je pensais que c'était évident.

CHAPITRE QUATRE

Presque parfaite. C'est ainsi que m'apparaît ma vie quand je l'observe d'un point de vue extérieur. Presque parfaite. D'accord, je suis couverte de bleus et salement amochée par ma chute, mais tout le reste ? Mon appartement. Mon entreprise. Mon corps. *Max*...

Il me regarde comme si j'étais la chose la plus précieuse à ses yeux. Et je porte sa bague. Je ne me souviens peut-être pas de ce qui m'a amenée jusqu'ici, mais je ferais n'importe quoi pour m'assurer que les choses continuent ainsi.

J'erre dans mon appartement, gagnée par le sentiment d'être un intrus dans l'intimité de quelqu'un d'autre. La cuisine est propre, le réfrigérateur plein de bouteilles d'eau, de pommes, et de bâtonnets de carotte. Le congélateur n'offre pas beaucoup plus de choix, avec seulement des fruits rouges surgelés et des blancs de poulet, et le contenu des placards est plutôt mince. Maman m'a apporté deux litres de lait et des fruits frais, mais je vais quand même devoir faire des courses. Je mets la main sur un bloc notes sur le plan de travail et commence une liste :

Courses: Pain, lait, céréales, pâtes

Je m'interromps et observe la liste que je viens de rédiger. Il s'agit des aliments que je consommais avant. Qu'est-ce que je mange désormais ? Je vais devoir me montrer prudente en faisant mes achats. Je suis certaine qu'il m'a fallu beaucoup d'efforts pour perdre tout ce poids. Mes pensées se tournent une nouvelle fois vers les escaliers. La chute. Les paroles de Max au sujet de l'hypoglycémie et de mes repas oubliés. Est-ce réellement tout ce qui s'est produit, ou ai-je pris l'habitude de subsister sur ces maigres rations pour devenir aussi mince ?

Je chasse cette pensée. Si j'avais pris de mauvaises habitudes, mes sœurs seraient intervenues. Peu importe la manière dont j'ai obtenu ce résultat, je ne veux pas ruiner tous mes efforts. Surtout si nous organisons notre mariage.

Je suis gagnée par l'excitation à cette idée. Un mariage. Je vais épouser Max. Mais alors que je m'apprête à déposer le bloc notes dans la panière, un petit bout de papier glisse d'entre les pages. Il s'agit d'une ordonnance pour des anti dépresseurs. Et elle date d'une semaine auparavant. Pourquoi aurais-je besoin de ça ? Mon téléphone vibre sur le plan de travail, et je glisse l'ordonnance au fond de la panière pour ne pas la perdre avant de saisir mon mobile. Je ne reconnais pas le numéro sur l'écran, et je ne suis de toute façon pas d'humeur à bavarder, donc je le laisse atteindre ma messagerie.

Quand je fais le tour de la partie salon, je remarque un ordinateur portable sur le bureau dans le coin. Je l'ouvre immédiatement, prête à découvrir les événements de l'année précédente comme le ferait une étrangère — à travers les réseaux sociaux. Une boîte de dialogue s'ouvre sur l'écran et m'invite à entrer mon mot de passe. J'essaye ma date d'anniversaire, mais cela ne fonctionne pas. Je tente mes initiales et ma date d'anniversaire. Toujours rien. Ces deux options ont toujours été mes favorites quand il s'agit de choisir un mot de passe. Je vais devoir demander à Max s'il le connaît. J'ai peut-être utilisé la date de notre premier rencard, ou bien le surnom qu'il me donne.

La chambre est rangée, mis à part une panière de linge à plier dans un coin. Le placard n'est pas vraiment rempli, mais je dispose d'une jolie collection de jeans et t-shirts dans ma nouvelle taille et d'un tas de pantacourts et de débardeurs de sport.

L'appartement est petit donc il ne me faut pas long-temps pour en faire le tour. Je ferais bien de prendre une douche et d'essayer de dormir. Dès demain, j'ai besoin d'en apprendre le plus possible au sujet de mon entre-prise et de rattraper le retard dû à mon hospitalisation. L'idée même du jet d'eau s'abattant sur mes bleus dans la douche est insupportable et je fais donc couler un bain à la place et soupire en plongeant dans l'eau chaude. Je détache la barrette qui retient mes cheveux et les laisse tomber contre mon dos.

Portée par le bruit de l'eau qui coule dans la baignoire, je m'autorise à songer à Max et ce que nous serions peut-être en train de faire si ma mère ne nous avait pas interrompue ce soir. Je caresse mes seins du bout des doigts et l'imagine en train de retirer ma chemise avant de libérer mes seins lourds de la pression de mon soutien-gorge. Je pince un téton alors même que j'imagine Max les sucer. Les hommes ont toujours apprécié mes seins, et j'adore qu'on joue avec, qu'ils soient pressés, sucés. M'aurait-il gardée sur ses genoux, sa main me caressant à travers l'étoffe de mon jean alors qu'il taquine ma poitrine et suce ma peau ? Ou bien m'aurait-il conduite jusque dans la chambre pour m'allonger et explorer mon corps ?

Mon esprit reste rivé sur cette image — Max torse-nu, flottant au-dessus de moi sur le lit, faisant glisser la fermeture éclair de mon jean avant de le tirer le long de mes jambes sans jamais relâcher le téton qu'il caresse avec sa langue.

Il ne s'agit pas de fantasmes récents, mais savoir que Max est à moi ne fait qu'accroître leur intensité. Ces « et si » seront peut-être notre « prochaine fois ». Je m'approche de l'orgasme au souvenir du plaisir que me procurait sa main entre mes cuisses et son souffle contre mes cheveux, et glisse ma main dans l'eau chaude pour trouver ma chair gonflée. Je suis tellement perdue dans mon fantasme que la main n'est désormais plus la mienne. C'est celle de Max. Sa bouche chaude est posée sur la peau de mon cou et tout ce qu'il a à faire est de glisser un doigt en moi — *Oh bon sang, oui, comme ça.* J'imagine sa main, son souffle chaud près de mon oreille, son grognement. Je m'accroche à cette pensée et jouis.

Une fois que je me suis lavé les cheveux, que je me suis séchée et que j'ai enfilé un pyjama, je verrouille la porte et me dirige vers le lit, mon téléphone à la main. Une fois sous les draps, j'ouvre les textos sur mon téléphone et tape le nom de Max.

Hanna : *Ça m'embête que tu sois parti comme ça.*

Max : *Pareil pour moi. Tu vas bien ?*

Hanna : *Maintenant oui. J'ai pris un bain tout en imaginant ce qui aurait pu se passer si ma mère ne s'était pas pointée.*

Max : *Tu veux bien m'en dire un peu plus ?*

Hanna : *Au sujet de mon bain ? Rien de plus normal. Chaud. Mouillé.*

Max : *Tu vas m'achever.*

Hanna : *Ça t'apprendra à choisir de reconduire ma mère jusqu'à sa voiture plutôt que de finir ce que tu as commencé avec moi.*

Max : *J'ai bien appris ma leçon.*

*J*e me réveille quand quelqu'un grimpe dans le lit à côté de moi, des muscles chauds et fermes venant se presser dans mon dos. Je chasse le sommeil de mes yeux. Max est dans mon lit et je compte bien en profiter, profiter de lui, mais je suis toujours engourdie par le sommeil et peine à garder les yeux ouverts. Je me blottis aussi près de lui que possible, mais le sommeil m'a de nouveau happée.

— Tu ne supportais pas d'être loin de moi ? je murmure dans l'obscurité.

— Tu sais bien que j'en suis incapable, chuchote-t-il contre mon oreille.

Sa voix me paraît quelque peu différente. Plus grave ? Peut-être endormie ? Je n'ai pas le temps d'y songer car je suis enveloppée dans ses bras, son torse nu contre mon dos, l'une de ses mains nichée entre mes seins, et je ne peux m'empêcher de replonger dans mes rêves. Mais curieusement, entourée par sa chaleur et ses bras, mes songes agités s'apaisent et je fais plus que dormir. Je me repose.

Quand je me réveille à nouveau, la pièce est toujours baignée dans la pénombre, mais la bouche de Max s'active délicieusement sur mon cou. Je me cambre contre lui et son érection pressée contre mon derrière me salue. Je me mords la lèvre, traversée par un frisson d'excitation. Non seulement je lui fais de l'effet, mais il me désirait tant qu'il a dû revenir ce soir.

Ses doigts caressent le dessous de mes seins sous ma chemise, et un petit gémissement s'échappe entre mes lèvres. Il prend mon sein en coupe et frotte sa paume rugueuse contre mon téton, joue avec et le taquine jusqu'à ce qu'il soit dur et serré sous sa main tandis que je me frotte de manière instinctive contre lui.

— Bon sang, tu m'as tellement manqué.

Sa voix me paraît étrange, mais je n'ai pas franchement le temps d'y songer avant qu'il ne pince mes tétons, provoquant de petits électrochocs de plaisir depuis ma poitrine jusqu'à mon centre. Ses caresses sont plus fermes que plus tôt. Plus rude. Mais j'aime ça. Il est tellement doué. Il sait exactement comment me toucher, quelle pression appliquer. Si ce n'était pas pour ce besoin dévorant entre mes cuisses que je ressens depuis que nous avons été interrompus dans mon salon ; ce besoin que je n'ai pas pu satisfaire avec mes propres doigts ; j'aimerais qu'il ne cesse jamais de toucher mes seins.

Je roule des hanches et frotte mes fesses contre son érection. Un désir sauvage fait vibrer mon corps, électrique et brutal par son intensité. Il me veut autant que je le désire.

— Touche-moi, je murmure dans l'obscurité. J'ai besoin que tu me touches.

Il grogne contre mon cou, puis ses doigts glissent sous la ceinture de mon pantalon de pyjama. Je me tourne dans ses bras alors même que sa main entre en contact avec mon entrejambe chaud et désespéré. Nos bouches se touchent dans le noir et quelque chose me travaille. Quelque chose à changé depuis la nuit dernière. Son odeur est-elle différente ou...

Cette idée se désagrège à l'instant où il glisse un doigt en moi. Je n'arrive pas à croire que je puisse être aussi mouillée. Sauf qu'il s'agit de Max et que je brûle de désir pour ses caresses. Je me frotte contre lui et le laisse me caresser tel que je l'ai fait moi-même dans le bain. Sauf que c'est bien plus sexy. Plus doux. Plus intense. Pas juste parce que c'est lui. J'ai presque l'impression qu'il sait mieux que moi ce qui me plaît. Son doigt bouge à l'intérieur de moi et il mordille la peau de mon cou presque jusqu'à me faire mal. Mais j'aime ça. Je veux plus de son besoin dévorant, de ses caresses expertes.

Il retire son doigt, en glisse deux à la place pour m'étirer, et mon corps palpite autour de lui en réponse.

— Oui, je murmure.

C'est ce que je veux. Ce dont j'ai besoin. Son pouce trouve mon clitoris et ses doigts se recroquevillent.

— Oh mon Dieu...

Suis-je le genre à crier ? Je mords ma lèvre, mais bon sang, je ne peux...

— Laisse-moi entendre tes cris, grogne-t-il près de mon oreille, sa barbe naissante agressive contre la peau tendre de mon cou. Je veux te sentir pulser autour de mes doigts quand tu jouis.

J'enfonce mes ongles dans son avant bras, pas pour l'arrêter, mais parce que le plaisir que je ressens est si intense que je dois réagir, évacuer cette énergie d'une manière ou d'une autre. Son autre main remonte le long de mon flanc et me serre juste là où les ecchymoses recouvrant mes côtes se situent. Envahie par la douleur, je crie.

— Hanna ?

Il se retire et allume la lumière. Je tremble toujours à cause de la douleur provoquée par la pression sur mes hématomes quand je le regarde à travers mes paupières plissées. Et je hurle aussitôt. Je repousse l'homme de toutes mes forces. Je cherche désespérément à me remémorer les leçons d'autodéfense que j'ai reçues à l'université. Je soulève mon genou et vise ses testicules. Il souffle brusquement et je me débat, m'éloignant de lui autant que possible. Je tombe du lit, et l'impact du sol contre mon corps déjà meurtri me fait crier à nouveau.

— Merde, Hanna ! s'exclame l'inconnu — qui n'est absolument pas Max — depuis le lit. Mais qu'est-ce qui t'a pris, bon sang ?

Oh mon Dieu. Il connaît mon nom. Je frissonne. Mon téléphone est sur le chevet, et je me précipite dessus avant qu'il ne puisse l'attraper.

— Je vais appeler la police ! je l'avertis, le menaçant avec le téléphone comme s'il s'agit d'une arme.

Le visage de l'homme sur le lit est blême et accablé alors qu'il me dévisage comme si j'avais perdu la tête.

— On ne peut pas s'immiscer chez une femme et se glisser dans son lit comme ça.

Merde. Me voilà à essayer de raisonner avec un délinquant sexuel. Bon sang. Mais il est juste assis là. Est-ce *normal* ? Son air perdu laisse la place à un masque accablé quand il étudie mon visage recouvert de bleus.

— Merde. Qu'est-ce qui t'est arrivé, mon ange ?

Je cherche maladroitement à allumer mon téléphone en pressant le bouton sur le côté. Rien. Il est à plat. Pourquoi ne l'ai-je pas mis à charger avant de m'endormir hier ? Il se lève du lit et je recule dans un coin, les bras enroulés autour de moi-même.

— Allez-vous en. S'il vous plaît.

Il lève les mains et s'avance d'un pas dans ma direction.

— Hanna, bébé. Raconte-moi ce qui s'est passé. Dis-moi...

Je plaque mon corps aussi fort que possible contre le mur. J'aurais dû m'enfermer dans la salle de bain ou quelque chose du genre. Je suis l'une de ces héroïnes trop stupides pour survivre qu'on voit dans les films d'horreur. Surtout que ce qui me fait rester — ce qui m'empêche de me rendre en lieu *sûr* — est la douleur qui se lit sur son visage. J'ai toujours été le genre de personne qui essaye de rendre les autres heureux, mais dans le cas présent, c'est ridicule.

Réfléchis, Hanna. Ok, j'aurais besoin d'une description à fournir à la police. Grand — plus grand que Max, peut-être — des cheveux sombres ébouriffés, un incroyable tatouage de Hulk sur son épaule droite, des chiffres tatoués au-dessus de son pectoral gauche. Bon sang, s'agit-il d'un ex-taulard ? Les prisonniers ne se font-ils pas tatouer des numéros sur le corps ? Il s'approche et je suis prise de tremblements.

— Je vous en prie, ne me faites pas de mal.

Je me laisse tomber au sol et croise les bras devant mon visage. Son regard tombe sur ma main gauche et sa mâchoire se serre.

— Je vois.

Il recule et attrape quelque chose au sol. Il enfile ensuite un t-shirt. Ce dernier tombe en place et masque son corps incroyable. *Son corps incroyable ?* Mais qu'est-ce qui cloche chez moi ? Aussi stupide que ce soit, je ne crois pas que cet inconnu soit ici pour me faire du mal. Il n'y a rien d'intimidant dans son langage corporel, et même si son visage s'est renfrogné, ses yeux ne reflètent pas la moindre violence. Il attrape son jean.

— Tu aurais pu me prévenir.

— Je ne sais pas de quoi vous parlez.

Ma voix se brise. Il se dirige vers la porte malgré son

pantalon déboutonné et à moitié enfilé. Comme une idiote, je le suis. Mes mains tremblent et j'ai le vertige. Il saisit la poignée et se fige mais ne me regarde pas.

— Quand je te touchais à l'instant — il déglutit — tu croyais que j'étais...

— Je croyais que vous étiez mon fiancé.

Mon murmure semble enfler dans la pièce exiguë et rebondir contre les murs. Il donne un coup de poing dans le mur à côté de la porte.

— Je vous souhaite une belle vie à toi et Max.

Il sort ensuite, claquant la porte derrière lui si fort que la pièce tremble. Et moi avec.

CHAPITRE CINQ

*A*lors, est-ce que Max a passé la soirée chez toi ?

Lizzy pose une tasse de café fumant devant moi et ajoute un peu de lait dans le sien, tout en évitant de croiser mon regard.

— Je peux en avoir aussi ?

— Du lait ? Des calories inutiles ? Pour Hanna le gourou de la nutrition ?

Je bois du café depuis mes seize ans, et j'y ai toujours ajouté du lait. Je tente d'avaler une gorgée de café noir et secoue la tête. Mon amnésie inclut apparemment mon appréciation inédite du café brut.

— Oui, s'il te plait.

J'attrape le lait avant qu'elle ne puisse faire un autre commentaire. Nous sommes installées sur une table à l'avant de ma pâtisserie, le panneau lumineux OUVERT scintillant dans la pénombre de Main Street.

Je me suis efforcée de ne pas l'appeler la nuit dernière.

J'en ai eu envie. J'étais confuse et effrayée, et ma première réaction a été d'appeler Liz. Quand l'inconnu a quitté mon appartement, je me suis empressée de trouver mon chargeur et de brancher mon téléphone. Je contemplais fixement l'écran qui s'allumait mais mes pensées retournaient sans cesse à la manière dont l'expression du type a changé quand son regard s'est posé sur ma bague. J'entendais en boucle dans ma tête avec la cadence de sa voix grave la dernière pique qu'il m'a lancée avant de partir : *Je vous souhaite une belle vie à toi et Max.*

Ce ne sont ni la confusion ni la peur qui m'ont poussée à reposer mon téléphone. Assise au bord du lit, la tête entre mes mains, la peur animale qui m'agrippait a disparu malgré l'adrénaline qui continuait de vibrer dans mes veines. J'étais à la place emplie de *honte*.

— Alors, pour Max ? demande Lizzy.

Elle lève les mains.

— Non pas que ce soit mes affaires.

Il y a quelque chose de différent dans notre relation. Nous avons toujours tout pu nous dire, même si c'était souvent inutile. Un simple regard suffisait généralement à lui faire comprendre mon état d'esprit. Mais il y a désormais un fossé entre nous. Je peux le sentir sans pour pouvoir autant l'expliquer. Je l'ai tout d'abord remarqué à l'hôpital — ce n'était pas tant la manière dont elle agissait quand elle était présente, mais plutôt son *absence*. Je m'attendais sans cesse à la voir surgir dans ma chambre pour me tenir compagnie, mais neuf fois sur dix, il s'agissait de quelqu'un d'autre.

Toute ma vie on m'a demandé ce que cela faisait

d'être une jumelle. On me demande d'expliquer notre connexion. Tenter d'expliquer ce que c'est d'avoir une sœur jumelle, c'est comme tenter d'expliquer ce que c'est que d'avoir un pouls. Je n'ai jamais rien connu d'autre. Tout ce que je sais, c'est que son sourire est relié à mon cœur. Je flotte sur un nuage quand elle est heureuse, et quand elle est triste, c'est comme si une pièce manquait au puzzle de ma vie. Mais cette connexion est désormais perdue. J'aimerais blâmer l'amnésie, mais je suis presque certaine que c'est juste mon optimisme qui parle.

— Max n'est pas resté, je lui dis prudemment.

Elle lève les yeux au ciel et marmonne quelque chose que je ne parviens pas à discerner. « *Sainte nitouche* » peut-être ? Elle ne m'appellerait pas ainsi si elle savait que je me suis réveillée en compagnie d'un autre homme dans mon lit.

— Du nouveau avec ta mémoire ?

Je secoue la tête.

— Pas encore. Je vais devoir être patiente, n'est-ce pas ?

Patiente. Je suis fiancée à l'homme de mes rêves que j'ai peut-être bien trompé. Attendre le retour de mes souvenirs devrait être un jeu d'enfant.

— Eh bien, ce n'est pas la patience qui va faire tourner cette pâtisserie, marmonne Liz. En attendant, je ferais mieux de te mettre au parfum.

Elle m'offre une visite guidée de la pâtisserie. L'avant de la boutique est petit mais pratique. Il contient quatre tables et un bar le long du mur équipé de prises électriques.

— C'est pour que les gens qui travaillent sur leurs ordis ne monopolisent pas les tables, explique Lizzy.

Les vitrines en verre offrent une variété de produits, d'un pain italien juste cuit ainsi que des croissants à des cupcakes et autres pâtisseries fraîchement préparées.

—J'en ai l'eau à la bouche rien qu'à les regarder.

Lizzy renifle.

— Tu n'y touches jamais. Ça fait bien trois mois que tu n'as pas ingurgité le moindre grain de sucre.

— Rien n'est aussi délicieux que la sensation d'être mince, je suppose ?

— L'amnésie t'a visiblement dérobé tout souvenir de ton feuilleté au fromage. Maggie a déclaré qu'il était orgasmique et elle n'a pas tort. Et tes pains au chocolat ?

Elle ferme les yeux et mord sa lèvre inférieure.

— Tu me donnes faim, je me plains.

Ses lèvres se retroussent en un sourire bancal.

— Parfait. Je ne te croyais plus dotée du moindre appétit. Peut-être que l'amnésie t'a remise en ordre.

Elle ouvre la voie derrière les vitrines et à travers les portes jusqu'à la cuisine installée à l'arrière, aux surfaces en acier inoxydable rutilantes. Plusieurs fours sont alignés le long d'un mur, et des chambres froides en occupent un autre.

— Bon sang, je souffle. Comment ai-je pu me payer tout ça ?

— Tu ne l'as pas fait. Tu as trouvé un associé tacite pour te soutenir, donc l'argent n'était pas un problème.

—Un associé tacite ? Qui ça ?

Elle hausse les épaules.

— Je ne sais pas. Tu étais très mystérieuse à ce sujet. Nous avons cru qu'il s'agissait peut-être d'Asher, mais il a dit qu'il n'avait rien à voir avec tout ça. Maman pense qu'il s'agissait peut-être de Max, mais cela n'expliquerait pas pourquoi tu te montrais si cachottière à ce sujet. Mais *quelqu'un* s'est impliqué et a rénové le bâtiment pour te permettre de lancer ta petite start-up.

— L'information est probablement dans mes papiers, n'est-ce pas ?

Elle hausse de nouveau les épaules.

— C'est possible.

— Je suis juste surprise que Maman n'ait pas tenté de me dissuader. Tu connais son opinion au sujet de ma passion pour la pâtisserie.

— Elle n'était pas ravie par ton choix, mais tu n'a quasiment aucun tort à ses yeux depuis que tu sors avec Max.

Il y a quelque chose de sournois dans sa manière de le dire, comme si je sortais avec Max et que je m'étais rabibochée avec notre mère pour l'embêter.

— J'ai du mal à croire que je me suis lancée. Ça ne me ressemble pas.

— Ça fait un petit moment maintenant que tu te comportes différemment, dit-elle, mais j'ai l'impression que ses paroles ne me sont pas destinées.

Elle secoue la tête et change de sujet.

— Tu avais une commande de mariage la semaine dernière alors que tu étais hospitalisée. Tu avais déjà terminé le gâteau, donc nous nous sommes occupées de la livraison pour toi avec Maggie, mais ce serait peut-être bien que tu contactes la mariée quand elle rentrera de sa lune de miel la semaine prochaine.

La mariée. Parce que je crée des gâteaux de mariage.

— Je me suis occupée des commandes de pain pour les restaurants et les épiceries qui se fournissent chez toi. Drew s'est chargée des pâtisseries pour la boutique, mes les cours reprennent bientôt. Elle ne sera plus capable d'effectuer autant d'heures que ces derniers temps.

— Drew ?

— La soeur de Cally.

Je secoue la tête.

— Je sais de qui il s'agit. Je suis juste surprise qu'elle travaille pour moi.

— Elle a commencé la semaine où tu as ouvert la boutique. C'est une bonne employée tant que tu t'assures qu'elle n'est pas sur son téléphone et reste loin des clients. Le service client n'est pas son point fort.

Je souris en imaginant la petite sœur je-sais-tout de Cally s'efforçant d'être polie avec les membres d'une sororité et leurs commandes de double mochas écrémés, sans sucre et super chaud.

— Tu as une autre commande pour un mariage ce week-end, donc nous allons devoir programmer la réalisation et la décoration du gâteau. Je peux essayer de t'aider si tu ne t'en souviens pas, mais franchement, la décoration a toujours été ton truc et je suis plutôt nulle.

— Attends. Tu travailles avec moi ?

Elle hausse un sourcil.

— Je pense que tu le considères plutôt comme travailler *pour* toi, mais oui. Je n'ai pas obtenu de poste d'enseignante, et je travaille pour ma petite sœur comme une ratée.

— Tu travailles *avec* moi, et je trouve ça génial.

Elle lève les yeux au ciel.

— Peu importe. Tu as trois rendez-vous programmés cette semaine avec de futures mariées.

— Waouh.

Je tourne lentement sur moi-même.

— Je n'arrive pas à croire que ça ait décollé aussi rapidement.

Mon estomac se noue alors que j'observe les plans de travail luisants en inox. J'ai été si obsédée par ma nouvelle silhouette et mes fiançailles avec Max que je n'ai pas eu beaucoup de temps pour songer à cette partie de ma vie. Comment suis-je censée gérer mon entreprise alors que je ne me souviens même pas des recettes dont je me sers ou des clients auxquels j'ai promis des desserts ?

— Je ne connais même pas mes fournisseurs, je me marmonne à moi-même.

Les doigts frais de Lizzy pressent tendrement mon avant-bras.

— Ça va aller.

Ses yeux croisent les miens, et pendant un bref instant, le lien est rétabli — cette connexion entre nous vacille comme des lampes lors d'une tempête.

— Tu devrais venir chez Maggie et Asher avec moi ce soir. Asher et Nate ont organisé un bœuf et en ont profité pour inviter du monde.

— Nate ?

— Merde. Je suppose que tu ne te souviens même pas de lui. Nate Crane ? Tu sais, un rocker sexy ?

Elle grimace.

— Tu ne peux pas vraiment savoir. Il était peu connu auparavant, mais il a participé à la tournée d'Asher, et son single monte dans les classements.

— Super.

Je réajuste ma position; Faire la fête chez Asher ne me fait pas vraiment envie en ce moment. Après la visite de mon intrus nocturne, je souhaite juste passer la soirée avec Max et vérifier que tout va bien.

— Je crois que je vais passer mon tour, cette fois-ci.

— Oh.

Elle a l'air déçue. Vraiment déçue. Comme si elle comptait sur moi.

— Bon, eh bien, ok, pas de soucis.

Et tout d'un coup, la lumière vacillante de notre lien est de nouveau étouffée.

— Que nous est-il arrivé ?

— Quoi ?

— Toi et moi. Pourquoi es-tu fâchée contre moi ?

— Je ne vois pas de quoi tu veux parler.

— Allez, Liz. C'est nous. Quelque chose cloche.

Lizzy détourne le regard.

— La vérité, c'est que toi et moi nous nous sommes perdues de vue ces derniers temps.

— Pourquoi ?

Elle hausse les épaules.

— Je ne sais pas. Tu as commencé à sortir avec Max,

et tout se passait bien au début, puis tu t'es mise à courir tout le temps et à perdre du poids, et...

— Nous ne sommes plus si proches parce que j'ai perdu du poids ?

— Bon sang ! Non. Bien sûr que non. C'est toi qui a pris tes distances.

Elle laisse tomber ses yeux au sol et se mord la lèvre.

— Du moins, c'est l'impression que j'ai eue, mais j'étais peut-être aussi mal à l'aise avec tous les changements que tu mettais en place. Ils ne paraissaient pas très sains, tu vois ?

— Faire attention à ma santé ne te paraissait pas sain ?

Elle jette ses mains en l'air.

— Tu vois ? Tu es toujours sur la défensive à ce sujet ! Nous n'arrivions plus à parler, et quand c'était le cas, tes seules préoccupations étaient Max et la course, et je ne te reconnaissais même plus.

Mes yeux s'emplissent de larmes.

— J'ai cru que si une personne serait heureuse pour moi que quelque chose aille dans mon sens pour une fois, ce serait toi.

— Est-ce le cas, Hanna ? En es-tu si sûre ?

Elle me regarde fixement pendant un long moment, une petite ride apparaissant entre ses sourcils blonds. La cloche au-dessus de la porte d'entrée sonne et met fin à notre duel. Quand nous arrivons à l'avant du magasin, Maman et Mamie sont toutes les deux derrière le comptoir et se préparent des cafés, notre mère dans son costume rose avec la même effervescence anxieuse dont elle fait toujours preuve, et notre grand-mère dans sa jupe hippie froissée, complètement sereine.

— Ton premier jour hors de l'hôpital et te voilà de retour au travail, me réprimande Maman.

— Je me sens bien, je la rassure.

— Tu ne peux pas aller bien. Tu as fait une mauvaise chute et tu as besoin de te rétablir.

— Le médecin m'a dit que je pouvais retrouver ma routine habituelle. Elle a même dit que cela pourrait me faire du bien.

Maman sourit.

— Sais-tu ce qui te feras aussi du bien ?

— J'ai une petite idée, marmonne Lizzy.

— J'ai pris rendez-vous avec trois lieux de réception possibles pour le mariage, dit Maman. Je me suis dit, quoi de mieux pour guérir que de te concentrer sur quelque chose qui te rend heureuse ? Quelque chose de positif.

— Je ne sais pas si je vais pouvoir...

— Je refuse d'entendre la moindre objection. Tu es ma fille, et je compte bien m'assurer que tu prends soin de toi dans les semaines à venir.

Elle soulève mon menton et guide mon visage d'un côté puis de l'autre pour étudier mes bleus. Si elles trouvent ceux-là affreux, elle sera choquée par les ecchymoses sous mon t-shirt.

— Je parie que tu seras assez remise d'ici à peine un mois pour te marier.

Lizzy s'étouffe sur son café et je regarde ma mère bouche bée.

— Un mois ?

Granny la réprimande.

— Ne bouscule pas la petite, Gretchen.

— Pourquoi traîner du pied quand un homme comme Max veut t'épouser ?

— Je ne traîne pas du pied, je proteste, même si elle n'a pas tout à fait tort.

N'ai-je pas besoin de réponses avant d'épouser Max ? N'ai-je pas besoin de mes souvenirs ?

— Alors nous sommes d'accord. Nous visiterons des lieux de réception demain.

— Je ne peux pas choisir de date sans consulter Max, je proteste.

Mom ne prête pas attention à mes objections.

— Il s'agit du mariage. Tout ce qui préoccupe les hommes, c'est leur soirée d'enterrement de vie de garçon et la nuit de noces. Et puis, nous avons besoin de connaître les dates de disponibilité du lieu de réception qui te plaît. Nous pourrons *alors* décider d'une date.

Je m'efforce de calmer ma respiration, mais je ne cesse de penser à l'intrus dans mon appartement, et à toutes ces choses dont je ne suis *pas* consciente au sujet de l'année écoulée. Mon mal de tête fait un retour fracassant accompagné d'une nausée. Je m'appuie sur le comptoir.

— Tu vois, Gretchen ? réprimande Mamie. Tu la stresses.

— Je vais bien, je mens en réponse. Je me sens juste un peu dépassée. Dès que Lizzy m'aura mise au jus concernant le travail, j'irai beaucoup mieux.

Mom lève les yeux au ciel puis soupire.

— Très bien. Je viendrai te chercher demain à midi.

Elizabeth, tu n'as pas intérêt à laisser ta soeur lever le petit doigt.

— Oui, madame, dit Lizzy, son irritation manifeste dans sa voix.

Les deux autres femmes attrapent leurs cafés et passent la porte. Une chaude bouffée d'air estival s'engouffre dans l'embrasure de la porte qui se referme.

— Allez, dit Lizzy. On a des gâteaux à préparer avant que tu ne consacres ton temps à planifier les détails de ton conte de fées.

Mon téléphone vibre dans la poche de mon tablier. Je m'essuie les mains sur un torchon et le sort.

RDV avec Doc Perkins.

Je grimace en lisant ce rappel de mon calendrier. Est-ce que je connais un Dr. Perkins ? Je me dirige vers l'évier et me sers du dos de ma main pour ouvrir le robinet. Une fois que l'eau est chaude, je me lave les mains avec du savon et je les sèche avant de me saisir une nouvelle fois de mon téléphone.

Je n'ai aucune idée de la manière dont j'ai réussi à perdre du poids en faisant ce travail. Une seule matinée dans ma pâtisserie et je suis complètement surexcitée avec tout le sucre que j'ai englouti en voulant tester des douzaines de produits. Une bouchée de cette viennoiserie par-ci, une cuillère de ce glaçage par-là. Je suis au bord de la crise de foie. Je remercie le ciel pour mon sens de l'organisation obsessionnel. Trouver mes recettes s'est avéré plutôt facile. Je préparais des lys en pastillage pour le gâteau de mariage de ce week-end quand mon téléphone a vibré, mais je pourrai les terminer plus tard.

Le rappel ne contient ni adresse ni numéro de téléphone, donc je lance le navigateur sur mon téléphone et effectue une recherche rapide.

Dr. Perkins New Hope ne me fournit aucun résultat, et je tente donc Dr. Perkins Indianapolis.

Dr. Perkins, Docteur en Psychiatrie

Un psychiatre ? Je défile dans mon agenda et revient en arrière sur les trois derniers mois, mais je ne trouve qu'un rendez-vous listé et il remonte à une semaine. Avais-je prévu de me rendre à des consultations régulières ? Pourquoi ? Pour obtenir des tuyaux afin de calmer les mariées avec lesquelles je travaille ? Ou le docteur serait-il l'associé tacite dont Liz m'a parlé ?

Mais bien sûr. Une relation d'affaires alors que tu as trouvé une prescription pour des antidépresseurs dans ton appartement.

Ce docteur possède certainement des réponses aux innombrables questions logées dans mon cerveau. Je copie l'adresse dans le moteur de recherche et l'envoie dans le gps de mon mobile. J'ai déjà mes clés de voiture à la main quand je me fige. Je ne suis pas censée conduire. Mais je ne suis pas certaine de vouloir que qui que ce soit apprenne que je consulte un psychiatre, et comment trouver un chauffeur sans avoir à cracher le morceau ?

— Liz, j'appelle en direction de l'espace vente tout en empochant mes clés, je dois m'absenter quelques heures.

J'attends ses questions concernant ma destination,

mais elle hausse simplement les épaules. Son absence d'intérêt est un autre rappel de la distance qui s'est installée entre nous. Je n'y suis pas habituée, mais je n'ai pas le temps d'y penser. Je suis trop occupée à prévoir comment déroger aux règles de mon médecin en conduisant jusqu'à Indianapolis. Quand j'arrive enfin au cabinet du Dr Perkins, j'ai quinze minutes de retard. Les yeux du réceptionniste s'écarquillent quand il aperçoit mon visage.

— Que vous est-il arrivé ?

— Je me suis battue avec des escaliers. J'ai perdu.

— Mince.

Il se lève et m'escorte à travers une lourde porte en noyer. De l'autre côté, une femme est assise derrière un bureau, occupée à taper sur son clavier d'ordinateur. Son visage s'éclaire puis se renfrogne aussitôt quand elle me voit.

— Hanna ! Que s'est-il passé ?

— Je vais vous laisser, dit le réceptionniste.

Alors que la lourde porte se referme, le médecin m'invite à m'asseoir dans un fauteuil rembourré et croise les doigts pendant que je m'installe.

— Dites-moi ce qui se passe, Hanna.

— Vous êtes le Dr. Perkins ?

Son petit visage se resserre un peu plus.

— Évidemment.

— Et je suis l'une... de vos patientes ?

Sa grimace laisse place à une expression sceptique.

— Je suis tombée.

J'indique mon visage. Je lui explique aussi succinctement que possible mon amnésie et lui indique que je suis ici grâce à un rappel sur mon téléphone.

— Oh, mince. J'aurais aimé le savoir. Je serais venue à l'hôpital consulter votre docteur.

Je suis heureuse qu'elle ne l'ait pas fait. Je ne voulais pas que mes amis et ma famille apprennent que j'ai entamé une thérapie.

— Je ne comprends pas.

Je ne cherche pas à offenser cette femme. Elle a l'air très sympathique.

— J'ai vu dans mon calendrier que je suis déjà venue ici, et j'ai trouvé une ordonnance pour des antidépresseurs dans mon appartement, mais...

Je ne sais pas comment formuler mon interrogation.

— Continuez, m'encourage-t-elle.

— Ma vie semble parfaite. Je possède ma propre entreprise qui semble bien marcher, et je suis fiancée à un homme incroyable. Je me sens bien dans mon corps pour la première fois de ma vie. Pourquoi aurais-je besoin de consulter une psychiatre ? Pourquoi aurais-je besoin d'antidépresseurs ?

Pourquoi tromperais-je mon fantastique fiancé ?

Elle croise les bras et m'observe, ses traits à la fois sévères et doux et je ne parviens ni à lire ni à reconnaître son expression.

— Croyez-vous que seules les personnes dont la vie ne tourne pas « rond » ont besoin d'aide avec leur santé mentale ?

— Bien sûr que non. J'ai juste...

Je m'interromps face à son sourcil haussé. Elle est manifestement du genre pragmatique.

— Ce n'est pas ce que je voulais dire. Je croyais qu'il devait y avoir une raison derrière nos rendez-vous et mon besoin d'antidépresseurs.

Elle reste silencieuse si longtemps que je me retrouve projetée dans le passé, juste après le décès de mon père. J'étais adolescente, et Papa était tout pour moi. À cette période, je n'étais jamais à la hauteur avec ma mère. Elle tentait perpétuellement de m'améliorer — de me faire mincir, de me muscler, de m'habiller, de faire de moi une représentante acceptable de sa famille. Quelque chose dont elle n'aurait pas honte. Mais Papa était heureux de me laisser vivre ma vie. Et puis il est mort, et après ses funérailles, le psychologue scolaire nous a convoquées l'une après l'autre.

— Pourquoi penses-tu être ici? m'avait-il demandé, l'ennui perçant dans sa voix plus que son empathie, et il avait laissé le silence croître entre nous, plus lourd et plus gênant, jusqu'à ce que je réponde.

Mais je ne suis plus cette fille. Je ne suis plus la grosse adolescente qui se morfond dans l'ombre de ses sœurs. Je ne suis plus l'enfant ignorée en quête de perfection dans tous les domaines pour compenser mon apparence.

D'accord, je suis en surpoids, mais regarde mes notes !

D'accord, les pantalons des grandes enseignes ne me vont pas, mais je suis toujours heureuse.

D'accord, je n'arrive pas à trouver de rencard, mais je suis la meilleure amie dont une fille puisse rêver.

Je suis épuisée rien que d'y songer. Mais elle n'est pas

comme le thérapeute de l'école et ne laisse pas le silence s'appesantir.

— Vous êtes venue me voir car vous luttez avec votre dépression et votre trouble de l'alimentation.

Je me sens flétrir. Je ne souhaite pas entendre ces choses-là. Je ne veux pas qu'elle entache mon monde idéal. Je n'aurais pas dû venir. J'aurais dû ignorer le rappel et poursuivre mon travail.

— Dites-moi à quoi vous pensez, dit le docteur Perkins.

Je me souviens de la demande de Nix que je me rende à son cabinet pour discuter de ses inquiétudes concernant mon alimentation soulevées par mes analyses de sang.

— Un trouble de l'alimentation ? Une dépression ?

Une expression vacille brièvement sur son visage. Du regret ? De la tristesse ?

— Il n'y a aucune honte à avoir besoin d'aide. Est-ce que vous mangez ? Depuis votre accident ?

Je marque un temps d'arrêt puis reporte mon attention sur elle.

— Oui

Elle sourit.

— C'est très bien.

— Ce n'était pas le cas avant, n'est-ce pas ? C'est comme ça que j'ai perdu tout ce poids ? Je m'affamais ?

La panique me happe à l'instant où ces mots s'échappent de mes lèvres car je sais qu'ils sont justes.

— Ça veut dire que je vais reprendre ton mon poids, n'est-ce pas ?

— Vous êtes venue me voir car vous avez compris qu'il y avait quelque chose de malsain dans vos habitudes.. Vous avez réalisé que certaines parties de votre vie étaient plus importantes que des chiffres sur une balance et vous m'avez demandé de vous aider.

Je déglutis, mais cette information est une pilule amère qui passe difficilement.

— Vous ai-je parlé d'autres... choses ?

— Comme quoi ?

— Tout ceci est confidentiel ? je murmure.

— Bien sûr.

— Est-ce que je trompais mon fiancé ?

Je secoue la tête.

— Nous sommes désormais fiancés, mais je suppose qu'il n'était encore que mon petit-ami la dernière fois que nous nous sommes rencontrées.

Elle croise les bras sur sa poitrine.

— Vous ne m'en avez pas fait part, mais vous n'avez pas non plus mentionné de petit ami.

— Ah. Ouais. Je suppose que je n'étais là qu'au sujet de mon alimentation.

— L'alimentation n'est *jamais* le seul facteur derrière un trouble alimentaire, Hanna. Quelque chose d'autre que votre corps et votre perte de poids se cache derrière. Ils dénotent un besoin de contrôle. Et vous avez passé les trois derniers mois à vous affamer pour avoir la sensation de retrouver le contrôle de votre vie.

CHAPITRE SIX

Quand je rentre d'Indianapolis, la pâtisserie est bondée, la clientèle en quête d'un latte et de pâtisseries pour recharger ses batteries. Je double la file et me glisse derrière le comptoir où je tape sur l'épaule de Lizzy.

— Il faut que je te parles.

— Ouais, bah écoute, je suis un peu occupée à faire tourner ta pâtisserie, alors...

Je saisis la tasse qu'elle tient et la pose brusquement sur le plan de travail.

— C'est important.

— T'as tes règles ou quoi ? intervient la jolie fille avec une queue de cheval en tête de file.

Je plisse les yeux dans sa direction avant de passer la tête dans l'embrasure de la porte qui donne sur la cuisine.

— Drew ? J'ai besoin que tu prennes le relais dans la boutique quelques minutes.

— C'est vraiment une mauvaise idée, m'avertit Lizzy.

Je l'ignore et la traîne derrière moi jusqu'à mon appartement. Il est tentant de répondre à sa froideur en faisant de même, mais j'ai trop besoin de ma sœur à cet instant. Je claque la porte derrière elle.

— Écoute.

J'agite un doigt sous son nez. J'en ai assez.

— Je ne sais pas qui a pissé dans ton vin, mais là, j'ai besoin de ma sœur, alors quoi qu'il se soit passé entre nous, est-ce qu'on peut laisser ça de côté pour le moment ?

Ses yeux s'écarquillent.

— Je... Tu...

Ses épaules s'affaissent et elle s'effondre sur mon canapé.

— Tu m'as demandé si j'étais certaine que tout allait si bien. Eh bien, je ne sais pas.

Je fais les cent pas devant elle.

— Tout paraît si parfait à la surface, mais comment suis-je censée savoir ce que je ressens sur quoique ce soit quand je ne m'en souviens pas ?

— Je suis vraiment une garce, Hanna. Je suis désolée. Ne m'écoute pas. Je suis jalouse. Tu es fiancée, Maggie vit avec Asher... D'ici peu, je serai la dernière célibataire restante. Ça me rebrousse peut-être le poil, mais ce n'est pas une excuse pour gâcher ce qui devrait être une période heureuse pour toi.

— Je crois que je trompe peut-être Max, je lâche subitement.

— Merde, Han-Han. Que s'est-il passé ?

Je m'enfonce dans le canapé à côté d'elle et pose ma

tête sur son épaule. Elle peigne mes cheveux de ses doigts, et même si son geste est maladroit et incertain, il me détend.

— Ça va aller, murmure-t-elle près de mon oreille.

Elle ne me presse pas, et je m'autorise à prendre mon temps car je me sens subitement dépassée — les derniers jours, mes blessures, l'amnésie, mes fiançailles, toute cette nouvelle vie. J'aimerais que Max soit capable de me réconforter, mais il est toujours un étranger pour moi à bien des égards. Mais Lizzy fait partie de moi. Nous restons assises, laissant les minutes s'écouler et le silence nous raccommoder. Je ne sais pas combien de temps s'est écoulé quand je me redresse finalement et m'essuie les yeux.

— Tu veux un café ? demande-t-elle.

J'acquiesce et la suit dans la cuisine, où je m'assois sur un tabouret en attendant qu'elle nous prépare une cafetière.

— Est-ce que tu sais si je voyais quelqu'un d'autre que Max... après qu'on a commencé à sortir ensemble ?

Elle se tourne vers moi, un sourcil haussé sur le front.

— Est-ce que tu voyais quelqu'un d'autre ? Mademoiselle Sainte Nitouche sortir avec deux types à la fois ? *Mais bien sûr.*

D'accord. Ça ne me ressemble pas. Mais comment expliquer ce qui s'est produit l'autre soir ? *Tu ferais mieux de cracher le morceau, ma fille.*

— Max n'est pas resté la nuit dernière, mais je n'ai pas dormi seule pour autant.

Elle en reste bouche bée et ses sublimes yeux bleu layette s'écarquillent.

— Quoi ? Qui ? Pourquoi ? Est-ce que Max est au courant ?

— Que des bonnes questions.

Elle prépare mon café puis me tend la tasse. J'enroule mes mains autour et me réchauffe les doigts plutôt que de boire.

— Vas-tu me dire avec qui d'autre tu couches, souffle Lizzy, ou vas-tu me laisser deviner ?

— Quelqu'un s'est glissé dans mon lit la nuit dernière. Je dormais et j'ai cru qu'il s'agissait de Max, mais quand on a commencé à se câliner pendant la nuit et qu'il a allumé la lumière, j'ai réalisé... que ce n'était pas lui.

— Quelqu'un s'est glissé au lit avec toi pendant que tu dormais et ce n'était *pas* Max ?

Je l'observe avec attention.

— Non.

— Oh putain. Qui était-ce ?

— Je n'en ai pas la moindre idée. C'était un inconnu pour moi.

Sa tasse heurte le comptoir et du café déborde sur le plan de travail.

— Pourquoi ne pas appeler la police ?

— Parce que je ne pense pas que ce soit nécessaire.

— Tu te fiches de moi, n'est-ce pas ?

— Je vais bien. Il ne m'est rien arrivé. Laisse-moi tout te raconter avant de partir en vrille, ok ?

J'attends que la panique glisse de son visage avant de continuer.

— C'était un inconnu pour moi, mais il me connaissait.

— Je ne me sens pas rassurée pour autant.

— J'ai réalisé que le type qui me touchait de manière... assez intime... n'était pas Max, et j'ai bien sûr paniqué.

— Je veux bien te croire. Je panique moi-même en ce moment.

— Je croyais qu'un violeur s'était introduit chez moi, et je lui ai donné un coup de genou dans les couilles avant de bondir du lit, mais mon téléphone était à plat et je ne pouvais pas appeler à l'aide. Et alors qu'il tentait de me calmer, il s'est subitement... arrêté.

Je me force à inspirer.

— Je n'avais pas les idées claires, mais je crois que tout a changé quand il a vu ma bague.

— Un violeur avec un code moral ?

— Ce n'était pas un violeur, Liz. Il a regardé ma main et puis il s'est habillé — il a enfilé son pantalon et son t-shirt. Quel genre de délinquant sexuel retire tout sauf son boxer pour grimper au lit et se blottir contre sa victime la moitié de la nuit ?

— Un véritable taré ?

— Il m'a tenue, je murmure dans mon café, et m'a réveillée avec de tendres baisers dans le cou. Il connaissait mon nom, savait quel genre de caresses j'apprécie. Quand il a vu ma bague, il a dit : « Tu aurais pu me prévenir ». Ensuite, avant de partir, il a dit qu'il nous souhaitait le meilleur à moi et *Max* — en mentionnant Max par son prénom.

Lizzy émet un long sifflement

— Il connaît Max ?

Je hoche la tête puis ajoute :

— Mais Max le connaît-il ?

Je lui laisse une minute pour digérer ça.

— Max est l'amour de ma vie. Pourquoi est-ce que je gâcherais ça ?

— Est-ce qu'il était sexy ?

Je lève les yeux au ciel.

— Oui, mais là n'est pas l'important.

— Alors, de qui s'agissait-il ? Quelqu'un d'ici ?

— Je ne l'ai pas reconnu, mais ça ne veut rien dire puisque je n'ai aucun souvenir de l'année écoulée.

— Ah oui, pas faux.

Elle prend une gorgée de café.

— À quoi ressemblait-il ?

— Jeune, probablement mon âge. Il avait des cheveux sombres, un peu ébouriffés comme ceux de Max, je suppose. Il était grand et musclé.

— Encore une fois, comme Max, dit Liz.

— Peut-être plus grand que Max et pas tout à fait aussi musclé, même s'il était impressionnant.

— Tu es en train de décrire la moitié des potes de gym de Max.

— Putain, je gémis. Je t'en prie, dis-moi que je ne le trompe pas avec un de ses amis.

— Qu'avait-il de *différent* de Max ?

— Des tatouages !

Je croise les mains. C'est peut-être l'information qui permettra à Lizzy d'identifier mon visiteur.

— Il en avait plusieurs. Des chiffres sur son pectoral gauche et un tatouage du Hulk sur l'épaule droite.

Lizzy hausse un sourcil.

— Tu veux dire Hulk Hogan ?

— Non, l'incroyable Hulk. *Tu ne veux pas me voir en colère* Hulk.

— Tu es fiancée à Max Hallowell et tu as une liaison avec un geek ?

— Peut-être ?

Je lève les mains d'un air impuissant.

— Sais-tu de qui il s'agit ? Je suis vraiment en train de flipper, tu sais.

Elle secoue la tête.

— Je n'en ai pas la moindre idée.

— Fichue amnésie.

— Sans blague.

Elle fait les cent pas. S'arrête. Reprend. Regarde par la fenêtre, joue avec ses cheveux, reprend ses aller-retours. Tout d'un coup, elle lève la tête, faisant bondir ses boucles autour de son visage.

— Oh bon sang. C'est tellement évident !

— Qu'est-ce qui est évident ?

J'ai tellement peur qu'elle me dise : « Raconte tout à Max ». Tout ce concept de « L'honnêteté est toujours récompensée » fonctionne peut-être pour moi habituellement, mais...

1. Je ne suis pas sûre que ce soit le genre de situation où la vérité m'apporte une récompense. Et...

2. Comment puis-je dire la vérité à Max quand je ne la connais même pas ?

— Nous sommes bien au vingt-et-unième siècle, non ? Si tu as eu une relation avec un type, il doit bien rester une preuve digitale.

— Une preuve digitale ? Tu penses que j'ai pu le laisser prendre des photos ? Oh mon Dieu ! Une vidéo ?

Lizzy tressaille.

— Prions pour que ce ne soit pas le cas, mais ce n'est pas ce que je voulais dire. Tu sais, des textos ou ce genre de trucs.

Je ne prends même pas la peine de répondre car je me précipite déjà vers mon sac à main pour fouiller dans mon téléphone. Je fais défiler mes textos. Une conversation entre moi et Max, une autre avec Maman. Maggie, Cally, Lizzy, et même la petite sœur de Cally, Drew.

— As-tu trouvés des photos coquines ? demande Lizzy. Des textos sensuels ? Quoi que ce soit ?

— Je ne vois absolument rien qui me ferait penser que j'avais une liaison.

Elle m'arrache le téléphone de la main et procède à sa propre fouille.

— Peut-être que ce n'était qu'un taré, dit-elle en frissonnant. Mon Dieu. J'espère qu'il ne reviendra pas.

— Moi aussi.

Mais même s'il s'agit d'un détraqué, cela n'explique pas ce qu'il connaissait à mon sujet... où la manière dont ma poitrine s'est serrée quand je l'ai regardé partir.

SEPTEMBRE – ONZE MOIS AVANT L'ACCIDENT

À la minute où je pénètre dans la salle de sport de Max Hallowell, j'ai l'impression qu'il est tatoué sur mon front que je ne suis pas à ma place. Ce n'est pas comme si je ne faisais pas d'exercice. Mince, je m'entraîne probablement plus que la plupart des filles minces que je connais. Mais je le fais en privé. Chez moi ou au sous-sol chez ma mère. Jamais dans un club du centre-ville où tout le monde peut m'observer en se demandant combien de temps je vais tenir avant de craquer et de me goinfrer de pâtisseries. Parce que c'est l'a priori que les gens ont au sujet des filles grosses. Ils présument que nous sommes fainéantes et que nous ne faisons pas d'exercice. Ils pensent que nous mangeons trois paquets de gâteaux par jour sans toucher à un fruit ou légume.

— Hanna !

Max m'interpelle depuis le fond de la salle. Il est accroupi pour empiler des poids à côté de la presse pectorale.

— À quoi est-ce que je dois ce plaisir ?

Je lui rend son sourire tout en regardant autour de moi, mais je ne reconnais personne. Le club est calme en ce moment, seulement occupé par deux retraités qui s'affairent sur les tapis de courses dans le coin le plus reculé de la salle.

— Je voulais, euh, voir pour m'inscrire à un programme d'entraînement personnalisé.

Il se relève et essuie ses mains sur son short tout en s'avançant dans ma direction. Son sourire éclatant est si sincère que je manque de fondre.

— Dis-moi à quoi tu penses. Je verrai avec qui je peux te mettre en contact. J'ai deux coachs femmes mais leurs spécialités sont différentes, donc ça va dépendre de tes objectifs.

Mon cœur bondit dans ma poitrine en étant si proche de lui. Je dois lever le menton juste pour voir son visage.

— J'espérais que tu pourrais t'en charger ?

Ma voix est bien plus indécise que le ton suggestif qu'a employé Lizzy quand nous avons organisé tout ceci. Je peux lire sa surprise sur son visage.

— Moi ? Vraiment ?

— Si tu as le temps, c'est ce que je souhaiterais, oui.

Je n'arrive pas à croire qu'il soit surpris. Des femmes des quatres coins de la ville paient Max juste pour pouvoir admirer son corps alors qu'il les guide à travers des exercices de cardio. Une heure à contempler le fléchissement de ses muscles sous son t-shirt est une motivation suffisante pour accomplir quoi que ce soit.

— J'adorerais m'entraîner avec toi. Asseyons-nous pour discuter de ce que tu souhaites accomplir.

Il m'offre un tabouret qu'il a tiré du bar et je m'installe puis croise les jambes nerveusement. Il s'installe à côté de moi.

— Ok.

Il attrape un carnet et un stylo de l'autre côté du bar.

— Commençons avec ton but à long-terme pour le

fractionner en objectifs à court-terme. Comment t'imagines-tu dans douze mois ?

Sexy, mince, et nue dans ton lit.

— Au niveau fitness, précise-t-il avec un clin d'oeil.

Mes joues sont rouges, comme s'il avait lu dans mes pensées. Je glisse une mèche de cheveux derrière mon oreille. Je suis venue prête à m'entraîner. En quelque sorte. Normalement, j'aurais les cheveux noués, mais Lizzy a affirmé que c'était plus sexy de les garder détachés.

— J'aimerais participer à un demi marathon l'été prochain.

La vérité, c'est que je n'ai aucune envie de courir un marathon — ou même la moitié. Je souhaite juste perdre du poids et attirer l'attention de Max. Je fais régulièrement du sport, mais je hais de tout mon être le jogging. Mais Max est un coureur. Il court tout le temps, et le but de tout ceci étant de passer du temps avec lui, j'ai décidé de me mettre à la course à mon tour.

— C'est totalement faisable.

Max note *Courir un demi marathon* sur son carnet.

— Es-tu déjà une adepte de la course ou bien partons-nous de zéro ?

— Ai-je l'air d'une joggeuse ?

Je regrette la question à l'instant où elle quitte mes lèvres. Lizzy m'a explicitement demandé de laisser mon auto-dérision au vestiaire. Elle ne comprend pas qu'il s'agit d'un mécanisme de défense pour les filles grosses. Elle ne le comprendra jamais. Comment pourrait-elle ?

— Désolée. Je voulais dire que j'ai très peu couru. Ma

mère m'y a poussée quand j'étais en seconde — un kilomètre et demi chaque jour après l'école. Je détestais ça. J'aimerais y prendre goût — à ma manière — mais je n'ai pas fait grand chose depuis que j'ai commencé la fac.

— Un an, ça nous laisse du temps, me rassure Max. Je veux dire, tu es visiblement en forme, donc je suis certain qu'on démarre avec une sacrée base.

Visiblement en forme ? Personne ne m'a jamais dit ça auparavant. Il sourit largement.

— Pourquoi est-ce que tu rougis ?

Parce que tu me regardes.

— Parce que je suis un peu embarrassée.

— Ne le sois pas, me dit-il. Tu sais ce que tu veux et je m'assurerai que tu l'obtienne.

— Je te prends au mot.

PRÉSENT

— J'ai hâte d'être bourrée, s'exclame Lizzy depuis ma salle de bain, où elle termine de se maquiller.

— As-tu prévu de picoler avec moi ou es-tu toujours obsédée par les calories ?

— Je prendrai peut-être un verre.

Je m'efforce de sourire. Si j'espère garder la silhouette pour laquelle j'ai fait tant d'efforts cette année, je vais sûrement devoir garder certaines de mes nouvelles habitudes que Lizzy trouve si agaçantes. Mais pour le moment, je suis trop préoccupée par l'idée d'être potentiellement un garce infidèle pour me préoccuper de mes habitudes — nouvelles ou de toujours. De toute façon, le docteur Perkins semble penser que je ne devrais pas compter les calories. Bien que je ne sois pas certaine qu'elle pensait à un pichet de margarita.

Pour être honnête, je suis terrifiée à l'idée de me rendre à cette soirée. Et si je croisais Mr. Tatouage de Hulk ? Et s'il révélait notre relation — ou qu'importe ce dont il s'agit — à tout le monde ? Mais je ne peux pas passer le reste de ma vie planquée dans mon appartement, donc j'y vais quand même.

— Est-ce que Max nous rejoint ?

Je secoue la tête.

— Il a un client tard ce soir et ne pourra pas venir.

Lizzy jette ses cheveux en avant et y applique un genre de produit bouclant.

— Tu sais ce que j'aimerais ? me demande-t-elle alors qu'elle froisse des poignées de cheveux.

Je branche mon fer à lisser et m'appuie contre l'encadrement de la porte en attendant qu'il chauffe.

— Qu'est-ce que tu veux ?

— Une nuit torride avec Nate Crane.

Je manque de m'étouffer sur ma langue quand j'éclate de rire.

— L'ami rocker d'Asher ?

— Quoi ? Maggie a Asher. Pourquoi est-ce que je ne pourrais pas avoir Nate ?

Elle relève la tête et agite ses sourcils dans ma direction.

— Dis-moi que tu ne sacrifierais pas tout ce que tu as

pour profiter d'une nuit de sexe torride et débridé avec Mr. le Dieu du Rock.

Je hausse simplement les épaules.

— J'ai Max pour ça.

Elle lève les yeux au ciel.

— Bien sûr. Max et Mr. tatouage de Hulk, ce qui signifie que tu as lorgné sur plus de sexy fessiers masculins la nuit dernière que moi ces six derniers mois. Une raison de plus pour laquelle je mérite une nuit avec Crane. Je suis la seule abstinente d'entre nous.

— Ma pauvre.

— T'as pas idée. Max est incapable de garder ses mains pour lui.

Je fronce les sourcils en étudiant mon reflet et caresse ma mâchoire nouvellement raffermie du bout du doigt. Max est incapable de garder ses mains pour lui. Je me demande si ça a commencé avant ou après que je perde tout ce poids. Elle fouille dans ma trousse de maquillage.

— Alors, as-tu eu la moindre révélation au sujet de ton mystérieux visiteur nocturne ?

— Aucune. *Fichue amnésie.*

— Dans ce cas, il s'agissait bien d'un taré pour moi. Tu ferais vraiment mieux de contacter la police. Ce type te traque peut-être.

— Je ne suis pas certaine d'en avoir envie. Pas pour le moment.

— Mais tu comptes prévenir Max, n'est-ce pas ?

Anxieuse, une boule se loge dans ma gorge.

— J'aimerais avoir plus d'information avant de lui dire quoi que ce soit.

— Hanna, c'est très sérieux. Un jour, j'ai regardé un épisode de *60 Minutes* au sujet d'un type qui imaginait qu'il avait cette relation sérieuse avec la femme qu'il harcelait. Il l'épiait tout le temps, alors dans son esprit, cela voulait dire qu'ils étaient ensemble. Et puis elle a commencé à sortir avec quelqu'un et le type a perdu les pédales et dégainé une arme contre lui.

Je me retourne et lui fais face, notant la lueur soucieuse tapie dans ses yeux bleus brillants. Je ne sais pas comment lui faire comprendre que mon coeur me souffle de faire confiance à cet homme.

— Il nous manque trop d'informations. Je ne veux pas tout gâcher avec Max pour rien. J'ai besoin d'y voir plus clair. C'est tout.

— Ok.

Ses yeux s'emplissent de larmes. Elle se précipite en avant et enroule ses bras autour de moi.

— Ça m'a manqué.

— Quoi ?

— Ma soeur. Ça m'a manqué de parler de tout et de rien. De nous confier l'une à l'autre. Tu n'as pas idée à quel point je me suis sentie seule ces derniers mois.

— J'espère ne jamais devoir le découvrir, je murmure, et elle resserre son étreinte.

*A*vant même que la fête ait commencé, je cherche déjà une excuse pour partir. Je veux juste rentrer chez moi et bécoter Max jusqu'à être certaine que je n'ai pas tout fichu en l'air.

La nuit est chaude, et Lizzy a rejeté mon choix d'un jean et d'un t-shirt en faveur d'une mini-jupe en jean et d'un dos-nu qui met de manière surprenante ma nouvelle silhouette en valeur. Le dos-nu expose mes épaules dessinées — j'ai manifestement fait de la musculation avec Max — et la jupe met en avant mes jambes sculptées par la course. J'ai complété cette tenue avec une paire de sandales à talons noires avant de nouer mes cheveux en chignon.

Malgré le bleu sur mon bras droit et le côté de mon visage, je me sens si sexy que je prends une photo de moi et l'envoie à Max avec pour légende : *J'aurais aimé que tu viennes ce soir.*

Deux minutes plus tard, je reçois sa réponse.

Max : *Je ne souhaite pas attendre plus longtemps que nécessaire. Le club ferme à 9h. Retrouve-moi là-bas.*

Ses mots font naître en moi un mélange d'anxiété et de désir brûlant.

Hanna : *Ça marche.*

Je souris toujours devant mon écran quand j'entends Lizzy siffler.

— Mince, alors.

— T'as vu ? Qui aurait cru que je pouvais ressembler à ça ?

Elle fronce les sourcils.

94

— Tu étais déjà sexy avant de perdre du poids. Je parlais de ton teint rayonnant.

— Oh.

Je presse mon téléphone contre ma poitrine.

— J'espère ne pas avoir tout gâché. Max est... Il est incroyable.

Elle lève les yeux au ciel.

— Je suis sûre qu'il y a une explication parfaitement logique à tout ceci. Allez, viens. Il est temps d'y aller.

Quand nous entrons chez Asher, Maggie nous accueille dans l'entrée, pieds nus et vêtue d'une robe d'été blanche.

— Vous êtes arrivées ! Je suis tellement contente !

— Nous sommes en mission.

Je souris et indique Lizzy d'un geste du menton.

— Ma jumelle aimerait séduire ton ami musicien.

— Tu vas séduire Nate ? demande Maggie, manifestement sceptique.

— À moins que tu ne comptes partager Asher.

Maggie renifle.

— Genre. Mais Nate ? Vraiment ? Le gars assis dans mon sous-sol avec un t-shirt Spider-Man ?

Lizzy ricane.

— Tu as entendu sa voix ? Dieu a concentré l'érotisme et en a fait don au monde à travers la voix de Nate Crane. Ce type en tomberait la culotte à une nonne.

Maggie lève les yeux au ciel.

— Je pense qu'on sait toutes que tu n'as rien d'une bonne soeur. Venez. Tout le monde est au sous-sol.

95

Elle nous guide à travers la maison et jusqu'aux escaliers où elle se fige avant de pointer une petite table du doigt.

— Les règles de la maison, pas de téléphone ou d'appareil électronique distrayant pendant qu'ils jouent.

Elle attrape le sien dans sa poche et le jette avec les autres dans la panière. Lizzy et moi l'imitons avant de descendre les escaliers pour rejoindre les convives dans la salle de musique. Asher n'organise pas de grosses soirées. En fait, ses fêtes devraient plutôt être qualifiées de petites sauteries dont la plupart des invités font partie de la famille. Il y a plus d'invités que d'habitude ce soir — peut-être une douzaine en tout — probablement à cause du passage en ville de son ami musicien.

Je regarde vers la scène, où Asher joue de la guitare acoustique et chante dans un micro relié à un petit ampli. Mon regard se tourne ensuite vers l'homme assis à côté de lui et je cesse de respirer.

— Asher est sexy aussi, Lizzy rassure Maggie, mais Nate pourrait me faire *ce qu'il veut* et je le remercierais le lendemain matin.

Nate Crane. Des cheveux sombres et ébouriffés, une voix grave et un regard intense. Et sans doute un tatouage de Hulk caché sous la manche droite de son t-shirt Spider-Man.

— Putain.

— Il a une voix superbe, n'est-ce pas ? dit Maggie.

Je hoche bêtement la tête. Une voix superbe qui murmurait des mots tendres contre mon oreille la nuit dernière. Des mots tendres aussi salaces que sexy.

— Ne me dis pas que tu es éblouie alors que tu es habituée à traîner avec Asher.

Maggie me donne un petit coup de coude.

— Tu as déjà rencontré Nate. Vous vous êtes vraiment bien entendus.

— Vraiment ? Pourquoi dis-tu ça ?

Mes questions sont bien plus agressives qu'elles ne devraient et je m'efforce d'inspirer et de relâcher la tension dans mes épaules.

— C'est un ami d'Asher. Tu m'as tenu compagnie quand je suis allée voir Asher et Nate en concert à St. Louis il y a quelques mois de ça. Bon sang, ça doit être si étrange de ne se souvenir de rien.

Les garçons enchaînent avec Unbreak Me, une chanson qu'Asher a écrite pour Maggie. Elle se mord la lèvre.

— Rejoins-le, dit Liz. Tu n'as pas besoin de nous surveiller.

— Merci.

Maggie s'avance jusqu'au devant de la scène impro- visée et s'accroupit.

— Tu veux quelque chose à boire ? demande Liz. Parce qu'il me manque au moins trois verres dans le sang avant de trouver le courage d'approcher ce bel homme sur scène.

— Non, ça va pour le moment.

— Si tu le dis.

Elle m'indique le bar.

— Je serai là-bas si tu me cherches.

Je hoche la tête mais ne quitte pas la scène du

regard — ou plutôt Nate. Ils terminent les dernières mesures de Unbreak Me, et tout le monde applaudit alors qu'Asher se lève et embrasse vigoureusement Maggie. Quand il quitte la scène, Nate reste assis, frottant les cordes au rythme d'une chanson qui m'est inconnue. Il lève les yeux. Nos regards se croisent pendant cinq douloureux battements de mon cœur. Ses yeux abritent tant de douleur. De la peine, de la colère, de la frustration. J'y trouve tout cela avant qu'il ne reporte son attention sur ses doigts et n'entame les paroles empreintes de solitude de sa chanson.

I'm nobody's hero, baby. Try not to fall too deep.
I'm nobody's angel, love, but you were crying in your
sleep.
I'm useless, empty, nothing, sugar. Wait around and then
you'll see.
You thought you'd find your answers, but now you're lost
in me.

Ses paroles m'atteignent, libèrent quelque chose dans ma poitrine et j'ai le sentiment que quiconque me regarde sera capable de percevoir ma confusion et la douleur qui enserre inexplicablement mon cœur.

Et quand il lève la tête et me regarde en chantant le dernier vers de sa chanson, je suis figée. Je ne me cache pas de ce regard qui en sait trop. Je ne fuis pas ce visage qui pourrait anéantir mon monde. Je suis captivée, les paroles résonnant dans mes veines comme si je les avais dans le sang.

Une fois les dernières cordes grattées, il pose la guitare et quitte la scène sans la moindre explication ou promesse de revenir. Mes pieds lui emboîtent le pas avant que je ne m'en rende compte. Il monte les escaliers et se dirige vers l'arrière, à travers les portes vitrées et sur la terrasse, qu'il traverse jusqu'à atteindre le chemin qui longe la rivière.

Il tente de m'échapper. Ça devrait me rendre heureuse, non ? Le passé peut rester à sa place, et quelle que soit l'erreur que j'ai commise avec ce rocker, elle pourra rester enterrée avec lui. Mais je ne peux pas le laisser partir sans obtenir de réponses.

— Arrête !

Je me précipite vers la rivière et mes talons s'enfoncent dans le terrain rendu meuble par la pluie.

— Qui es-tu ?

Il se retourne lentement, une expression confuse ayant une nouvelle fois recouvert son visage.

— C'est censé être drôle ? Prétendre qu'il n'y avait rien entre nous ne t'a pas suffi ? Tu dois aussi faire semblant de ne pas me connaître ?

— Je...

Oh mon Dieu. Cette douleur qui hante ses yeux.

— Je ne te connais *pas*, je lui dis délicatement. Mais peut-être que je devrais ? Je me suis blessée et je souffre d'amnésie, donc pour être franche, je ne te reconnais pas.

Bon sang, mon explication pourrait tout aussi bien sortir tout droit d'un soap opéra.

— Amnésique ? Tu plaisantes.

— Non.

Il s'avance vers moi, et je tends une main pour l'interrompre.

— Je préférerais que tu restes où tu es. S'il te plaît.

Il recule, les yeux rivés sur moi.

— Amnésique, répète-t-il.

— Ouais.

— Tu ne sais pas qui je suis.

Il ne s'agit pas d'une question — mais plus d'une réalisation.

— Je ne sais pas qui tu es ou la raison qui t'a poussée à te glisser dans mon lit au milieu de la nuit. Je ne comprends pas pourquoi...

Mon souffle se coupe et des larmes roulent le long de mes joues. Je me sens soudainement submergée.

— Je ne comprends pas, je répète, et j'en reste là.

— Tu ne te souviens de rien ? Sais-tu qui tu es ?

— Ouais. Je me souviens de tout jusqu'à il y a environ un an, mais les onze derniers mois se sont juste... envolés.

Il passe une main dans ses cheveux et je suis une nouvelle fois frappée par sa beauté. Des cheveux sombres ébouriffés, des yeux noirs intenses. Son T-shirt moule les muscles de ses bras. Des tatouages sont visibles sous l'ourlet de ses manches. Peu importe combien de temps je l'observe, je ne me souviens pas avoir passé du temps avec lui. Alors pourquoi ai-je l'impression que mon coeur sait quelque chose que j'ignore ?

— Est-ce que je te connais ? je demande.

Il souffle et lève les yeux vers le ciel étoilé.

— Ouais. Tu me connais.

Quand il croise de nouveau mon regard, ses yeux sont

emplis de larmes.

— Je suis l'imbécile qui est amoureux de toi.

Amoureux de moi ?

— Mais je suis fiancée.

— J'ai vu ça, murmure-t-il, ses yeux tombant sur ma main. Est-ce que je peux te poser une question ? Est-ce arrivé avant ou après l'amnésie ?

— Avant.

— Putain.

Son juron n'est ni crié ni jeté à mon visage comme une pierre. Il le souffle — expirant sa déception. Nate est un inconnu pour moi, mais à ses yeux, je suis...*quoi ?*

Nous continuons simplement de nous observer, lui, manifestement furieux et anéanti, et moi, essayant de rassembler les pièces dans mon esprit pour essayer de donner un sens à tout ça. Je suis fiancée à Max Hallowell. Je ne suis pas le genre de fille à se fiancer avec un homme alors qu'elle couche avec un autre. N'est-ce pas ?

Nous restons ainsi, le croassement d'une rainette marquant les secondes qui s'écoulent. Je plonge dans mes souvenirs à la recherche de quoi que ce soit. Un souvenir, une information, un détail inutile — je cherche quoi que ce soit dans mon cerveau qui donnera un sens à cette douleur illogique qui loge dans ma poitrine. Finalement, il enfonce les mains dans ses poches et détourne son regard sur la rivière.

— Je dois partir d'ici, Han.

Han. Il me connaît. Je le sens. Je le connais. Ou c'est au moins le cas de mon cœur, si ce n'est celui de mon cerveau endommagé .

— S'il te plaît, raconte-moi ce qui s'est passé. Qu'est-ce que j'ai fait ? je murmure. Je ne comprends pas.

Il hausse les épaules.

— Qu'y a-t-il à comprendre ? Tu portes sa bague.

Puis il s'éloigne et me laisse seule et perdue. Et je pense avoir le cœur brisé, mais je ne sais pas s'il se brise pour moi ou pour lui.

Et je ne sais pas qui est responsable de cette fracture.

CHAPITRE SEPT

Quand je retourne à la soirée, je remarque immédiatement Nate, qui s'est installé dans un fauteuil à côté d'Asher, une guitare entre ses larges mains, ses cheveux sombres tombant devant ses yeux alors qu'il griffonne des notes sur une feuille. Ma poitrine se serre en le voyant. J'aimerais croire que c'est dû au regret ou à la peur — tout sauf le désir que j'identifie facilement.

Maggie et Lizzy me font signe de les rejoindre au bar, mais je secoue la tête et reste à côté des escaliers. Comme s'il sentait ma présence, Nate lève la tête et son regard rencontre immédiatement le mien. Je ne comprends peut-être pas l'enchevêtrement d'émotions que je ressens, mais c'est indubitablement la colère qui recouvre ses traits, et comme une lâche, je suis incapable d'y faire face. Je remonte en courant à l'étage.

— Où va-t-elle ? j'entends Maggie demander.

— Elle ne se sentait pas très bien, répond Lizzy. Je vais aller voir comment elle va.

J'ai déjà atteint le couloir quand je sens sa présence derrière moi et qu'elle pose sa main sur mon épaule.

— Qu'est-ce qui ne va pas ?

Tout.

— Rien. Le médecin a dit que les maux de tête et le vertige pourraient continuer de m'embêter pendant quelques jours. Ce n'était probablement pas une bonne idée de me rendre à une fête.

Son expression est plus soucieuse que déçue.

— Laiss-moi te ramener.

— Non. C'est une belle soirée, et j'aimerais plutôt prendre l'air. Et je pense que je vais passer voir Max au club.

— Ok, murmure-t-elle. Tu promets de m'appeler si tu as besoin d'aide ?

J'inspire lentement.

— Redescend t'amuser.

— Oh, c'est vrai.

Ses yeux s'illuminent.

— J'ai un rocker à séduire.

Mon estomac se soulève mais je m'efforce de sourire.

— Ah oui.

Je l'observe descendre les escaliers avant de me retourner vers la panière qui contient les téléphones. Je fouille un peu puis en retire les téléphones que je ne reconnais pas comme le mien ou ceux de mes sœurs. J'appuie sur le bouton central et fait glisser les écrans pour les déverrouiller. Un écran, sûrement celui d'Asher, a une photo de Maggie et Zoe en guise de fond, un autre, une jeune femme que je ne reconnais pas, et le dernier, des Soldats de l'Empire.

Je n'ai pas le moindre doute que le téléphone avec les Soldats de l'Empire appartient à l'homme au tatouage de Hulk vêtu d'un T-shirt de Spider-Man. Je trouve l'idée que ce rocker dur-à-cuire soit secrètement un geek plutôt adorable. Sans le vouloir, mon opinion de lui s'adoucit. Sans me laisser le temps de reconsidérer, j'ouvre la messagerie de Nate. Il ne me faut pas longtemps pour trouver un fil de conversation avec mon nom.

Le dernier que j'ai envoyé date du jour de mon accident.

Hanna : *Je t'ai laissé un message. Il faut qu'on parle quand tu seras en ville.*

De quoi est-ce que je souhaitais lui parler ? M'apprêtais-je à lui annoncer mes fiançailles avec Max ? Je défile à travers des messages anodins quoi qu'un peu taquins du genre *Bonjour* et *C'était bon d'entendre ta voix ce soir* avant d'atterrir sur une conversation si compromettante que mes mains se mettent à trembler.

Le couloir est vacant, mais je ne peux pas prendre le risque que quelqu'un lise ces messages. J'emporte le téléphone avec moi sur la terrasse, me laisse tomber dans un fauteuil, et défile jusqu'au début de cette conversation accablante. Cette lecture me coupe le souffle.

Nate : *T'es tu souvenue d'emporter ton cadeau avec toi ?*

Hanna : *Oui. Dieu seul sait ce que la sécurité de l'aéroport en a pensé en fouillant mon sac.*

Nate : *Je suis certain qu'ils ont vu pire. Je suis heureux que* *tu l'aies avec toi.*

Hanna : *C'est une pauvre alternative à ta compagnie.*

Nate : *Je me rattraperai dès que j'arrive dans l'Indiana. Je filerai droit chez toi et je prévois de te garder au lit pendant des jours.*

Hanna : *Hmm. Ça a l'air rasoir.*

Nate : *Déshabille-toi, ma belle. J'ai bien envie de t'indiquer comment te servir de ton cadeau.*

Hanna : *Tu es un vrai tyran.*

Nate : *Seulement parce que ça te fait mouiller.*

Hanna : *Nue.*

Nate : *Au lit ?*

Hanna : *Je suis au lit depuis ton premier texto. J'ai un rencard jogging prévu à 6h demain matin.*

Nate : *Tu devrais annuler. Ce serait dommage que tu fasses disparaître ces courbes.*

Hanna : *Tu es le seul qui aime mes pseudo courbes.*

Nate : *Quelle autre opinion que la mienne compte ?*

Hanna : *Touché. Ton visage me manque.*

Nate : *Le tien me manque aussi. Tu sais ce qui me manque aussi ?*

Hanna : *Dis-moi.*

Nate : *Le bruit que tu fais quand je caresse tes seins. La sensation de tes tétons contre ma langue. Glisser ma main entre tes cuisses et me rendre contre que tu es trempée me manque. Ton goût me manque. Sentir tes talons dans mon dos alors que je suce ton clitoris entre mes lèvres. Mais plus que tout, ça me manque de te tenir dans mes bras. Tu es si parfaite. À moi.*

Je ne sais pas à quoi je m'attendais. Peut-être que mes souvenirs reviennent d'un coup en trouvant une preuve de mon passé comme cela arrive dans les films aux patients qui souffrent d'amnésie. Mais cette conversation ne ravive pas le moindre souvenir, et ma moitié de la conversation aurait tout aussi bien pu être écrite par une autre femme. Quand je lève la tête, Nate est debout devant moi, les mains dans les poches, le regard vide.

— Tu as trouvé quelque chose d'intéressant ? demande-t-il.

Mon cœur bat la chamade et mon souffle est saccadé et court. Mes joues rouges ne sont dues ni à l'embarras ni à la culpabilité ou au regret. Ce qu'il a écrit. Ce qu'il a dit. Mon entrejambe est tendu. Mon esprit est peut-être confus, mais mon corps ? Mon corps désire Nate tout autant qu'il a toujours désiré Max. Oh bon sang, Max. *J'ai trompé Max.*

— Pourquoi aurais-je décidé de tout risquer ?

Sa mâchoire se contracte et il hausse les épaules.

— Tu devras poser la question à ton fiancé.

— Tu *sais* pourquoi je ne peux pas faire ça.

Je recule mon fauteuil, et le crissement du métal contre le ciment fend l'air. Je relève mon menton.

— Je veux comprendre. J'ai besoin que tu me parles.

Il se raidit suite à ma demande.

— Non, je ne te dois rien.

— Tu n'as pas idée de ce que c'est. Avoir perdu la mémoire ? Je suis en train d'organiser un mariage avec l'homme que j'ai désiré pendant la plus grande partie de ma vie. Ne mérite-t-il pas — sans parler de *moi-même* — de découvrir la vérité avant qu'on se promette de s'aimer pour le meilleur et pour le pire ?

Même au clair de lune, je détecte la douleur dans son regard.

— J'ai juste besoin de réponses.

Je lève le menton et me dirige vers la façade arrière de la maison, dans sa direction. Je le regrette immédiatement car ses lèvres se retroussent en un sourire cruel alors qu'il comble la distance qui nous sépare.

— J'ai besoin de la vérité, je murmure faiblement.

— La vérité ? Est-ce vraiment ce que tu souhaites, mon ange ?

Sa voix grave danse sur ma peau à la manière d'une caresse. Un peu tendre. Entièrement vicieuse. Je ne peux pas répondre. Je suis trop obnubilée par l'idée de retenir ma respiration. Si j'inspirais trop fort, mes seins frôleraient son torse, et j'ai peur de le toucher. Peur de ce que je ressentirais. Comme s'il pouvait lire dans mon esprit, il s'avance d'un pas, et quand je m'écarte pour le contourner, je me retrouve dos au mur, son corps pressé contre le mien, et son souffle chaud contre mon oreille.

— Tu veux savoir comment c'était entre nous ? murmure-t-il.

— Oui.

Je comprends mon erreur quand un grognement fait vibrer son torse.

— Devrais-je commencer en te disant comme tu étais mouillée à chaque fois que je te touchais ? Ou peut-être comment tu m'as supplié la première fois ?

— C'est faux.

— Imaginais-tu qu'un rocker pervers t'avait séduite ? T'avait piégée dans son lit ? Désolé. Tu as demandé la vérité. Tu m'as supplié. Juste à l'extérieur de la boite, tu m'as supplié jusqu'à ce que j'arrache ta culotte et tu n'as cessé que lorsque ta bouche était trop occupée à ravager mon cou. Est-ce de ça dont tu espères te souvenir ? Que tu me désirais tant que tu m'as laissé te doigter en plein air, contre ce bâtiment, alors que n'importe qui aurait pu nous surprendre ?

Ma respiration est saccadée, et mes joues brûlantes. Quand j'appuie sur son torse pour le pousser à reculer, ma traîtresse de main s'accroche à son t-shirt. Un grondement sourd s'échappe de sa gorge. Il mordille le lobe de mon oreille. Un éclair illumine le ciel derrière lui.

— Tu m'as peut-être oublié, mais tu aimes toujours les obscénités, n'est-ce pas ? Et peut-être que si je te faisais jouir ici et maintenant, tu crierais encore mon nom. Parce que c'est *mon* nom que tu hurlais à chaque fois, Hanna. Jamais le sien.

Je souffle.

— Tu es horrible.

— Qu'est-ce qui t'embêtes vraiment ? Que tu aies eu envie de moi ? Ou que même en arborant sa bague, tu brûles secrètement que je te raconte tous les moindres détails ? Au fond de toi, tu aimerais te souvenir de tout.

— C'est faux, je crache, les mots frôlant le sanglot alors que je m'efforce de ravaler mes pleurs.

Je le bouscule et il recule, mais pas parce que je suis assez forte pour le repousser. Je ne suis pas dupe. Mais il recule. Il me donne au moins ça. Mes jambes sont flageolantes et je me sers du mur comme soutien. J'ai trahi Max. Mes émotions se soulèvent dans ma poitrine, et je ne peux les contenir. Mes pires soupçons se sont avérés exacts. Mais le désir lancinant entre mes cuisses — c'est ça la pire de toutes les trahisons.

— Dis-moi pourquoi j'ai fait ça, je demande. J'ai besoin de comprendre.

Il enfonce les mains dans ses poches et tourne son regard en direction de la zone clôturée derrière la terrasse, là où le jacuzzi d'Asher gronde en se déversant dans la piscine.

— Je t'ai fait une promesse, dit-il d'un ton posé. Je t'ai promis de respecter ton choix quand tu l'aurais fait. Que si tu acceptais sa bague, je n'essaierai pas de te faire changer d'avis.

Quelques secondes auparavant, je priais pour qu'il ne me regarde pas, mais j'aimerais désormais pouvoir lire dans ses yeux. J'ai besoin de croiser le regard de cet homme avec lequel j'éprouve une telle connexion. L'homme pour lequel j'ai envisagé de quitter mon fiancé.

— J'ai toujours su que tu méritais mieux que moi.

Il tente de dissimuler sa voix grave sous le grondement du tonnerre lointain.

— J'espère qu'il te mérite. Parce que ce n'était certainement pas mon cas.

Finalement, il se tourne vers moi et capture mes mains avec les siennes. Sa bouche est à quelques centimètres de la mienne, et son regard glisse sur ma bouche. J'attends son baiser — et je me demande si j'en ai envie. Le temps s'accroche à mon hésitation. Trébuche. Bégaye. Ralentit.

Il soulève mes doigts l'un après l'autre et récupère son

téléphone avant de reculer. Il disparaît dans l'obscurité, son silence une promesse que je ne me souviens pas avoir reçue, et la douleur dans ma poitrine un regret que je ne comprends pas.

———

Je fais le tour de la maison sous la bruine qui tombe sur mes joues brûlantes. Quand la pluie commence à s'abattre sur moi, je ne me précipite pas sous un abri. Je me fige et lève les yeux dans la nuit noire et laisse la pluie chasser mes craintes. Je suis absolument trempée quand j'arrive à la salle de sport, et quand je passe les portes, Max est accroupi devant une blonde aux jambes interminables, sa main enroulée autour de sa cuisse. Il est presque neuf heures, et ils sont seuls tous les deux.

— Descends un peu plus, dit-il d'une voix grave. Ouais...juste comme ça. Maintenant, serre bien. Et recommence.

La fille ajuste les poids sur ses épaules et passe en fente basse.

— Ça fait *mal*, gémit-elle.

— Recommence, répond Max.

Il tourne la tête vers la porte — et moi — et son visage s'illumine.

— Dix de plus de ce côté, indique-t-il à la fille.

Puis il s'avance dans ma direction.

— Désolée, je suis en avance.

Ça n'a pas l'air de le déranger, et j'espère que c'est le

cas. Après ma discussion avec Nate, j'ai terriblement besoin de voir Max, pour me rassurer que je ne l'ai pas perdu. Quoi que j'ai fait, s'il veut de moi, s'il m'aime, nous réussirons à surmonter ceci. N'est-ce pas ?

— Pas besoin de t'excuser.

Il me dévore des yeux et ses narines palpitent. Il glisse un doigt dans un des passants de ma jupe en jean et m'attire contre lui.

— Encore plus sexy en personne, murmure-t-il près de mon oreille. A-tu marché sous la pluie juste pour me rendre fou de désir ?

Je mords ma lèvre. Je n'ai pas songé à quoi que ce soit d'autre que de fuir la fête.

—Je fais quoi maintenant ? couine la cliente.

Il mordille mon lobe — le même que Nate Crane vient juste de mordre — et une vague de culpabilité me secoue. Max se méprend sur la raison derrière mon tremblement et murmure « *Bientôt* » avant de reculer et de faire face à sa cliente.

— Même chose de l'autre côté.

Elle pleurniche. Vraiment.

— À ce rythme, je n'aurai plus de jambes pour partir d'ici.

— Tu m'as dit que tu voulais le sentir demain.

Son regard bascule vers moi et il m'adresse un clin d'œil avant de reporter son attention sur la nana.

—Je cherche toujours à satisfaire mes clients.

Elle lui lance un regard déçu, et je m'efforce de ravaler mon fou rire. Je veux bien croire qu'elle ait dit ça, mais je suis certaine qu'elle avait autre chose en tête. Je me demande si c'est la première fois qu'un type refuse ses avances.

— Voici ma fiancée, dit Max en enroulant un bras autour de ma taille. Elle est venue se servir du hammam.

— Ah oui ?

— L'équipe d'entretien vient juste de partir, donc il devrait être comme neuf.

Il baisse la tête jusqu'à frôler mon oreille avec sa bouche et chuchote :

— Je te retrouve là-bas dès que j'ai fermé.

Me retrouver ? Mon cœur s'emballe un peu, comme si c'était moi qui réalisait les fentes.

— Oh...

— Allez, dit-il à la blonde. Tu peux descendre un peu plus.

Je me glisse derrière eux en direction de la porte avec un signe arborant un panneau « *Vestiaire femme* ». Le club de Max est sympa. Propre et étincelant, bien entretenu. Je ne me souviens pas m'être entraînée ici, mais Lizzy m'a dit que je suis devenue accro à la musculation au cours des onze derniers mois.

Le vestiaire est grand. Un mur est recouvert de miroirs au dessus de trois lavabos. L'autre contient une douzaine de casiers en bois. Je laisse tomber mon sac à main sur le banc à côté des casiers avant de rejoindre le couloir à l'arrière. Il y a trois cabines de douche, toutes propres, et des serviettes pliées sur des séchoirs entre chacune d'elles. Le hammam se trouve juste après les douches. J'entends le sifflement de la vapeur avant même de le voir.

J'ouvre la porte en verre embuée et je suis aussitôt frappée par une bouffée de vapeur chaude. Je mords ma lèvre, observe les murs carrelés, les chaises, et le banc à deux étages qui longe le mur du fond. Il m'a demandé de l'attendre ici. Est-ce que nous faisons ça fréquemment ?

Je souffle doucement alors que mon imagination s'emballe à l'idée d'attendre nue ici que Max me rejoigne. Ou mieux encore, que Max me rejoigne entièrement dévêtu.

Il va s'attendre à ce que je couche avec lui. Bien sûr — ça paraît évident. Les couples fiancés couchent ensemble. Je suis nerveuse. Non, je suis terrifiée. Peu importe combien de fois j'ai couché ces derniers mois, je ne m'en souviens pas, donc je pourrais tout aussi bien être la même vierge que dans mon dernier souvenir.

Après ma conversation avec Nate ce soir, je ne crains pas qu'il m'embête ou qu'il raconte tout à Max. Je devrais être heureuse. Mon secret est à l'abri, et je peux me concentrer sur mon mariage imminent.

Alors pourquoi l'idée de coucher avec mon fiancé me donne-t-elle l'impression d'être infidèle ? Je chasse cette pensée et retourne dans le vestiaire pour me déshabiller. Une serviette enroulée autour de moi, je retourne vers le hammam et pénètre cette fois-ci dans l'enceinte.

Je me laisse tomber sur l'un des sièges et m'appuie contre le dossier avant de fermer les yeux et de laisser la vapeur détendre mes muscles et calmer mon esprit. Je m'endors, et juste au moment où je suis happée par mes songes, mon esprit effleure un souvenir enfoui — Max et moi dans la salle de sport avant qu'on sorte ensemble. Je lui ai demandé d'être mon coach. Enfin, un souvenir aussi net que ceux qui me restent, et je me laisse envelopper par le sentiment de réconfort qu'il me procure. Moi. Max. Pas de liaison. Pas de rocker en colère et le cœur brisé.

— Hé, la belle au bois dormant, murmure quelqu'un près de mon oreille.

Mes muscles sont si détendus que je ne veux pas bouger. J'étire mes bras et mes jambes, et ma serviette glisse sur mes hanches alors que j'ouvre les yeux.

— Oh, merde, Hanna.

Max est debout devant moi, torse nu, une serviette nouée autour de la taille. Je n'arrive pas à distinguer son visage avec toute cette vapeur, mais je n'ai pas besoin de voir son expression pour savoir qu'il me désire. Chaque molécule d'eau contenue dans la pièce est chargée par son excitation — un souffle retenu qui n'attend que d'être relâché. Je m'étire un peu plus et cambre mon dos de manière à pousser mes seins dans sa direction.

— Je m'excuse, ça m'a pris plus longtemps que prévu.

Sa voix est tendue alors qu'il me tend la main.

— Un nouveau client s'est présenté au moment où j'allais fermer.

J'attrape sa main et me lève, mais quand je tends le bras pour attraper ma serviette qui est tombée, il me retient.

— Pas la peine, me dit-il.

Je me sentirais peut-être gênée dans une autre situation, mais dans cette vapeur, je deviens sexy et dévergondée sous ses yeux. Je ne ressens rien d'autre que de la détermination sous le poids qui pèse sur mon cœur suite à ma conversation avec Nate. La détermination de me prouver que *cet* homme est celui que j'aime — et personne d'autre. Avec ce premier souvenir retrouvé à portée de main, je me sens optimiste pour la première fois depuis des jours. Mon regard tombe sur sa serviette et je hausse un sourcil.

— On dirait qu'il y a deux poids deux mesures.

Il grogne et capture ma bouche avec la sienne. Son baiser s'attarde, lent et langoureux. Il a le goût du chewing-gum à la cannelle et caresse ma langue avec la sienne alors qu'il saisit un de mes seins dans le creux de sa main.

— Il me semble que c'est à mon tour de te toucher, murmure-t-il contre mes lèvres.

Son pouce frotte mon téton au rythme sensuel d'un homme qui compte prendre son temps.

— Et jouer avec toi ici est dans le trio de tête de ma liste de fantasmes.

J'enfonce mes ongles dans son dos et mordille sa lèvre inférieure. Parce que je n'ai pas du tout envie qu'il prenne son temps. Je veux qu'il me touche et m'embrasse jusqu'à me faire oublier la voix de Nate, jusqu'à ce que je sois si certaine de notre amour et de notre futur que mon anxiété s'estompe. De sa main libre, Max capture mon autre sein et lui assène la même torture.

— Max, je gémis en m'arquant contre lui, à la recherche de plus de contact.

— Comment était la fête ?

— Quoi ?

Ses lèvres se retroussent en un sourire.

— Bon sang, c'est tellement bon de savoir que je te fais perdre la tête.

Je passe la main dans ses cheveux.

— C'est vrai. Complètement.

Il couvre mon cou et ma clavicule de baisers puis se dirige vers mon sein et enroule ses lèvres autour d'un téton. Lentement, fermement, douloureusement méticuleux, il décrit des cercles autour avec sa langue avant de le sucer. Mes seins s'alourdissent après chaque coup de langue et l'excitation entre mes jambes se fait plus pressante. La vapeur a embrasé mes sens, et la caresse de ses phalanges le long de mon flanc est aussi excitante que la première fois où un garçon a glissé sa main sous ma jupe.

Alors que m'apprête à le supplier, il suce mon téton — longtemps et fermement. Mes genoux flanchent et il est obligé de me soutenir quand je glisse dans ses bras.

— Viens-là, murmure-t-il.

Il me conduit vers les bancs et s'assoit sur le rang du bas. Son érection est ferme et longue sous la serviette, mais quand je tends la main pour le découvrir, il m'interrompt.

— Laisse. Tu me tentes déjà bien trop.

— Mais j'aime te toucher, je proteste.

— Tu aimes me faire perdre la tête.

Un gloussement s'échappe entre mes lèvres.

— C'est une sensation agréable.

— Viens là.

Il m'attire en avant jusqu'à ce que je le chevauche, son érection rigide et glorieuse entre mes cuisses. Quand sa bouche retourne à ma poitrine, alternant les coups de langues et les succions, je me frotte contre lui. Mes cuisses sont pressées de chaque côté de lui tandis que la sensation de sa bouche sur mes seins se mêle à la pression de son érection à travers la serviette.

Sa main glisse dans mon dos puis jusqu'à mon derrière, massant chaque fesse tandis que sa bouche poursuit son assaut sur ma poitrine. Je gémis et me cambre contre lui, réajustant mes hanches juste assez pour que le plaisir me heurte soudainement comme un coup de fouet. Je retiens mes hanches qui brûlent de rouler contre lui, de se frotter contre sa verge.

— Bouge contre moi, m'ordonne-t-il. Je veux sentir tes mouvements.

La friction de la serviette contre mon clitoris engorgé est presque trop pour moi, quasiment inconfortable, mais c'est une gêne plaisante, et son sexe enfle et se fait plus pressant entre mes cuisses. Je ne sais pas si je serais capable de m'arrêter même si j'en avais envie. À moins de passer à autre chose. Quelque chose de *plus*. Il serait si facile pour lui d'écarter sa serviette et de se glisser en moi. Ma peur a disparu et a laissé place à un désir ardent. N'en a-t-il pas autant envie que moi ? Peut-être qu'il n'a pas de protection avec lui. Je n'ai pas vraiment le temps d'y réfléchir car sa main a retrouvé mon sein et le masse. J'en ai le souffle coupé.

Puis il me suce brusquement et sans pitié et je me rue contre lui. Je roule des hanches et frotte, roule et frotte. Je suis si près du précipice, et quoi qu'en dise mon corps qui cherche désespérément à l'atteindre, je n'ai pas envie que ceci se termine. Max saisit ma hanche et se lève du banc pour augmenter la pression contre mon entrejambe. Je crie. De plaisir. De frustration. Ce n'est pas assez.

— S'il te plait.

Ma supplique retentit contre les murs.

Il change notre position si rapidement qu'il a réajusté mon corps avant même que je réalise ce qui se passe. Il m'installe sur le banc du haut. La sensation de son sexe entre mes jambes me manque immédiatement. Il descend le long de mon corps alors que ses mains écartent mes cuisses. Je suis alors ouverte et exposée à son regard, et ses lèvres sont si proches que son souffle se mêle à la vapeur chaude qui caresse mon sexe.

Ses caresses sont tout d'abord hésitantes, il trace mes plis du bout des doigts avant de plonger en moi. Je me mords la lèvre pour retenir mon cri, mais il pose ensuite sa bouche sur moi et enveloppe mon clitoris de ses lèvres alors même que deux de ses doigts s'enfoncent dans mon vagin, ses caresses exprimant ses désirs. Ses doigts glissent de concert avec les mouvements de sa langue. Affamé, avide.

Enfin, quand je suis envahie par le plaisir au point de baisser les armes, il attrape ma cheville et guide mon pied sur le banc à côté de ma hanche. Je suis entièrement exposée, ses doigts me cajolent, ses lèvres s'enroulent autour de mon clitoris, et je ne peux m'empêcher de me frotter contre son visage, chevauchant ses doigts comme j'aimerais le faire avec son sexe. Je ne peux plus me retenir. Je m'envole, je tombe et me désintègre jusqu'à me fondre avec la vapeur qui nous entoure.

CHAPITRE HUIT

Je suis blottie contre Max alors qu'il caresse mon dos et dépose des baisers sur mes cheveux.

— Ça nous arrive souvent ? je murmure contre sa poitrine.

Il rit, émettant un silencieux ricanement que je ressens davantage que je ne l'entends.

— De quelle partie est-ce que tu parles ?

— Le hammam ?

— C'est la première fois, mais j'espère en faire une habitude. D'ailleurs, je crois que je vais économiser pour qu'on puisse en installer un dans notre future maison.

— Notre maison, je répète. J'aime cette idée.

— Moi aussi.

Sa voix est enrouée.

— Où va-t-on vivre une fois mariés ?

— Nous n'en avons pas vraiment discuté, mais si nous devons choisir entre mon appartement minuscule au-dessus du club et ton appartement minuscule au-dessus de la pâtisserie, je suppose que nous devrions choisir le tien.

Je fronce les sourcils.

— Je croyais que tu avais une maison ?

Non pas que je me rappelle l'avoir visitée, mais je me souviens l'avoir vu tondre le gazon d'une petite maison derrière la grande rue.

— Je l'ai vendue. Je n'y étais quasiment jamais de toute façon.

Il glisse une mèche de cheveux derrière mon oreille et capture mon visage entre ses mains.

— Je n'ai rien de très luxueux à t'offrir pour le moment, mais je vais tout faire pour. Quoi que tu désires. Je ferai en sorte que tu l'aies.

— Je n'ai pas besoin de luxe. Juste de toi.

Il enroule ses bras autour de moi et m'étreint.

— Nous devrions y aller.

— Ouais, je crois que je suis à court de sueur.

J'attrape ma serviette au sol mais elle est trempée et inutilisable. Max ouvre la porte et je frissonne quand l'air frais atteint ma peau réchauffée. Il attrape une serviette sur le présentoir et m'enveloppe dedans.

Ses vêtements sont posés sur une chaise à l'extérieur du hammam, et je ne peux m'empêcher d'étudier son corps quand il retire sa serviette pour s'habiller, chaque centimètre carré de son physique musclé. Un tatouage de dragon d'environ cinq centimètres est situé au milieu du V de ses hanches. Il devait être recouvert par son T-shirt quand il était chez moi hier soir. J'ai envie de le lécher.

121

— Tu as un tatouage.

— Oui.

— Quand est-ce que tu l'as fait ?

— En décembre dernier. J'y songeais depuis un moment et tu m'as encouragé à le faire.

Je souris et le trace du bout des doigts. Il grogne en réponse.

— Hanna, si tu continues de me toucher comme ça nous ne partirons jamais d'ici ce soir.

J'enroule mes bras autour de son cou et me hisse sur la pointe des pieds pour l'embrasser.

— Max Hallowell, je ne sais pas comment j'ai fait pour sortir avec un type comme toi, mais je te promets d'être une épouse de rêve. Je compte bien te mériter.

Une expression recouvre brièvement ses traits — de la tristesse, du regret ? — et il caresse ma joue avec son pouce avant de m'attirer contre sa poitrine et d'inspirer profondément contre mes cheveux.

— C'est à moi de faire mes preuves. Ne t'y méprends pas.

NOVEMBRE – NEUF MOIS AVANT L'ACCIDENT

La lumière matinale qui se reflète sur la rivière est en passe de devenir mon paysage favori. Même quand le sol est recouvert d'une fine couche de neige et que l'air est si froid que mon souffle est visible, j'apprends à aimer cette période de la journée. Je ne peux pas affirmer que j'aime la course, mais j'apprécie l'exercice, et je suis surprise par la vitesse à laquelle mon endurance augmente. Max descend de sa voiture, à croquer dans son t-shirt de sport noir à manches longues et son short.

— Salut !

— C'est une belle journée, je réponds.

Son sourire me réchauffe plus qu'un ciel sans nuage de printemps. Je me suis habituée à profiter de ce moment avec lui, son attention exclusivement portée sur moi. Nous entamons notre course sans préambule. Je me sens vraiment bien au début, mais en moins de quinze minutes, ma tête se met à tourner et ma vision se trouble. Mes pieds frottent le sol et je trébuche à mi-foulée. Max saisit mon bras et m'attrape avant que je tombe.

— Hé, attention, murmure-t-il. Doucement. Est-ce que ça va ?

Le monde continue de tourner un instant avant de se figer, et je pointe le sol du doigt.

—Je crois que j'ai juste besoin de m'asseoir une minute.

Je me laisse tomber sur l'herbe froide, le sol gelé rassurant sous mon corps, et je tente de chasser la nausée qui s'est emparée de moi.

— Hanna.

Max s'accroupit devant moi et attrape mon visage entre ses mains. Son front est plissé par l'inquiétude.

— Est-ce que tu as mangé ce matin ?

Je cligne des yeux. Il me touche,et je ne tiens pas à parler de mon alimentation. J'aimerais me fondre contre sa chaleur.

—Je n'aime pas manger avant de courir, j'admets.

— Ok, laissons un instant de côté ma leçon à ce sujet. Et hier soir ?

— Un blanc de poulet, je réponds, alors que mentalement j'ajuste ma réponse en *un-demi* blanc de poulet.

— Quoi d'autre ?

— Qu'est-ce que tu veux dire ?

— Qu'est-ce que tu as mangé avec ?

Il caresse ma joue avec son pouce.

— Oh. J'ai mangé ça avec environ deux cent cinquante grammes de salade.

— Des féculents ? Des céréales ? Des fruits ?

— Non.

Il s'installe à côté de moi et pose ses avant bras sur ses genoux.

— Pour le déjeuner ?

— Je ne sais pas. J'étais occupée. Peut-être une pomme.

Il baisse la tête.

— Je suis le pire des coachs ayant jamais existé. Tu n'as pas mentionné d'objectif de perte de poids, et j'ai juste pensé que ce n'était pas ton but. Mais j'aurais dû le savoir.

— Savoir quoi ?

Il me sourit.

— Tu as juste ce type de personnalité. Tu sais ? Tu décides de faire quelque chose et tu t'y consacres à fond.

— Ce n'est pas comme si c'était un défaut.

Son sourire s'élargit.

— Bien sûr que non, mais tu ne peux pas t'affamer. Si

tu veux vraiment perdre du poids, c'est tout à fait possible, mais il faut manger pour perdre.

Je m'efforce de ne pas lever les yeux au ciel en entendant ce conseil qu'on m'a répété à maintes reprises. Je me relève.

— Je crois que je ferais mieux de rentrer.

— Hanna, promets-moi juste de recommencer à manger.

Pour rester à ce poids à jamais ?

— Bien sûr.

— Super. Alors tu peux venir dîner avec moi vendredi.

Je fronce les sourcils et me retourne pour lui faire face.

— Pourquoi ?

Il se lève à son tour et essuie son short.

— Il me semble qu'on appelle ça un rencard. Je t'invite à dîner. Nous mangeons ensemble. Peut-être qu'on se tient par la main sur le chemin du retour ?

Je cligne des yeux, une nouvelle fois gagnée par une sensation de vertige, mais je fléchis les genoux et inspire profondément.

— Ça me ferait plaisir.

— Je passe te chercher à six heures.

PRÉSENT

Liz : Nate a disparu, donc pas de rocker sexy pour moi ce soir. Merde. J'ai connu des bonnes-sœurs plus satisfaites que je ne l'aie été dernièrement.

Le texto de la veille de Lizzy me fait grimacer. D'un côté, elle me fait rire, mais de l'autre, je ne sais pas ce qu'elle va penser en apprenant que *Nate* est Mr tatouage de Hulk. Je suis censée visiter des lieux de réception avec ma mère toute la journée, et tout ce à quoi je pense, c'est si j'ai oui ou non trompé mon fiancé. Je suis peut-être dingue, mais je suis quasiment sûre que j'ai besoin de savoir si je couche avec une rock star dans le dos de Max avant de choisir la longueur de mon voile.

Je travaille dans la pâtisserie depuis quatre heures trente ce matin, et l'horloge indique six heures moins vingt quand Lizzy passe la porte d'entrée, les yeux à moitié fermés.

— Le métier de tes rêves n'aurait-il pas pu me permettre de dormir jusqu'à dix heures du matin, hein ?

Elle passe devant moi pour atteindre le café.

— Je te jures, si je n'étais pas une ratée au chômage, je te dirais de trouver quelqu'un d'autre à réveiller au petit matin.

Elle se verse une tasse de café puis ajoute du lait avant de prendre une grosse gorgée.

— Putain, ça fait du bien.

Quand elle ouvre finalement les yeux et me regarde — me regarde vraiment — elle fronce les sourcils.

— Qu'est-ce qui ne va pas ?

— Je sais qui est Mr tatouage de Hulk, je murmure.

Elle se redresse.

— Vraiment ? Est-ce qu'il est revenu ? Est-ce que tu l'as vu quelque part ?

— Il était chez Asher la nuit dernière.

Elle sourit brillamment.

— Oh, l'affaire se corse !

— C'est Nate Crane, Liz.

— Qu'est-ce qui est Nate Crane ?

— Nate Crane est le type qui s'est glissé dans mon lit comme si c'était sa place. C'est le type avec qui j'ai trompé Max.

Elle ferme brusquement les yeux et marmonne :

— Bon sang, tu es vraiment une garce.

— Quoi ?

— Tu es fiancée. Ne m'en veux pas si je te déteste un peu. À toi la vie parfaite et le joli petit coup en prime.

— Le petit coup en prime pourrait gâcher cette vie parfaite !

Même si j'aimerais prétendre que mon secret est à l'abri, même si j'aimerais oublier ce qui s'est, ou non, passé avec Nate, je ne peux m'empêcher de me focaliser sur ce que j'ai fait. Et si mes souvenirs ne réapparaissaient jamais ? J'ai besoin de réponses. Liz fronce les sourcils.

— Ouais. Je suppose que tu as raison. Mais bon. Qui pourrait t'en vouloir ? Putain de Nate Crane. Tu couchais avec Nate Crane.

— Il n'y a rien de certain, je proteste.

Elle penche la tête.

— À quel point était-il familier avec ton corps quand il te pelotait dans le noir ?

Je tressaille.

— Ça craint.

Elle secoue la tête comme pour chasser sa fatigue.

— Ok, alors tu l'as vu à la soirée et tu as réalisé que le type, c'était lui. Ensuite, quoi ? Est-ce qu'il t'a approchée ?

— Non. Le contraire. Il m'a vue et il est parti dans l'autre direction. Mais c'est ma vie, tu vois ? Mon avenir avec *ce type vraiment incroyable*. Et plus je passe de temps avec Max, plus je suis sûre qu'il est fait pour moi, et je ne veux pas tout gâcher, mais c'est peut-être déjà trop tard. Donc j'ai suivi Nate dehors et je lui ai dit que je suis amnésique et il m'a demandé quand est-ce que les fiançailles ont eu lieu — avant ou après mon amnésie, comme si ça changeait quelque chose — et je lui ai dit avant ce qui l'a de nouveau fâché mais il a refusé de m'expliquer pourquoi. Il est parti sans répondre à aucune de mes questions, mais j'ai réussi à attraper son téléphone et j'ai lu quelques uns des textos que nous avons échangés, et c'est vraiment compromettant, et maintenant je ne sais pas à qui parler ou bien où trouver les réponses, mais j'ai peur de perdre Max si je lui avoue la vérité et...

Le souffle coupé, je prends une longue inspiration.

— Aide-moi.

— Ok.

Elle pose son café sur le comptoir et vient vers moi, puis pose ses mains sur mes épaules.

— Tout va bien se passer. Nous allons résoudre cette

histoire. Ensemble. Mais d'abord il faut que tu respires.

— D'accord.

J'inspire un autre souffle tremblant. Puis un autre. Au troisième, Lizzy hoche la tête et sourit.

— Ok. Maintenant, est-ce que tu penses que Nate et toi étiez juste...

— Juste quoi ?

— Tu penses qu'il passait juste pour tirer un coup, ou bien que vous aviez une relation ?

— Il a dit : « Je suis l'imbécile qui est amoureux de toi ». C'était ses mots : « l'imbécile qui est amoureux de toi » Et puis ces textos... ?

— Cochons ?

Je hoche la tête.

— T'as pas idée.

— Oh, merde, ma belle.

— Je sais.

Elle frotte ses mains l'une contre l'autre.

— Ok. Je pourrais parler à Nate pour toi ? Tâter le terrain ?

— Il est furieux contre moi, Liz. Je ne pense pas qu'il sera plus disposé à te parler.

— Et Asher ? demande-t-elle, mais mon horreur doit se lire sur mon visage puisqu'elle s'empresse d'ajouter : Ok, ok, mauvaise idée. Personne d'autre n'a besoin de savoir sans que ce soit nécessaire, n'est-ce pas ?

— C'est ce que j'espère.

— Ton téléphone ! s'exclame-t-elle. Nous ne savions pas qui chercher hier ! Regarde d'abord dans tes contacts. Peut-être que tu l'as enregistré sous un autre nom.

Je fais défiler mes contacts jusqu'à lire son nom en noir sur blanc.

— Il y est. Enregistré dans mon téléphone.

Elle me presse d'un geste de la main.

— Allez, clique sur l'historique.

Je fronce les sourcils. Je l'ai appelé vendredi dernier. C'est le jour de mon accident. Nous avons eu une conversation de trois minutes. À quel sujet ? À en croire sa réaction quand il a vu ma bague, je ne lui ai manifestement pas parlé de mes fiançailles.

— Oh, bon sang, Liz. Ça n'a aucun sens.

Elle m'arrache le téléphone des mains et commence à faire défiler l'historique sous la fiche contact de Nate.

— Mais tu as dit qu'il y avait des textos de toi sur son téléphone ?

— Ouais. Beaucoup. Je n'ai pas eu le temps de remonter bien loin avant qu'il ne me trouve et ne le reprenne.

— Mais il n'y a rien sur le tien, ce qui suggère que tu as effacé les preuves.

Je croise les bras.

— Apparemment.

— Où est ton ordinateur portable ?

— Dans la cuisine. Je dois...

Je n'ai pas le temps de terminer ma phrase qu'elle se précipite à l'arrière de la cuisine et ouvre mon écran d'ordinateur.

— C'est quoi ton mot de passe ?

Je hausse les épaules.

— C'est ce que j'essayais de te dire. Je n'ai pas réussi à

le déverrouiller parce que je ne le connais pas. Dieu soit loué, mon calendrier est synchronisé avec mon téléphone, mais je l'ai descendu aujourd'hui pour l'emmener chez le réparateur. Je n'ai pas accès à mes fichiers.

— Qu'as-tu essayé ?

— Tous les mots de passe qui m'ont toujours servi. Anniversaire, initiales, HanHan, initiales et anniversaire ensemble.

— Et la date anniversaire de votre relation avec Max ?

Je lève les mains.

— Ça n'a rien donné.

— Et Nate ? Ou Nate Crane ?

— Non plus.

— Tu en es sûre ?

Mon regard tombe au sol.

— J'ai essayé ce matin.

— Ou...

Elle tape sur le clavier pendant une minute puis presse la touche ENTRÉE. L'ordinateur bipe et ouvre la boîte de dialogue pour mot de passe erroné.

— Hmm.

Elle recommence à taper.

— Laisse tomber, Liz. J'ai essayé.

Elle presse ENTRÉE et l'ordinateur s'illumine quand mon écran d'accueil apparaît.

— C'était quoi ?

— *Lost In Me.*

Elle s'efforce de sourire.

— Mais ça ne veut rien dire. C'est une chanson très populaire.

Ce n'est peut-être pas une preuve accablante, mais ce n'est pas bon signe non plus.

— Vérifie d'abord ma boîte mail.

Elle s'exécute et charge directement le fichier *messages envoyés*. Un coup d'œil rapide nous donne un aperçu de messages que j'ai envoyés à plusieurs clients potentiels, des fournisseurs, et des futures mariées. Quand elle ouvre mon fichier contact, le prénom de Nate et son adresse mail sont listés, mais une recherche rapide avec son adresse ne donne rien dans l'historique.

— Pourquoi est-ce qu'il est dans mes contacts si je ne me sers jamais de son adresse ?

— Vérifions la corbeille, dit-elle, déplaçant la souris pour faire apparaître les messages supprimés.

Elle me regarde.

— Vide.

Mon estomac se rebelle, et la bile me monte à la gorge.

— Je n'ai jamais été douée pour trier ce genre de trucs. Pourquoi est-ce que je le ferais pour ça ?

— Parce que tu essayais de cacher quelque chose ?

— C'est bien ce qui me fait peur, je marmonne.

Une recherche sur mon profil Facebook nous apporte des résultats similaires. Nate fait partie de mes amis, mais nous ne trouvons pas la moindre trace d'échanges entre nous. Évidemment, si nous avions une liaison, j'ai du mal à croire que j'aurais été assez stupide pour l'affihcer sur Facebook. *Hanna a une relation secrète quasi-exclusivement-sexuelle avec Nate Crane.* Je suis presque sûre que cette option n'est pas disponible. J'ai envie de hurler.

— J'aimerais être le genre de fille qui tient un journal.

— Qu'est-ce que vous faites les filles ?

Je sursaute en entendant cette question et me retourne alors que Drew pénètre dans la cuisine à travers la porte arrière. Elle est sublime, une version plus jeune et plus petite de Cally avec les mêmes cheveux sombres et courbes sensuelles. Mais elle n'est définitivement pas habillée pour séduire qui que ce soit dans son vieux jean troué et son T-shirt usé.

— Drew ! Euh, rien de spécial !

— Eh. Si tu le dis. Café ?

— Devant, lui dis-je au moment même où la cloche de la porte d'entrée signale l'arrivée d'un client. Tu veux bien t'occuper de ce client tant que tu y es ?

— Bien sûr. Je suis *tellement* douée avec la clientèle, s'exalte-t-elle, en levant les yeux au ciel histoire d'insister.

J'ignore son sarcasme.

— Merci, Drew, je lui réponds, puis je l'observe passer à travers la porte battante pour rejoindre le magasin.

— Réfléchissons, dit Lizzy. Maggie dit que tu as rencontré Nate il y a trois mois lors d'un concert à St. Louis. C'est aussi à ce moment que tu as cessé d'*essayer* de perdre du poids et que tu as pris des mesures drastiques pour *t'assurer* d'en perdre.

— Des mesures drastiques ?

Peut-être que l'anorexie pour laquelle je consulte le docteur Perkins en secret n'est pas si secrète que ça.

— Tu as arrêté de manger, et tu es passée d'un entraînement par jour à deux ou trois par jour. *Drastiques*. C'est aussi à ce moment que tu as commencé à me tenir à l'écart.

La vérité, c'est que mon anorexie est plus crédible que l'idée de prendre mes distances avec Liz.

— Tu penses que j'ai fait ça à cause de Nate ?

— Je n'ai pas dit ça. Je pense juste qu'il s'est passé *quelque chose* il y a trois mois et que tu as changé.

Ses yeux s'illuminent et elle reporte son attention sur l'ordinateur, ouvre le moteur de recherche puis commence à taper sur le clavier avec frénésie.

— Quoi ?

— Les sites à potins.

Les yeux de Lizzy scannent l'écran alors qu'elle fait défiler les résultats avec la souris.

— Ils sont obsédés par Nate Crane pour des raisons évidentes, et je parie qu'il existe au moins une photo de son passage à St. Louis.

Elle cesse de faire défiler la page et ses épaules s'affaissent.

— Quoi ?

Je m'avance derrière elle pour voir ce qu'elle a trouvé. Elle réduit la fenêtre, mais pas avant que j'ai lu le gros titre. Le truc quand on est en surpoids, en tout cas dans mon cas, c'est que j'ai passé le plus clair de mon temps à planifier de manière stratégique une méthode pour perdre du poids et modifier ma silhouette. La plupart des filles grosses n'aiment pas être prises en photo car elles croient sincèrement qu'elles seront bientôt plus minces, en meilleure forme, plus musclées — visuellement plus attrayantes. Peu importe que j'ai été en surpoids la majeure partie de ma vie. J'ai perdu tellement de temps et d'énergie à penser à la manière de perdre ce poids en trop que je n'ai jamais accepté ma taille.

Les sportifs auront tendance à dire que c'est tant mieux. Ils mentionneront probablement le danger de se reposer sur ses lauriers et d'abandonner, blah blah blah. Mais ils ne comprennent pas que détester son corps et passer son temps à prévoir de changer mènent le plus souvent à la dépression et à la haine de soi. Et à chaque fois que quelqu'un prend une photo d'une fille grosse, révélant son véritable physique de fille en surpoids, c'est comme une insulte, une vraie gifle. Mais ce qui est cent fois pire que les images, ce sont les commentaires, comme si nous avions besoin du *rappel* de notre défaut complètement inacceptable. Comme si nous ne passions pas la majeure partie de notre temps à y penser. Mes yeux piquent alors que je cligne des yeux en fixant des yeux la partie de l'écran où était la photo. Où était le gros titre.

— Ils ne savent pas de quoi ils parlent, dit Lizzy. Ce sont des putains d'imbéciles superficiels.

— Agrandis la page, Liz.

Elle secoue la tête.

— Non. C'est idiot. La regarder va juste te blesser.

— Agrandis-la.

Ma détermination doit être évidente dans ma voix, car elle soupire et clique sur l'icône. Le moteur de recherche s'affiche de nouveau sur l'écran. L'image montre Nate en train d'embrasser une femme, sa main glissée sous la jupe noire qui remonte et expose sa cuisse potelée. Mon visage n'est pas visible, mais je suis certaine qu'il s'agit bien de moi sur cette photo sous le titre trau-matisant : *L'obsession secrète de Nate Crane pour les grosses.*

Je tends la mains et fait défiler le texte de l'ar-ticle — un ramassis de connerie qui prétend passer pour un exercice journalistique crédible en faisant tout un plat de l'étreinte de Nate avec une femme en surpoids à l'ex-térieur d'une boite de nuit de St. Louis. Aucune mention de l'identité de la jeune femme — comme si cela n'avait aucun intérêt — et aucune mention de ce que Nate et la fille ont fait avant ou après s'être pelotés à l'extérieur d'une boite de nuit. Mais les paroles de Nate résonnent dans mon esprit.

« *Tu m'as supplié. Juste à l'extérieur de la boite, tu m'as supplié jusqu'à ce que j'arrache ta culotte et tu n'as cessé que lorsque ta bouche était trop occupée à ravager mon cou. Est-ce de ça que tu espères te souvenir ? À quel point tu me désirais tant que tu m'as laissé te doigter en plein air, contre ce bâtiment, alors que n'importe qui aurait pu nous surprendre ?* »

Il ne mentait pas à ce sujet. La preuve est sous mes yeux.

— Tu crois que j'ai vu ça ? je demande à Liz.

Elle mordille sa lèvre et hausse les épaules.

— Cela expliquerait ton régime drastique.

— Ça ne répond toutefois pas à mes questions. Comme la raison qui m'aurait poussée à tromper Max et jusqu'où ça a été... mais qu'est-ce que je vais faire, bon sang ?

— On va trouver une solution. Laisse-moi réfléchir. C'est manifestement il y a trois mois que tout a commencé à changer. C'était à la fois notre remise de diplômes, ta rencontre avec Nate, et...

— Elle a commencé a accepté ces petits boulots de pâtisserie dans d'autres villes il y a trois mois.

Lizzy et moi nous tournons vers Drew de concert alors qu'elle entre dans la cuisine, un café dans une main et un pain au chocolat dans l'autre.

— C'était même avant que tu n'ouvres cet endroit, tu faisais des petits boulots pour des particuliers.

Les yeux de Lizzy sont écarquillés, et ses doigts masquent sa bouche.

— Je n'ai même pas pensé à ça. J'ai trouvé ça étrange à l'époque, mais je t'en voulais de m'avoir lâchée. Je n'y ai pas vraiment prêté attention sauf pour songer que c'était une énième raison qui faisait que tu valais mieux que moi.

— C'est faux. Je suis désolée si c'est l'impression que je t'ai donnée.

Elle écarte d'un geste mes excuses.

— Où est-ce que je me rendais ? je demande à Drew.

— Différentes villes, répond-elle la bouche pleine de pain au chocolat. Je parie que les détails de tes vols sont dans ta boîte mail.

Lizzy s'active déjà sur le clavier et ouvre le fichier voyage dans ma boîte.

— Bingo.

J'étudie les destinations qui s'affichent dans l'objet des emails.

— LA, Seattle, la Nouvelle Orléans.

Lizzy ouvre un nouvel onglet et recherche le *calendrier*

de tournée de Nate Crane. Elle clique sur un lien et affiche le calendrier sur son site internet.

— Les dates et les destinations de tes jobs correspondent toutes à des concerts de Nate Crane.

Je recule et appuie ma tête contre le mur avant de m'affaisser au sol.

— Liz. Qu'est-ce que j'ai fait ?

CHAPITRE NEUF

— Oh, merde, Liz ! Il faut que je me prépare. J'ai un rendez-vous prévu dans quinze minutes.

Lizzy hausse un sourcil.

— Je ne pense pas que Cally t'en voudra si tu n'es pas apprêtée.

— Ce n'est pas avec Cally, je réponds en attrapant mes clés. C'est un rendez-vous pour un gâteau de mariage.

Lizzy m'offre un large sourire.

— Avec Cally et William.

J'en reste bouche bée et mes yeux s'emplissent de larmes. Will et Cally m'ont rendu visite à l'hôpital. Cally s'est même enthousiasmée au sujet de ma propre bague, mais je n'ai pas remarqué qu'elle aussi en portait une.

— C'est…fantastique.

La cloche sonne, et Drew m'interpelle depuis la boutique :

139

— Hanna, ma soeur est arrivée !

Je me précipite à travers les portes battantes sans un autre mot en direction de Lizzy et me jette dans les bras de Cally.

— Félicitations, je crie.

Cally m'étreint avant de reculer, les sourcils froncés.

— Pour tes fiançailles, explique Lizzy derrière moi. Elle n'était pas au courant.

— Oh !

Cally couvre sa bouche d'une main et j'aperçois sa bague étincelante.

— Bien sûr !

— Comment ai-je pu rater ça quand tu m'as rendu visite à l'hôpital ?

J'attrape sa main et étudie sa bague.

— Bon sang, elle est sublime.

— Je ne la portais pas ce jour-là. Le bijoutier en avait besoin pour dessiner mon alliance.

— Ton alliance.

Sa réponse me fait fondre. William et Cally ont traversé tellement d'épreuves pour en arriver là, et je ne connais personne qui mérite d'être heureux plus que ces deux-là.

— Je suis tellement heureuse pour toi.

— Eh bien, j'espère, en effet. Tu fais partie de la cérémonie.

— Ooh !

Mes yeux s'emplissent une nouvelle fois de larmes. Drew grogne derrière moi, et j'entends presque ses yeux se lever vers le ciel.

— Ce serait franchement plus adorable si cette scène n'avait pas déjà eu lieu il y a quelques mois. Sérieusement, on se croirait en plein cœur de la Quatrième Dimension.

— Allez.

J'invite Cally à s'installer sur une table dans un coin.

— Parle-moi de ce que tu aimerais comme gâteau.

DÉCEMBRE – HUIT MOIS AVANT L'ACCIDENT

Une leçon d'empathie devrait être imposée aux filles minces. Je l'intitulerais Intro aux Filles Grosses et leur enseignerais les règles que suivent les filles en surpoids :

1) Ne jamais utiliser le mot *grosse*. Il met les gens minces mal-à-l'aise.

2) Toujours prétendre être en paix avec son corps et sa taille tout en s'efforçant constamment de perdre du poids afin d'atteindre une silhouette visuellement plus attractive.

3) Toujours prétendre être attirée par les hommes avec lesquels on a une chance et cacher son attirance pour les types *Hors de Portée*.

J'ai passé la majeure partie de ma vie à suivre ces règles simples, mais j'ai beaucoup de mal à m'y tenir ce soir. Je n'ai pas envie d'être *cette fille*. Celle qui ne réussit pas à s'amuser parce qu'elle est trop focalisée sur le poids, la beauté et le style des femmes qui l'entourent. Celle qui n'arrive pas à croire que l'homme à ses côtés a vraiment envie d'être avec elle et dépense donc toute son énergie à alimenter sa jalousie envers les femmes qu'il *devrait* désirer. Mais ce soir, je me comporte exactement ainsi, et même pire.

Le vernissage d'hiver de la galerie est animé, et William et Cally sont tous les deux rayonnants alors que les convives découvrent la nouvelle exposition. Cally me fait signe de la main depuis l'autre côté de la salle avec un sourire radieux. Max et moi sommes censés sortir avec eux ce soir après le vernissage, mais Lizzy est présente, vêtue d'une robe rouge qui met en avant ses jambes interminables et ses bras minces, et la seule chose sur laquelle je peux me concentrer est ce sentiment de ne pas être à la hauteur.

Je mériterais bien une baffe. Je file vers le bar et tends un billet de dix au barman.

— Votre plus gros verre de vin rouge, s'il vous plaît.

Les yeux du barman se posent un moment sur mon décolleté, et je souris. J'ai oublié à quel point les hommes aiment les seins. J'ai oublié que certains hommes aiment assez les seins pour ne pas se préoccuper du reste. Et je devrais peut-être m'offusquer du regard peu subtil de cet inconnu, mais que ce soit politiquement correct ou non, savoir qu'il les regarde me remonte le moral. Je prends une grande gorgée de vin et m'appuie contre le bar en observant la pièce à la recherche de Max.

— Tu attends ton rencard ? demande le barman.

Il est mignon. Probablement étudiant à Sinclair comme moi. Il a un style de surfer déchenaillé, même habillé en pantalon noir et chemise blanche. Je prends une autre gorgée généreuse. Le vin m'aide à oublier mes complexes, et si je ne veux pas me conduire comme *cette fille*, il va m'en falloir toute une cuve ce soir.

— Oui, je réponds avec un soupir. Mais la dernière fois que je l'ai vu, il reluquait ma jumelle.

Mon interlocuteur tousse et tire sur le col de sa chemise. Il est manifestement inconfortable dans ce vêtement, et je me sens presque mal pour lui. Comme s'il avait décidé d'abandonner le combat, il déboutonne le col de sa chemise. Ses yeux plongent une nouvelle fois dans mon décolleté, mais il les relève si vite que son geste ne paraît pas obséquieux, juste flatteur et adorable.

— Tu as une jumelle ?

Je lève les yeux au ciel. Les garçons et leurs fantasmes de jumelles. Sérieux.

— Oui, mais nous ne sommes pas identiques.

Loin de là.

Bon sang, si Max avait su que je me tenais derrière lui, il n'aurait jamais dévoré Lizzy des yeux comme ça. Ce n'est pas un salaud. C'est juste un mec normal. Et comme tout mec normal, il a bien plus envie de coucher avec ma jumelle qu'il n'en aura jamais envie avec moi.

Trois rencards et il ne m'a toujours pas embrassée. D'accord, il m'a tenu la main, m'a prise dans ses bras, et m'a embrassée sur la joue. Mais en trois rencards, ses lèvres ne se sont toujours pas posées sur les miennes. Ça ne se serait pas produit avec Lizzy.

— Gah ! je grogne.

Il n'y a en fait peut-être pas assez de vin ou de surfers

mignons à l'œil qui frise pour anéantir cette humeur terrible. Ce dernier hausse les sourcils.

— Quoi ?

— J'instaure mon propre jeu de bar.

Je pose mes coudes sur le comptoir et me penche en avant, ravie par mon idée de génie.

— Chaque fois que je pleure sur mon sort parce que mon rencard est secrètement plus intéressé par ma soeur, je prends une gorgée.

Il s'agite derrière le comptoir et remplit mon verre sans sollicitation de ma part.

— Est-ce que je peux te poser une question ?

Max apparaît de l'autre côté de la salle et attire William dans une de ces étreintes typiquement masculines. Ils forment un duo si séduisant — Will avec ses boucles blondes indomptables, Max avec sa tignasse sombre, et tous les deux dotés de corps qui méritent de figurer en couverture de magazines de sport. Max est séduisant ce soir dans son pantalon de costume et sa chemise bleu foncé. Sublime et trop bien pour moi. *Une gorgée.*

— Vas-y, je réponds derrière mon verre.

— S'il est intéressé par ta soeur, pourquoi es-tu avec lui ? Pourquoi ne pas sortir avec un type qui s'intéresse à *toi* ?

Parce que les mecs ne s'intéressent pas à moi. Oh, merde. Je recommence. *Une gorgée.*

— Je veux dire, si c'était *moi* ton petit-ami par exemple, je n'en aurais rien à faire du physique de ta soeur. Tu t'es vue ?

Je cligne des yeux. Puis je réalise que le vin m'est visiblement monté à la tête. Ce type tente probablement juste de me remonter le moral. *Une gorgée.*

— J'ai craqué pour Max lorsque j'avais treize ans, je lui avoue. Il m'a souri et...

Je prends une autre gorgée. Franchement, il ferait mieux de nous simplifier la tâche et de me tendre la bouteille si je dois lui raconter cette histoire.

— Eh bien, si tu décides de sortir avec un mec qui s'intéresse seulement à toi...

Il contourne le bar et me prend le téléphone des mains avant de taper sur l'écran. Il me fait sourire. Ça fait longtemps que quelqu'un ne s'est pas donné la peine de me réconforter.

— Tu es vraiment adorable, tu sais ?

Cette fois-ci, quand son regard plonge dans mon décolleté, ils poursuivent leur chemin jusqu'à mes hanches, où ils s'attardent.

— Pour ces courbes, je peux être tout ce que tu désires.

— De qui s'agit-il ?

La voix de Max me fait sursauter puis reculer d'un pas, comme si j'avais été surprise en flagrant délit.

— Oh, voici Max, mon rencard, j'annonce au barman.

J'écarquille les yeux en priant pour qu'il y détecte ma supplique désespérée : *Ne mentionne pas ce dont on discutait s'il te plaît.*

— Max, voici le barman, euh...

— Jimmy, répond ce dernier.

Il ne semble pas le moins du monde perturbé par la

présence de Max. Il me fait un clin d'œil comme si nous partagions un secret coquin. Max prend ma main et presse mes doigts.

— Tu veux bien venir avec moi s'il te plaît ?

Je cesse de tenter de comprendre l'intérêt étrange que me porte Jimmy et lève les yeux vers Max.

— Bien sûr.

Il me guide à travers la galerie, me traînant presque dans son sillage. Il grimpe les escaliers deux marches à la fois jusqu'au loft, où se trouvent une kitchenette et une salle de réception. Quand il s'arrête enfin et me fait face, je fronce les sourcils.

— Qu'est-ce qui se passe ?

— Laisse-moi te débarrasser.

Il attrape mon verre de vin et le pose sur le comptoir.

— Pourquoi ?

— Parce que j'aimerais que tes mains soient libres pour ça.

Le moment que j'attendais tant. Il passe sa main dans mes cheveux et pose ses lèvres sur les miennes. Mais c'est différent des baisers chastes que nous avons déjà échangés. Un échange langoureux et brûlant chargé de promesses. Son pouce va et vient le long de ma mâchoire et mes lèvres s'écartent en réponse pour faciliter l'assaut de sa langue contre la mienne, ses lèvres douces puis cajoleuses, ses doigts glissant le long de mon cou pour s'enfoncer dans mes cheveux.

J'attends ce baiser depuis que je suis assez âgée pour être intriguée par l'idée d'embrasser un garçon. J'attends

Max depuis que les *garçons* ont attiré mon attention. Et le voilà enfin. Occupé à m'embrasser comme s'il me désirait depuis aussi longtemps que je brûle pour lui.

Lentement, il quitte mes lèvres et dépose de petits baisers sur ma mâchoire et dans mon cou jusqu'à atteindre la peau sensible dans le creux de mon cou. Sa langue chaude me lèche. Je ferme les yeux et tente de reprendre mon souffle. Mais c'est difficile quand il est si près de moi et que les soins délicieux que procurent ses lèvres et ses dents à mon cou m'encouragent à les imaginer partout ailleurs. À les imaginer là où aucun homme ne m'a jamais léchée.

Quand il lève la tête, ses yeux bleus sont voilés.

— À quoi je dois ça ? je murmure.

— Je crois que le barman de William tentait de voler ma cavalière.

Je souffle.

— Il essayait juste de me remonter le moral.

— Pourquoi est-ce que tu en avais besoin ?

Je hausse les épaules.

— Je suis simplement de mauvais poil.

Ou plutôt, *j'étais* de mauvais poil. Visiblement, les baisers de Max sont un remède plus efficace que le vin. Il caresse ma lèvre inférieure avec son pouce.

— Tu es si belle ce soir.

— Vraiment ?

Il m'attire derrière lui en direction des escaliers, un sourire aux lèvres.

— Viens. J'aimerais t'embrasser devant le barman.

PRÉSENT

Maman, Mami et moi visitons des lieux de réception pour le mariage et celui-ci est le dernier sur la liste. À l'instant où je pénètre dans la galerie, la tension qui m'agrippait s'envole quand je me souviens de notre premier baiser avec Max. Ce souvenir chasse mon anxiété comme si quelqu'un avait déclenché une soupape de sécurité dans mes muscles.

J'ai toujours adoré cet endroit. La galerie de William, le sourire de Maggie quand elle travaille sur une nouvelle œuvre, la manière dont le soleil s'immisce à travers les parois vitrées qui forment le mur du fond et se reflète sur les pièces en verre teinté suspendues au plafond. Et plus encore que le reste, j'adore ce souvenir de notre baiser.

— Hé, ma belle. Comment ça va ? me demande Maggie alors que j'entre dans la galerie.

Elle est particulièrement resplendissante aujourd'hui dans son jean accompagné d'un débardeur noir large et de sandales à talons.

— Oui.

Je m'efforce d'être positive. De l'autre côté de la rue, Max est devant le club, en pleine discussion avec une sublime blonde aux jambes interminables. L'ancienne Hanna se serait sentie bien inférieure à une fille comme ça. L'ancienne Hanna n'aurait jamais cru qu'un type comme Max puisse vouloir d'une fille comme elle.

Dommage que l'esprit de l'ancienne Hanna soit bloqué dans le corps de la nouvelle.

Je me trémousse, mal à l'aise avec la manière dont la jeune femme se penche en flirtant et pose sa main sur le torse de Max. Je n'ai jamais eu assez confiance en moi pour draguer quelqu'un ainsi, mais ça ne veux pas dire que je suis incapable de reconnaître une tentative de séduction envers mon homme. De qui s'agit-il ? Une étudiante qu'il coache ? Est-ce qu'elle l'intéresse ?

Max repousse doucement sa main et fait un pas en arrière. Debout à côté de moi, Maggie suit mon regard et s'esclaffe.

— Ne t'inquiètes absolument pas pour ça, Han-Han. Ce type n'a d'yeux que pour toi.

Maman tourne en rond devant nous et fronce les sourcils.

— Je ne suis pas certaine que la galerie offre assez de place pour inviter beaucoup de monde. C'est le lieu idéal pour une ravissante cérémonie intime en revanche, ça c'est sûr.

— Je ne savais même pas que William mettait les lieux à disposition pour des mariages, je murmure à Maggie. Enfin, je ne me souviens pas si j'étais au courant ou pas.

— Nous avons commencé il y a environ six mois, répond Maggie. Ça marche vraiment bien. La mariée descend généralement les escaliers au lieu de suivre une allée traditionnelle, et nous avons des chaises blanches entreposées que nous pouvons installer dans le foyer pour les invités.

— Ça a l'air fantastique.

— En effet.

Maggie hausse un sourcil.

— Vous avez décidé d'une date ?

— Non, mais Maman me met la pression pour le faire.

— Rien ne satisfait plus cette femme que de marier ses filles à des hommes biens, marmonne Maggie. Je te jure, si elle continue à faire pression sur Asher, je vais péter un plomb.

— Toujours pas de bague pour toi ? je demande.

Ses épaules se contractent.

— Asher y a fait allusion il y a quelques mois, et j'ai flippé. Je crois que je lui ai fait peur, et Dieu sait s'il finira par me poser la question maintenant.

— Je suis certaine qu'il attend simplement que tu sois prête.

Elle hausse les épaules et change de sujet. Ayant connaissance du passé de Maggie, je peux comprendre qu'elle ait paniqué à l'idée de se marier. Mon regard se tourne vers Max. Sauf qu'il n'est plus dehors, et avant que je ne repère sa nouvelle position, la cloche sonne au-dessus de la porte.

— Hé, Max ! l'interpelle Maggie.

Max sourit depuis la porte et me dévore du regard. Ses yeux bleus sublimes me coupaient déjà le souffle quand il ne me remarquait pas, mais qu'ils soient posés ainsi sur moi manque de me faire fondre.

— Max ! appelle Maman en se précipitant vers lui. Tu

as eu mon message. Je suis tellement contente que tu aies pu venir.

Mon cœur bat la chamade en réponse au regard qu'il pose sur moi. Ou est-ce l'anxiété qui me tient depuis nos découvertes matinales sur mon ordinateur, la peur d'avoir gâché quelque chose de bien ? Max s'extirpe de la prise de Maman et me fait aussitôt virevolter tout en souriant.

— Excuse-moi un instant, dit-il à Maggie. J'ai besoin d'embrasser ma fiancée.

Il pose ses lèvres contre les miennes en un baiser doux et tendre qui me fait vibrer des pieds à la tête. Il recule avant que je ne puisse y répondre.

— Salut, je murmure.

Ses yeux sont voilés. Il repousse mes cheveux derrière mes épaules.

— Je ne savais pas qu'on cherchait un lieu de réception.

Je pose mes mains sur ses épaules de manière gênée, ne sachant pas quoi en faire. Après la nuit précédente, c'est drôle que je sois mal à l'aise à l'idée de le toucher, mais ce n'est pas encore naturel pour moi. Dans mon esprit, Max est encore un *béguin* et non mon *fiancé*.

— Maman a insisté.

Je l'observe attentivement.

— Est-ce que ça te gêne ? Nous ne sommes pas pressés.

Il sourit.

— Eh bien, peut-être que *toi* non. Personnellement, j'ai hâte de dormir dans le même lit. En parlant de ça, tu as bien dormi ?

Sa voix baisse d'une octave, grave et éraillée. Il n'a peut-être pas la voix de basse profonde de Nate, mais bon sang, sa voix grave est terriblement sexy.

— Ça va.

Je me force à sourire. Ma conscience m'a empêchée de dormir quand il m'a ramenée, et mon réveil à quatre heures trente est arrivé bien trop rapidement.

— Et toi ?

Il dépose un baiser dans le creux de mon cou.

— J'aurais mieux dormi avec toi dans mes bras, mais ça va.

Il inspire de manière audible.

— Bon sang, tu sens tellement bon. Qu'est-ce que tu portes ?

Ça me fait sourire.

— Tu sens simplement mes cookies et muffins à la cannelle. Lizzy et moi avons fait un peu de pâtisserie ce matin. Ça te donne faim ?

— Hmm. En effet, je suis affamé.

Il glisse une main sous mon t-shirt et caresse mon nombril avec son pouce, et la photo du site de potins envahit aussitôt mon esprit — moi, plaquée contre le mur latéral du bâtiment, la main de Nate sous mon haut. J'essaye de ne pas me raidir. Bon sang. C'est ridicule. Pourquoi est-ce que je me sens aussi coupable alors que je ne suis même pas certaine d'avoir fait quoi que ce soit de mal ? *Bien sûr. Parce qu'il y a une explication innocente à tout ça.*

— Maman a organisé une soirée filles ce soir. Elle veut qu'on discute du mariage.

— Ça te fera du bien.

Il retire sa main et réajuste mon haut, mais son expression est indéchiffrable.

— Tu travailles trop ces derniers temps. Tu ne passes pas assez de temps avec tes sœurs.

C'est ce qu'on m'a dit. Pourquoi ne m'a-t-il pas encouragé à passer du temps avec elles avant l'accident, quand je prenais mes distances avec Liz ? Quoique, j'étais probablement occupée avec l'entreprise et tous mes entraînements. Sans parler de mon petit ami sérieux et de mon aventure à côté.

— Tu veux venir avec moi ? Maman ne sera pas fâchée que tu t'incrustes pour le dîner.

— J'aimerais bien, mais j'ai encore un client tard ce soir.

Un client tardif. *La même femme que la dernière fois ?* Je ravale ma question. Je n'ai aucun droit de douter de Max. Bien au contraire.

— La mariée peut entrer par les escaliers, dit Maman. Les invités là où vous vous tenez. Ce serait une petite cérémonie mais très intime.

— À quoi est-ce que tu penses ? me demande Max discrètement. Tu sembles distraite.

Je m'efforce de sourire. Nous sommes censés décider du lieu où nous échangerons nos voeux, et je suis trop occupée à découvrir ce que j'ai fait pour y prêter la moindre attention.

— Je me demande juste quand est-ce que tu pourras venir chez moi pour qu'on reprenne là où on s'est arrêtés la nuit dernière ?

— Qu'est-ce que *tu* en penses, Max ? Est-ce qu'on

devrait prévoir ça en octobre ? Imaginez toutes les feuilles colorées flottant sur la rivière.

Il ne me quitte pas du regard.

— Le plus tôt possible.

— Super !

Elle claque joyeusement ses mains.

— Maggie, ouvre ton calendrier pour octobre. Nous n'avons plus qu'à choisir une date !

CHAPITRE DIX

— Écoute.

Max serre ma main et m'attire dans l'annexe à l'abri des oreilles indiscrètes de Maman et Mamie, qui discutent avec Maggie du calendrier. C'est fait. Nous avons choisi une date. Il ne me reste que six semaines avant d'épouser Max.

C'est la pièce dont se sert William pour les expositions spéciales. La première exposition était une collection plutôt choquante de portraits intimes de Maggie, mais l'artiste avait maintenu le mystère donc personne n'en connaissait le thème avant le vernissage. Asher les a tous achetés cette nuit-là, et le bruit court qu'ils sont partis en fumée dans son jardin.

Je ne sais pas ce qui s'est passé entre Maggie et le peintre, mais il avait visiblement choisi d'exposer ses secrets. Alors que j'étudie les murs qui sont désormais recouverts par une collection de mosaïques de Maggie, je me demande ce que ça ferait — mes plus sombres secrets, ma plus grande honte exposés aux yeux de tous. Le choc serait-il douloureux ? Ou y aurait-il une part de soulagement à ne plus avoir besoin de me cacher ?

— Il faut qu'on parle, annonce doucement Max derrière moi.

Je fais volte-face et mon estomac se noue quand je remarque l'inquiétude qui recouvre son visage. Est-il au courant pour Nate ? À propos de dimanche soir ? Soupçonne-t-il qu'un autre homme m'a touchée ? M'a embrassée ? A glissé ses doigts en moi ? Ce souvenir qui me fait frissonner est dû à la peur autant qu'au désir. J'ai désiré Max la majeure partie de ma vie d'adulte, et je suis terrifiée à l'idée d'avoir peut-être anéanti ma chance.

— Que se passe-t-il ?

Il m'attire contre lui et niche sa joue fraîchement rasée contre mon cou.

— Tu sens délicieusement bon. Ça fait du bien de pouvoir de nouveau te tenir dans mes bras.

— Qui a la mémoire qui flanche entre nous ? je demande dans une tentative d'alléger l'atmosphère. Je crois bien que j'étais dans tes bras juste hier soir.

Il prend mon visage entre ses mains.

— Tout ceci va si vite — la date de la cérémonie, le lieu de réception...

— Oh mon Dieu. Tu veux annuler ?

Je couine ma question à l'instant même où mon estomac noué par l'anxiété tombe dans mes chaussettes.

— Non. Ce n'est pas ça.

Il pose ses lèvres sur les miennes — de manière ferme et assurée. Ce n'est pas une tentative de séduction mais une demande.

— Je veux t'épouser. Je ne t'aurais pas donné cette bague autrement. Mais...

Ses mains quittent mon visage et il en passe une dans ses cheveux.

— Je sais que tout le monde pense que je t'ai demandée en mariage la semaine dernière, mais ils ont tort.

— Qu'est-ce que tu veux dire ?

— C'est arrivé bien avant.

Nous percevons les rires du reste du groupe et des bribes de leur conversation. Puis j'entends Mamie dire :

— ...la vigueur des jeunes amours. Laissez-leur un moment !

— Je ne comprends pas. Pour quelle raison est-ce que tout le monde pense qu'on vient de se fiancer ?

— Je t'ai donné la bague, et tu...

Il se tourne et inspire profondément. *Nate.* Je m'apprêtais à refuser de passer ma vie avec Max à cause d'une aventure avec un rocker ? Était-ce à cause de lui que j'ai dit à Max que je n'étais pas prête ? Comment ai-je pu être aussi stupide ?

— Je n'ai pas accepté, je murmure.

— Je ne pense pas que tu croyais en mon amour.

Ses doigts glissent légèrement sur les tourbillons de verre jaunes qui composent une interprétation en mosaïque de *la nuit étoilée.* Je ne suis qu'une idiote. Parce

que c'est quelque chose dont je suis capable — refuser la demande en mariage d'un homme comme Max, un homme que j'ai désiré la majeure partie de ma vie, juste parce que je ne croyais pas réellement en son amour.

— Je suis tellement désolée, je chuchote.

Il se retourne pour me faire face et m'encourage à lever mon menton jusqu'à ce que nos regards se croisent.

— Mais j'étais amoureux de toi, Hanna. Je le suis toujours. Désespérément, éperdument amoureux.

— Max.

Je pose la main sur son bras.

— J'étais stupide. Je...

— Je t'ai dit de garder la bague, que je patienterai jusqu'à ce que tu sois prête. Je commençais à croire que tu ne voulais pas d'un avenir avec moi. Tu avais pris tes distances. Nous ne passions presque plus de temps ensemble. Nous étions dans ce flou infernal alors que j'attendais ta décision.

— Je suis tellement désolée, je répète.

— Ce n'est pas nécessaire. Parce que tu portais la bague quand je suis arrivé à l'hôpital. Tu étais confuse et amochée et c'était terrifiant, mais chaque fois que je voyais la bague sur ton doigt, je savais que tout irait bien. Rien d'autre n'était concevable.

— Eh bien il semble que je sois revenue à la raison.

Mais quels dommages avais-je pu causer dans l'intervalle ?

— Tu avais besoin de savoir. Personne d'autre n'est au courant. Nous sommes restés discrets. Je voulais que le choix te revienne. Tout ce qui compte c'est que tu aies choisi de porter la bague. Et quand je t'ai vue dans ce lit d'hôpital, ma bague sur ton doigt...

Il secoue la tête. Déglutit.

— Bon sang, c'est un véritable cliché, mais tu as fait de moi l'homme le plus heureux sur cette terre. Tu ne me dois aucune excuse.

— Ce que j'ai fait t'a blessé.

Je jette un coup d'œil par-dessus mon épaule pour m'assurer que notre conversation privée le demeure.

— Je te dois de sacrées excuses pour ça.

Et peut-être plus que des excuses. Peut-être une explication. Peut-être la vérité. Il m'attire contre lui et me serre contre son torse, et j'inspire son parfum et ravale mes larmes. Je devrais peut-être le faire, mais l'idée de le perdre... Je lève les yeux sur son visage.

— *Quand* m'as-tu demandée en mariage, alors ? je lui demande doucement.

— Il y a trois mois.

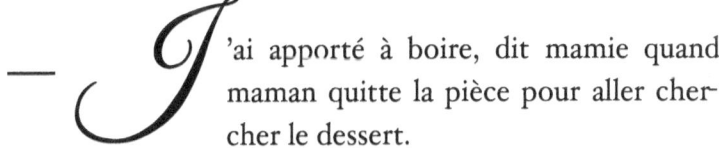

J'ai apporté à boire, dit mamie quand maman quitte la pièce pour aller chercher le dessert.

Elle sort une flasque de sa jupe, dévisse le bouchon et prend une gorgée avant de me la passer. Je souris de toutes mes dents et prends une gorgée à mon tour avant de la passer à Lizzy.

159

— Oh, Hanna, ça fait un moment que je meure d'envie de faire quelque chose à ce sujet.

Elle indique vaguement l'air au-dessus de ma tête, chassant des doigts des morceaux invisibles de je-ne-sais-quoi.

— Mamie, qu'est-ce que tu *fais* ? demande Liz.

— Hanna a apparemment négligé d'assurer la clarté de son aura pendant son séjour à l'hôpital, râle Maggie alors que vient son tour de saisir la flasque.

— Non, ça fait des mois qu'elle est dans cet état.

Granny frissonne, chassant encore quelques pièces souillées de mon aura.

— Passe me voir au cabinet pour une purification complète. Aucune jeune femme ne devrait se marier avec une aura si sombre.

— Je vais y réfléchir, je mens.

J'ai la plus fantastique des grand-mères — la preuve en est, elle a soldé un de ses investissements il y a quelques années pour acheter à chacune de ses petites filles une grosse cylindrée. Mais elle est aussi la plus barjo. Je me trémousse sous son regard évaluateur et me détend quand elle le tourne ensuite vers Maggie.

— La tienne est bien mieux qu'elle ne l'a été depuis tes quatorze ans, dit Mamie à Maggie. J'ai dit à ta mère de ne pas t'empêcher de crécher avec ton rocker. C'est la meilleure chose qui te soit arrivée.

Maggie rougit — un phénomène rare.

— Merci. Je suis bien d'accord.

Puis Maman fait son retour et Maggie est forcée de cacher la flasque sous la table.

— En parlant de ça, où est-il Maggie ? demande Mamie.

— Il est en concert à Chicago ce soir, répond l'intéressée. C'est gentil de ta part de demander.

Lizzy s'esclaffe.

— Mamie te pose seulement la question car ça lui manque de se rincer l'oeil.

Mamie nous fait un clin d'œil.

— Ça c'est sûr.

— Nanci ! proteste Maman.

Mamie hausse les épaules.

— Quoi ? Je suis peut-être âgée mais mes yeux sont en parfait état, merci bien. Et tes filles se débrouillent parfaitement bien pour me fournir un paysage agréable alors que je vieillis.

— Eh bien ça ne me gêne pas du tout que tu dévores des yeux mon homme, dit Maggie. Mais lui et Nate sont en tournée pendant dix jours donc tu vas devoir patienter.

— Sera-t-il rentré samedi prochain ? demande Maman. J'ai organisé une petite fête décontractée pour fêter les fiançailles de ta sœur.

Décontractée. Bien sûr. Maman ne connaît pas le sens de ce mot. Le verre d'eau en cristal devant moi en est la preuve.

— Nate sera avec lui à son retour en ville. Ils essaient de terminer un projet pour la fin du mois donc il sera occupé, mais je suis certaine qu'il pourra se libérer quelques heures.

Lizzy et moi échangeons un regard, et je m'efforce de

me détendre tandis que Lizzy se penche vers Maggie, comme une enquêtrice prête à en découdre.

— Donc Nate va revenir en ville ? Est-ce qu'il va vivre chez vous ?

Maggie lève les yeux au ciel.

— Je crois que c'est dans l'intérêt de Nate que je ne te dises pas où il prévoit de dormir, Liz. Sans vouloir te vexer.

— Mais ils vont probablement devoir travailler tard, hein ? demande Liz.

Maggie éclate de rire.

— Tu es pathétique. Si les mecs pointent le bout du nez hors de leur studio assez longtemps pour boire une bière, je promets de t'inviter.

Lizzy couine, et je lui donne un coup de coude sous la table.

— Calme-toi, je lui siffle entre les dents.

— Merci pour le dîner Maman, dit-elle.

Elle repousse son assiette et me regarde de manière entendue.

— Hanna, tu rentres toujours avec moi à la pâtisserie ? Pour terminer les lys du gâteau de mariage de samedi ?

— Bien sûr.

J'ai terminé la moitié des trois douzaines de lys en pastillage dont j'ai besoin pour décorer la commande de gâteau monstrueuse de samedi.

— On se voit plus tard, nous dit Maggie.

J'entends toujours Maman alors que nous approchons de la porte d'entrée.

— Tu pourrais apprendre une chose ou deux d'Hanna, Maggie. Au lieu de s'offrir à Max à la première occasion, elle attend d'être mariée. Peut-être que si tu ne vivais pas avec Asher, tu porterais déjà sa bague. Pourquoi acheter ce qu'on peut avoir gratuitement ?

Je tourne de grands yeux vers Lizzy et elle presse une main contre sa bouche. J'ouvre la porte au moment même où Maggie répond :

— Maman, si tu penses que le sexe se monnaye, c'est peut-être toi qui a un problème.

Lizzy et moi sommes mortes de rire quand nous atteignons sa voiture, et j'appuie ma tête contre le siège pour reprendre ma respiration.

— Voilà le plan, dit Lizzy, quand nous sommes finalement en route vers la pâtisserie. Nous irons chez Asher quand Nate sera de retour en ville. Tu n'auras qu'à le coincer pour lui arracher quelques réponses.

Le sourire disparaît de mon visage.

— Et si je ne désire pas ces réponses ? je murmure. Je les veux. Vraiment. Mais je suis terrifiée, Liz.

Elle se gare devant le bâtiment et arrête le véhicule avant de serrer ma main.

— Tu pourrais attendre de voir si tes souvenirs remontent à la surface.

— Ils commencent. La mémoire me revient un peu plus chaque jour, mais ce ne sont que des choses qui ont eu lieu à l'automne et au début de ma relation avec Max. Aucun de mes souvenirs ne répondent à mes questions pour le moment.

Nous rentrons dans la pâtisserie et nous nous dirigeons à l'arrière, avant de sortir tout ce dont nous avons besoin pour préparer l'explosion florale de samedi.

— Max m'a dit quelque chose aujourd'hui.

Je trace du bout des doigts les fleurs déjà prêtes, à la recherche de la moindre imperfection.

— Il ne m'a pas demandée en mariage juste avant l'accident comme tout le monde le pense.

Lizzy grimace.

— Alors d'où vient la bague ?

— Il a fait sa demande avant. *Longtemps* avant. Et je lui ai dit que je ne me sentais pas prête.

Elle couvre sa bouche et m'observe.

— Tu as toujours voulu Max.

— Je sais.

— Quand est-ce qu'il a fait sa demande ?

— Il y a trois mois.

Je laisse tomber la fleur que j'inspectais et me dirige vers la porte arrière pour l'ouvrir. Je n'arrive pas à respirer. J'ai besoin d'air frais.

— Je ne lui ai pas donné de réponse et j'ai gardé la bague tout ce temps.

— Il y a trois mois ?

Elle hausse un sourcil.

— Tu veux dire, *après* avoir rencontré ton rocker sexy ?

— C'est bien ce qui me fait peur, je réponds.

— Je crois qu'on rate quelque chose, dit-elle.

— Qu'est-ce que tu veux dire ?

— Cette nuit où Nate est grimpé dans ton lit à ton

retour de l'hôpital... Est-ce que tu avais verrouillé la porte ?

— Oui. J'en suis certaine.

— Donc tu lui a donné une clé.

Elle hoche la tête.

— Ça vient dire quelque chose de votre relation, n'est-ce pas, continue-t-elle.

— Pourquoi est-ce que je lui aurais donné une clé ?

La panique plante de nouveau ses crocs en moi et me gagne inexorablement.

— N'as-tu pas dit qu'il n'était jamais venu en ville ?

Elle hausse les épaules.

— Peut-être que tu étais au courant de sa visite.

— Et je lui aurais offert une clé alors que Max en a déjà une ? Vraiment ? Je veux dire, j'étais manifestement irresponsable, mais ça fait quand même un peu beaucoup.

— Donc tu penses qu'il est entré par effraction ?

— Je ne sais pas, je murmure. Mais je sais que j'avais fermé à clé.

— Et s'il avait une clé pour une autre raison ? demande Liz.

— Je ne te suis pas.

— Et s'il avait une clé de ton appartement parce qu'il est le propriétaire du bâtiment ? Et si *Nate* était ton associé tacite ?

— Putain, je murmure.

— Réfléchis au déroulement des événements. Tu te rends au concert d'Asher et rencontre Nate soit juste avant soit juste après la demande de Max, et en l'espace de quelques semaines, quelqu'un achète ce bâtiment vacant du centre-ville et le rénove pour en faire ta pâtisserie et ton logement. Peut-être que tu as déconné avec Nate parce que tu te sentais vulnérable et qu'il t'a ensuite offert ton rêve sur un plateau d'argent juste avant la demande en mariage de Max.

— Pourquoi est-ce que Nate achèterait une pâtisserie pour une femme qu'il vient juste de rencontrer ? Et si j'étais sérieuse au sujet de ma relation avec Max, pourquoi est-ce que je l'aurais laissé faire ?

— Ma belle, ta vie est devenue plus intéressante que mes soap-opéras. *Les feux de l'amour* ne peuvent pas rivaliser avec ces conneries.

— Peut-être que je n'ai pas choisi Nate au lieu de Max. Peut-être que j'ai choisi mon entreprise au lieu de Max. Après tout, peut-être que Nate est propriétaire mais a décidé de le vendre ou quelque chose du genre si j'épouse Max ?

— Ça en ferait un sacré enfoiré.

— Oui, mais c'est une rock star pourrie. Il se comporterait forcément comme un enfoiré pour obtenir ce qu'il veut, non ?

Elle fronce les sourcils.

— C'est à la fois une énorme insulte à son égard et une supposition très cliché.

— Même s'il s'agit d'un accord sans engagement, c'est forcément gênant, non ? Et si Max découvre après m'avoir épousée que mon partenaire d'affaires est le type avec qui je l'ai trompé ?

Je pousse un petit cri et couvre ma bouche avec ma main.

— Liz, Max et moi avons prévu de vivre dans mon appart après le mariage !

— Merde, souffle-t-elle. Il faut que tu découvres si Nate est l'investisseur.

J'acquiesce.

— Et il faut que je le sache avant le mariage.

CHAPITRE ONZE

— C'est tellement injuste, dit Drew. Toute la ville la déteste et pense que c'est une catin, mais ils s'en fichent complètement qu'il faille deux personnes, tu sais ?

Elle débarrasse les cookies de la plaque et les glisse sur une grille pour les refroidir.

— T'imagines si on forçait tous les *hommes* infidèles à porter un A rouge sur la poitrine ? Personne n'aurait honte. Ils le porteraient avec fierté. Ils seraient probablement embarrassés de ne pas en avoir un. Je te jure. Je hais le monde parfois.

Je ravale mon fou rire. La matière principale de Drew en seconde est un cours de littérature américaine et elle doit terminer *La Lettre Écarlate* avant le début des cours lundi. Encore hier, elle ronchonnait à l'idée de lire ce vieux livre stupide, et elle est désormais tellement accro qu'elle n'arrive pas à parler d'autre chose.

— J'ai fini mon dernier latte, dit Lizzy en pénétrant dans la cuisine. J'abandonne. Drew. À ton tour.

Drew grogne mais ne proteste pas avant de rejoindre la boutique.

— Loué soit le ciel, dit Liz quand Drew a passé la porte de la cuisine. Il fallait que je l'éloigne de toi avant que tu te sentes obligée de broder un A sur tous tes vêtements.

Je plisse le nez.

— Je n'avais même pas pensé à ça, mais merci. Merci beaucoup.

— Alors, est-ce que tu as pris rendez-vous avec l'avocat pour en apprendre plus au sujet de ton mystérieux investisseur ?

Je hoche la tête.

— J'y vais la semaine prochaine.

— Super. Tu veux que je vienne avec toi ?

Je mords ma lèvre puis acquiesce.

— Est-ce que c'est pathétique ?

Elle lève les yeux au ciel.

— Non. Je suis, genre, ta directrice adjointe ou un truc du genre. Ce qui concerne ton entreprise me concerne.

— Merci beaucoup. Le cabinet de l'avocat est à Indianapolis et je ne suis pas censée conduire.

— Et tu es une froussarde.

— C'est vrai.

J'attrape une manique et lui assène une fessée avec avant d'ouvrir le four. Le parfum des scones au pépites de chocolat est si alléchant que j'en ai littéralement l'eau à la bouche en les sortant du four. J'essaye d'être raisonnable en ce qui concerne mon alimentation. Ça fait moins d'une semaine que je suis rentrée de l'hôpital et j'ai déjà pris du poids. Le docteur Perkins m'a déconseillé de monter sur la balance mais je n'en ai pas besoin quand il est plus difficile pour moi de boutonner mon jean.

— Vas-y, dit Lizzy derrière moi.

Elle en attrape un sur la plaque et en arrache un morceau qu'elle gobe aussitôt. Ses yeux se ferment et elle gémit.

— Bon sang, Hanna. Je n'ai pas besoin d'un homme. J'ai juste besoin de tes gâteaux. De *tous* tes gâteaux.

Elle saisit mon avant-bras et le presse.

— Promets-moi de ne jamais m'en priver.

Je glousse et arrache un autre bout de son scone. Le beurre et la farine manquent de fondre sur ma langue.

— Mon Dieu, je suis douée.

— Tu es certaine de vouloir manger ça ? me demande quelqu'un depuis la porte.

Lizzy et moi nous tournons pour faire face à ma mère qui entre dans la cuisine avec son œil critique rivé sur mes pâtisseries. Je ne suis pas habituée au regard approbateur de ma mère. Elle est terrifiée par le gras, le surpoids, et les vêtements au-dessus d'une taille trente-huit. Mon incapacité à perdre du poids à toujours été un point de contention avec elle. Et je me suis toujours sentie minable. Jusqu'à mon réveil à l'hôpital dans mon nouveau corps. Toute la désapprobation a disparu de son regard. Mais elle est de retour maintenant alors qu'elle observe le scone à moitié consommé dans la main de Lizzy.

— Oui elle en est certaine, dit Lizzy. C'est délicieux, et elle n'a pas cessé de travailler de la journée pour déjeuner.

J'y réfléchis et réalise qu'elle a raison. J'ai mangé des flocons d'avoine nature au petit déjeuner vers cinq heures, mais je n'ai rien avalé depuis. Ce n'est pas une surprise que je sois affamée. Maman soulève un sac en papier et sourit.

— C'est pour ça que je t'ai apporté un déjeuner équilibré.

Je ravale mon gémissement de protestation. La fille que j'étais détestait la merde qu'elle m'offrait à manger. De la salade sans vinaigrette, des carottes, et bien plus de blanc de poulet que ce qu'un être humain raisonnable a envie d'avaler. Merde, les hommes du monde entier qui adorent les seins devraient la remercier. C'est probablement aux blancs de poulets gavés d'hormones que je dois l'apparition de mes seins dès treize ans.

— Qu'est-ce que tu as apporté ? demande Lizzy. De l'herbe et des bâtonnets à picorer ?

— Elizabeth, la réprimande Maman. Nous ne disposons pas toutes de ton métabolisme. Et tu finiras par payer tes excès un jour ou l'autre.

Lizzy lui jette un regard noir rebelle et prend une autre bouchée de son scone.

— N'essaye pas de faire de moi le méchant dans cette

histoire, proteste Maman. J'aide simplement Hanna avec quelque chose qui lui tient à cœur depuis des *mois*.

Mon poids a toujours été important pour moi. Parce que c'est ce qu'elle m'a inculqué. Mais il y a trois mois, c'est devenu si important que j'ai pris des mesures que je n'aurais jamais envisagées auparavant. La nuit dernière, j'ai trouvé des pilules amaigrissantes au fond de mon placard. Ajoutez à cela ma privation de nourriture et la quantité d'exercice physique nocive. Et tout ceci dissimulé de manière si clandestine que j'en suis malade rien que d'y penser. Mais Maman n'est pas au courant pour le docteur Perkins. Elle ne sait pas que je me rendais malade. Il n'y a toutefois aucune raison de l'inquiéter et je m'efforce donc de sourire et de dire :

— Qu'est-ce que tu m'as amené à déjeuner ?

Maman m'adresse un sourire approbateur.

— Des tranches de poulet grillé, de la salade, et un petit bout d'avocat, dans une tortilla au blé complet pauvre en glucides.

Elle me tend le sac et je sors le repas maison.

— Mange, après ça nous avons rendez-vous chez Cleanstein.

Je marque un temps d'arrêt, le sandwich à mi-chemin vers ma bouche.

— La boutique de robes de mariée ?

— Évidemment. Tu te maries dans cinq semaines. Nous allons déjà devoir acheter du prêt à porter. Nous aurions dû commencer à chercher depuis un moment.

J'essaye d'avaler le nœud dans ma gorge. Personne ne va donc me demander si j'ai *envie* d'organiser mon mariage ? Si j'ai *envie* de précipiter la cérémonie ? Maman renifle et je réalise que ses yeux sont emplis de larmes.

— Après l'annulation des noces de Maggie et la cérémonie désastreuse de Krystal, tu n'imagines pas à quel point je suis excitée par la tienne.

Elle serre ma main.

— Il y a quelque chose de spécial chez Max.

— Quand on parle du diable, marmonne Liz alors que Max pousse les porte battantes pour entrer dans la cuisine.

Mon cœur fait un bond dans ma poitrine quand je le vois. Il a une barbe de trois jours et il est débraillé après sa course.

— Oh, bonjour, Max ! roucoule ma mère.

Mon Dieu, elle l'aime tellement.

— Comment vont les trois plus belles femmes de New Hope ? demande-t-il avec un clin d'œil.

— Parfaitement, dit Lizzy. Comment va le plus gros lèche-cul de New Hope ?

Max m'attire dans une étreinte et dépose un baiser sur mon front.

— Est-ce que ta soeur me déteste ? demande-t-il assez fort pour que Liz entende.

— Non. Elle est juste fâchée que Maman ait oublié de lui amener de quoi déjeuner.

Lizzy s'esclaffe en même temps que ma mère s'exclame :

— Oh, je suis tellement désolée, Liz ! Je n'oublierai pas la prochaine fois !

— Comment vas-tu ? je demande à Max.

Nous nous sommes à peine vus ces derniers jours. Il s'entraîne jusque tard quasiment tous les jours, et j'ai des maux de tête sévères si je ne me repose pas assez, donc je me suis couchée tôt. Je n'ai pas trouvé le courage de lui demander de passer la nuit avec moi — au sens propre comme au figuré.

— Je vais bien, dit-il. Qu'est-ce que vous avez prévu cet après-midi ? Est-ce que je peux t'avoir pour moi rien qu'un peu ? Ma copine me manque.

Il baisse la tête et pique une bouchée de mon wrap, et parce que quelque chose cloche sérieusement chez moi, je trouve le mouvement de sa mâchoire alors qu'il mâche super sexy. Quoique, c'est de Max dont on parle, et tout ce qu'il fait est sexy.

— Tu ne peux pas te joindre à nous cet après-midi. Nous allons chercher sa robe de mariée.

Les yeux de Max s'illuminent et il me regarde comme si je venais de lui faire le plus beau des cadeaux.

— Ah ouais ?

Je brûlerai en enfer pour avoir blessé cet homme si gentil.

— Ouais, je réponds, même si je n'avais pas décidé avant ce moment si je laisserais ma mère me persuader ou non.

Max sourit de toutes ses dents.

— Eh bien, je suppose que je peux sacrifier un après-midi en ta compagnie pour une aussi bonne raison.

— Il y a plein de choses pour lesquelles tu pourras te joindre à nous, le rassure Maman. J'ai trois rendez-vous chez des traiteurs prévus la semaine prochaine.

— Waouh, Maman, dit Liz. Qui se marie, déjà ?

— Ça va vraiment avoir lieu, hein ? demande Max, et une telle lueur de bonheur éclaire son regard que le souvenir de cette journée à la galerie me revient en tête, quand il m'a parlé de mon absence de réponse initiale à sa demande.

« Je commençais à croire que tu ne souhaitais pas d'un avenir avec moi ».

Il a assez souffert de mon incertitude, non ? Puis-je vraiment le faire souffrir plus longtemps ? Et si Max est l'homme que je désire et qu'il me veut en retour, qu'y a-t-il de mal à se marier rapidement ?

— Oh, Max, tu es si charmant, dit Maman, bien sûr que ça va avoir lieu.

— *V*oilà *la bonne*, déclare Maman après une heure de shopping.

J'aurais détesté chaque seconde avec ma silhouette d'avant. Enfiler ces robes et défiler avec sous le regard critique de ma mère — cela aurait été ma définition de l'enfer. Mais à ce poids, ce n'est pas si terrible. L'assistante m'apporte une robe après l'autre, visiblement peu concernée par mes goûts et mon style, et ma mère me complimente sur chacune d'elle. Elle couine à chaque fois que je quitte la cabine d'essayage, même vêtue des robes qu'elle n'aime pas.

Et la manière dont elle me regarde vêtue de celle-ci rend la petite fille en moi — celle qui cherche désespérément son approbation — incroyablement heureuse. Je sais que c'est la robe que nous achèterons et ce peu importe ce que je pense du style.

— Détache tes cheveux, dit Maman.

Elle s'approche derrière moi et décroche ma barrette pour laisser tomber mes épais cheveux sombres sous mes épaules.

— Allez lui chercher un voile, demande-t-elle à l'assistante.

Cette dernière se précipite vers nous avec un voile fabriqué dans la même matière douce que celle de la robe et le glisse dans mes cheveux.

— C'est parfait, n'est-ce pas chérie ?

Quand elle m'encourage à tourner pour faire face au miroir à trois pans, je n'ai pas de réponse à offrir. J'ai l'air d'une... mariée.

— C'est parfait, répond Maman à ma place. On va prendre celle-ci. C'est indiscutable.

Ce n'est pas ce que j'aurais choisi. Elle est ajustée jusqu'aux hanches et couverte de brillants. C'est l'une de ces robes que j'aimerais sur quelqu'un d'autre, mais pas pour moi. Je me suis toujours imaginée dans une robe de mariée plus douce. Plus simple.

— Nos délais sont assez courts, dit Maman. Quelle genre de réduction pouvez-vous nous offrir si j'achète en boutique.

Elles discutent du prix alors que j'étudie mon reflet. C'est juste une robe. Ce n'est pas grave qu'il ne s'agisse pas de la robe de mes rêves. Tout ce qui compte c'est l'homme. Tout ce qui compte, c'est Max.

FÉVRIER – SIX MOIS AVANT L'ACCIDENT

— Tu veux bien libérer le miroir ? demande Lizzy depuis le salon de notre appartement. Tu es sublime, et Max partagera mon avis.

Je cligne des yeux, comme si humecter mes yeux me permettra de voir la même chose que Lizzy, mais c'est toujours moi. Moi. Potelée. Ordinaire. Qui en fait trop. J'ai choisi un pantalon noir et un pull au col rond dégagé pour ce soir. Pas de fioritures pour distraire le regard des deux aspects de ma tenue en lesquels j'ai confiance : mon décolleté et mes chaussures rouges à talon sexy.

J'attrape le fer à boucler et ajoute quelques anglaises à ma coiffure. Max adore mes cheveux. J'ai mentionné l'idée de les couper la semaine dernière et il a semblé horrifié. *Tu as des cheveux sublimes. Pourquoi couper quelque chose de si beau ?*

La sonnette qui retentit me tire de mes pensées, et lorsque j'atteins le salon, Max est déjà là, un bouquet de roses rouges à la main. Lizzy secoue la tête.

— Je déteste cette putain de journée.

— Je t'ai dit que Sam aurait aimé passer la soirée avec toi, lui dit Max.

Liz s'esclaffe.

— Sam aurait aimé me *baiser* ce soir. Pardonne-moi de vouloir quelque chose de plus romantique qu'un porno à petit budget pour la Saint Valentin.

Max éclate de rire.

— Il t'aurait offert toute la romance que tu es capable d'encaisser.

— Il m'a demandé si j'étais intéressée par un plan à trois, grogne Lizzy.

Je réprime mon sourire. La relation entre Liz et Sam est du genre amour vache et il adore la chambrer en lui demandant des faveurs sexuelles.

— Tu sais qu'il t'apprécie sincèrement, dit Max. Il croit simplement que tu ne le prendras jamais au sérieux.

Liz secoue la tête et se tourne vers moi, un sourire taquin au coin des lèvres.

— J'y vais. Passez une bonne soirée.

Elle tourne ensuite les talons et Max et moi sommes désormais seuls pour le dîner de Saint Valentin que j'ai préparé pour lui. J'aimais l'idée de rester ici et de boire trop de vin. Peut-être que j'arriverai alors à surmonter mes peurs et à le laisser me toucher. Le pelotage adolescent qu'on partage est sympa, mais je sais que Max est prêt à aller plus loin. J'emporte les fleurs dans la cuisine, où j'ai déjà installé le couvert sur notre petite table.

— Ça sent incroyablement bon, dit-il. Qu'est-ce que tu as préparé ?

— Du filet mignon avec des haricots verts et une baguette, et un fondant au chocolat en dessert.

Je remplis un vase d'eau et y installe les roses avant de le poser sur la table. Quand je me retourne, Max est tout près de moi, son visage à quelques centimètres du mien.

— Joyeuse Saint Valentin, chuchote-t-il.

Il pose ses lèvres sur les miennes en un baiser si doux

que mon anxiété s'envole. Et c'est peut-être parce qu'il sent si bon, ou le fait que j'ai déjà bu un grand verre de vin avant son arrivée. Ou peut-être que c'est parce que je suis debout et que je ne me sens pas mal à l'aise avec mon corps ainsi. Mais quand ses mains trouvent l'ourlet de mon pull et glissent dessous, je ne l'arrête pas.

Il met fin à notre baiser et pose son front contre le mien, ses yeux fermés et ses lèvres à peine entrouvertes alors qu'il enveloppe mon sein de sa main et caresse mon téton avec son pouce. Cette caresse fait flancher mes genoux et j'enfonce mes doigts dans les muscles solides de ses épaules pour ne pas tomber.

— Nous avons l'appartement pour nous seuls ce soir ? chuchote-t-il.

Un nœud se forme dans ma gorge et mes nerfs reprennent vie dans mon ventre.

— Ouais.

— Est-ce que tu veux dîner d'abord ou est-ce que je peux t'offrir ton cadeau ?

— Je croyais que les fleurs étaient mon cadeau.

Il sourit et indique du doigt le sac posé à côté de la porte.

— Je t'ai apporté quelque chose d'autre.

— Tu n'aurais vraiment pas dû.

Il récupère le sac et m'observe attentivement alors que je l'ouvre.

— Oh.

C'est vraiment la dernière chose que j'aurais aimé recevoir de sa part.

— Est-ce que ça te plait ?

— Je…

Je m'efforce de sourire mais c'est difficile quand je me sens absolument mortifiée.

— C'est beau. Merci.

Et ça l'est. Le tissu doré soyeux de la nuisette est doux comme un pétale de rose et sied parfaitement à ma carnation.

— Je sais que tu n'es pas encore prête. Je ne veux pas que tu te sentes forcée. Mais je l'ai vu et j'ai pensé à toi. Tu serais sublime dedans.

— Merci, je répète en le laissant tomber dans le sac.

J'ai besoin de lui tourner le dos. Je ne peux pas le laisser remarquer mon horreur à l'idée qu'il me voit là dedans. Je ne tiens pas à ce qu'il voit les parties de moi qui seraient exposées par la nuisette, ou qu'il sache à quoi ressemble un fille tout sauf sexy dans de la lingerie. Je retourne dans la cuisine et m'occupe de la viande.

— Est-ce que j'ai fait quelque chose de mal ? demande-t-il derrière moi. Est-ce que c'était trop, trop tôt, ou… ?

— Non, je le rassure. Tu es génial. C'est parfait.

Mais le silence gêné qui règne alors que je termine nos assiettes indique clairement à quel point la soirée est loin de se dérouler parfaitement.

— Tu veux que je serve le vin ? demande-t-il alors que j'apporte les assiettes à table.

Mes épaules s'affaissent de soulagement. Du vin serait le pansement idéal à ce moment précis.

— Ce serait super.

Il nous sert un verre chacun et nous nous asseyons et observons le repas, mal à l'aise.

— Je suis désolé pour la lingerie. Il est probablement trop tôt pour ça.

Merde. J'ai tout gâché. Je n'arrête pas de me rappeler à moi-même que je ne peux pas tout avoir. Je ne peux pas être avec Max comme je le désire *et* continuer à dissimuler mon corps à son regard.

— Je suis un peu...complexée, je lâche.

Il lève la tête de son assiette et son regard s'adoucit.

— J'ai remarqué.

Il ne se montre pas cruel. Ce n'est pas une accusation — il fait simplement preuve de compassion et d'empathie.

— J'ai vu le négligé et j'ai instantanément songé au fait que je ne tenais absolument pas à ce que tu me vois dedans.

Bon sang, c'est une confession terrible.

— Hanna...

Il soupire bruyamment.

— Je ne sais pas quoi dire. Je ne te l'aurais pas acheté si je ne souhaitais pas te voir dedans.

— Je ne suis pas comme les filles avec qui tu sors habituellement.

— Dieu soit loué.

Il sourit.

— Tu es toi-même. Et il se trouve que ça me plait.

Son téléphone vibre et il le sort de sa poche.

— Désolé, dit-il en faisant glisser son doigt sur l'écran pour lire le message. Merde.

— Que se passe-t-il ?

— Meredith pense qu'elle va accoucher prématurément. Elle m'a demandé de l'emmener à l'hôpital.

— Meredith ? Celle qui a acheté du sperme pour avoir un bébé et qui a laissé tout le monde croire qu'il s'agissait de l'enfant de William Bailey ?

Il tape quelque chose sur son téléphone avant de le remettre dans sa poche. J'attends sa réponse, mais son esprit semble déjà être ailleurs.

— Je suis désolé. Elle n'a personne d'autre qui peut l'emmener.

Il se lève, et je suis tellement abasourdie que je ne peux que le regarder bouche bée.

— Je me ferai pardonner, d'accord ?

Je secoue la tête comme si ce geste pouvait chasser ma confusion. Que se passe-t-il ? Mon petit-ami s'apprête-t-il sérieusement à passer la Saint Valentin en compagnie d'une garce enceinte qui a tenté de voler le copain de ma meilleure amie ? Quand je réussis enfin à retrouver mes esprits, il a déjà enfilé son manteau et a ouvert la porte.

— C'est la Saint-Valentin, je murmure.

Il passe une main dans ses cheveux et les ébouriffe d'une manière qui le rend diablement irrésistible.

— Elle n'a personne.

— Et ses amis ? Je crois me souvenir qu'elle en avait beaucoup à l'époque où elle laissait tout le monde croire que William était un salopard qui l'avait engrossée.

Sa mâchoire se durcit.

— Je sais que Cally est ta meilleure amie, mais Meredith est la mienne. Il va falloir que tu fasses avec.

Il pousse la porte et la ferme derrière lui, et je me retrouve seule entourée d'un dîner romantique, de roses, et de lingerie. Seule alors qu'il se porte au secours d'une blonde sublime.

CHAPITRE DOUZE

— Je suis heureuse de vous revoir, mademoiselle Thompson, dit l'avocate, alors que Lizzy et moi nous installons dans des fauteuils dans son confortable cabinet à Indianapolis. Et je suis ravie de faire la connaissance de votre sœur. Que puis-je faire pour vous aujourd'hui ?

— Nous nous demandons qui est l'investisseur mystère, dit Liz.

Elle pointe du doigt dans ma direction.

— Elle est amnésique et ne se souvient pas si vous le lui avez dit ou pas.

Les yeux de l'avocate s'écarquillent.

— Amnésique ! C'est terrible. Je suis désolée. Que s'est-il passé ?

— Je suis maladroite et j'ai chuté dans les escaliers.

— Mon Dieu. Y a-t-il une chance que vos souvenirs vous reviennent ?

— Le médecin dit que oui, mais un peu comme du

gruyère, je lui explique. Et jusqu'à présent, cela s'est avéré correct. Beaucoup de trous, y compris les détails de mon accord avec mon associé tacite.

— Eh bien, pour répondre à la première question de votre soeur, l'accord vous a été proposé sous réserve de préserver l'anonymat de mon client, donc si vous connaissiez son identité, l'information ne provenait pas de moi.

Elle se lève et fait glisser un épais dossier dans ma direction.

— Je suis certaine que vous en possédez une copie quelque part dans vos papiers, mais voici un exemplaire contenant les détails de notre contrat. Vous pouvez le garder si vous le souhaitez.

J'ouvre le dossier et feuillette les premières pages, mais ma jumelle impatiente va droit au but.

— Que va-t-il arriver à la pâtisserie quand elle sera mariée ?

Notre interlocutrice hausse un sourcil.

— Je ne suis pas sûre de vous comprendre.

Je change de position, gênée.

— Ce que ma soeur essaie de dire c'est que, n'étant pas certaine de l'identité de mon partenaire, je ne sais pas si j'aurais le droit de vivre au-dessus de la pâtisserie avec mon époux. Ou si mon... partenaire aurait un problème avec cette idée.

Elle fronce les sourcils.

— Je serais heureuse de vérifier auprès de mon client, mais je ne vois pas pourquoi il objecterait. Il n'y avait pas de conditions liées à l'utilisation des quartiers habitables, en tout cas, pas dans mes souvenirs.

Lizzy et moi nous regardons, puis Liz demande :

— Vous ne pouvez vraiment rien nous dire ? Pas même un indice ?

L'avocate ne paraît guère impressionnée par l'adorable ténacité de ma jumelle.

— Pas même un indice, Mademoiselle Thompson. C'est la définition d'*anonyme*.

J'ai rêvé de Nate Crane la nuit dernière. Nous étions en train de nager dans la piscine d'Asher quand il a découvert mes seins et sucé un téton entre ses lèvres. J'ai enroulé mes jambes autour de sa taille et réalisé qu'il était nu et que son sexe était niché contre mon entrejambe.

— On ne peut pas coucher ensemble, ai-je dit dans mon rêve. Je vais épouser Max.

— Non, c'est faux.

Il a fait glisser la bague de mon doigt et l'a jetée dans le grand bain. Sauf que nous n'étions plus dans la piscine. Nous étions dans la rivière. La bague a scintillé sous le clair de lune avant que l'eau sombre ne l'avale, et j'ai su que je ne la reverrais jamais. J'ai simplement haussé les épaules, et Nate a glissé sa main entre mes jambes. Nous avons ensuite atterri dans le hammam de Max. J'étais assise sur le banc du haut comme lors de la soirée que j'avais passée en ce lieu avec Max, sauf que cette fois-ci, c'était Nate qui me tenait compagnie. Le visage de Nate enfoui entre mes jambes. Les doigts de Nate qui cajolaient mes tétons.

Et quand Max est entré dans la pièce et m'a appelée à travers la vapeur, j'ai ri. *C'est ce que tu voulais,* ai-je dit, en empoignant la chevelure de Nate pour le tenir contre moi. *Tu voulais que je trouve quelqu'un d'autre, et je l'ai fait. Maintenant, va baiser une blonde.*

Je me suis réveillée à la fois confuse, excitée, et déprimée. Est-ce que cela voulait dire quelque chose, ou mon cerveau débloque-t-il simplement à cause de la folie des dernières semaines ? Cela fait deux semaines que je suis rentrée de l'hôpital, et j'ai l'impression de ne jamais voir Max. Il travaille tard presque tous les soirs, et quand il passe, il ne reste jamais longtemps. Et nous n'avons jamais couché ensemble. Je sais qu'il a envie de moi — c'est évident — mais c'est comme s'il était parfaitement heureux d'en rester au pelotage.

Pendant ce temps, l'organisation du mariage avance à grands pas. J'avais des rendez-vous planifiés à la pâtisserie lors des visites chez les traiteurs que Maman avait organisées la semaine dernière, et elle s'y est donc rendu en compagnie de Max. Ils ont finalement choisi un traiteur sans moi. J'étais soulagée de ne pas avoir à m'en occuper. Ne devrais-je pas être plus enthousiasmée par mon mariage ?

Depuis la lisière de la terrasse de Maman, j'étudie la foule de convives présents pour célébrer mes fiançailles et tente de chasser mon anxiété. En moins de deux semaines, Maman a réussi à organiser une fête qui rivalise avec le mariage de la plupart des filles de cette ville. Je n'ai pas fourni mon avis concernant le moindre élément de cet événement, mais elle ne me l'a pas non plus demandé. Ce qui n'est pas si différent de mon mariage, maintenant que j'y réfléchis. Nix Reid, mon médecin et apparemment mon amie, s'approche de moi et pose sa main sur mon bras.

— Tu as l'air stressée. Tu vas bien ?

Je m'efforce de sourire.

— Oui, très bien. Le résultat est superbe, n'est-ce pas ?

La soirée est chaude mais pas assez pour rendre l'utilisation du jardin désagréable. Des serveurs distribuent des hors-d'œuvre, et Maman a embauché un barman pour servir des boissons depuis un bar éphémère installé sur la terrasse. Sur la pelouse, un groupe de musiciens joue devant la piste provisoire installée pour que les invités puissent danser sous les étoiles. C'est beau et parfait et terrifiant.

— C'est une fête charmante.

Elle lisse ses cheveux et trépigne gauchement. Elle ne me paraît pas être le genre de femme à l'aise en tenue de soirée.

— Comment te sens-tu ?

— Je vais bien, vraiment.

Je m'interromps pour respirer.

— As-tu la moindre idée concernant le délai pour que mes autres souvenirs réapparaissent ?

Nix regarde autour d'elle.

— C'est vraiment ce dont tu souhaites parler à cet

instant ?

Elle pose sa main sur mon épaule et sourit.

— Détends-toi. Stresser au sujet de ta mémoire ne va rien arranger.

— C'est juste étrange, lui dis-je. Certaines parties me reviennent, mais les derniers mois sont complètement absents. Comme s'ils n'avaient jamais eu lieu.

Et les souvenirs des derniers mois sont ceux que je souhaite le plus retrouver.

— La récupération de la mémoire n'est pas une science exacte. Elle diffère pour tout le monde, mais elle se fait généralement de manière chronologique — pas toujours, mais dans la plupart des cas. Ce n'est pas parce que tu n'as pas le moindre souvenir des derniers mois que ça sera toujours le cas.

— Il y a tant de chose que j'ignore toujours. Et le jour de l'accident ? Le jour où je suis tombée dans les escaliers ? *Le jour où j'ai enfilé la bague de Max.* Je veux m'en souvenir. Je veux me souvenir de tout.

— Écoute, dit-elle. Plus le traumatisme crânien est grave, plus les chances de se souvenir des événements qui l'ont précédé sont faibles. Tu vas devoir faire la paix avec la possibilité de ne jamais récupérer tes souvenirs de l'accident ou même des jours l'ayant précédé.

Y compris le jour où j'ai choisi Max.

— Ça craint.

Elle chuchote :

— Je sais, mais essaie de ne pas y songer. Pour ce soir en tout cas, d'accord ? Essaye de profiter de la fête. Je te verrai au cabinet la semaine prochaine.

— Où est le couple de la soirée ? demande le leader du groupe dans le micro. Parce qu'il me semble que c'est leur chanson.

Le guitariste entame les premières notes de la chanson *I won't give up* de *Jason Mraz*. Soudainement, Max apparaît à mes côtés et prend ma main pour me guider sur la piste de danse.

— C'est notre chanson ? je demande en glissant mes bras autour de son cou.

— Je t'ai donné la bague il y a trois mois, tu te souviens ?

Quelque chose se serre dans ma poitrine alors que le chanteur entame les paroles qui mentionnent l'idée de laisser à son amour l'espace dont elle a besoin pour avancer. Est-ce donc ce que Max a fait pour moi ? M'a-t-il donné l'espace dont j'avais besoin pour réfléchir ? Je veux savoir.

— Tu es à tomber ce soir, murmure-t-il près de mon oreille.

Je porte une robe rouge, une couleur audacieuse, osée, qui attire l'attention sur mes courbes et mes jambes. Ce n'est pas juste une robe rouge. C'est celle de Lizzy. Celle qu'elle portait lors du vernissage cet hiver. Je me souviens désormais de la nuit où j'ai surpris Max qui la reluquait, ce qui m'avait fait broyer du noir... jusqu'à ce qu'il m'embrasse à en perdre la tête.

— Tu sais ce qui serait encore plus joli que toi dans cette robe ?

— Non, dis moi ? je demande.

— Toi, sans cette robe. Dans mon lit.

Un délicieux frisson parcourt ma peau, mais il dit toujours ce genre de choses... sans y donner suite. Il m'attire encore plus près de lui et je peux sentir son érection à travers son pantalon de costume.

— C'est tout ce à quoi je pense depuis que je t'ai quittée hier soir — te déshabiller et t'attirer dans mon lit, et t'y garder tout le weekend.

— Je crois que ça me plairait.

Je n'ai pas insisté au sujet de l'absence d'intimité. Ma tête est trop focalisée sur ce que j'ai fait ou pas, mais je suis prête à mettre un terme à cette hésitation. Je vais épouser cet homme, et je n'ai toujours pas le moindre souvenir de lui avoir fait l'amour. Je veux savoir ce que ça fait. J'ai besoin du réconfort d'une étreinte avec lui. Il grogne.

— Je m'assurerai que tu adores ça.

— Ne fais pas de promesse que tu n'as pas l'intention de tenir.

Il resserre sa prise sur moi et m'attire encore plus près de lui.

— Ne me tente pas. Nous avons tenu jusqu'ici. Nous pouvons attendre quelques semaines de plus, tu ne crois pas ?

Je me fige immédiatement. En plein milieu de la piste de danse, mes chaussures pourraient tout aussi bien être remplies de plomb.

— Quoi ?

— Ne te méprends pas, dit-il à voix basse. J'ai envie de toi. Tu n'as pas le moindre doute à avoir à ce sujet. Je te désire comme je n'ai jamais désiré quiconque.

Il presse son nez contre mes cheveux et inspire profondément.

— Mais il y a quelque chose de spécial dans le fait d'attendre, d'anticiper ce moment. Et je suis désolé si ce n'est pas politiquement correct, mais j'adore d'être ton premier et le seul.

Je recule d'un pas pour croiser son regard.

— Tu veux dire que nous n'avons jamais... ?

Une lueur de confusion traverse son regard. Puis il passe une main sur son visage.

— Bon sang, ça ne m'a jamais traversé l'esprit que j'avais besoin de t'en parler, mais comment pourrais-tu le savoir sans tes souvenirs ?

— Savoir quoi ?

J'ai besoin de l'entendre le dire. Il sourit, comme s'il s'apprêtait à partager une agréable surprise.

— Tu es vierge, chuchote-t-il. Tu souhaitais attendre le mariage.

Il m'attire de nouveau contre lui et je presse ma joue rouge contre son torse puis ferme les yeux. *Tu es vierge.* Mais cela signifie seulement que je n'ai pas couché avec *lui*. Ai-je couché avec Nate ? La chanson se termine et il soulève mon menton pour croiser mon regard.

— Est-ce que ça va ?

Je ne me fais pas confiance pour répondre, donc je lui indique le bar d'un geste du menton. Nous nous y rendons main dans la main. Chaque caresse de son pouce sur mes phalanges plonge une lame coupable dans mon cœur. Chaque jour il m'apparaît un peu plus évident que je cache des secrets que je dois partager avec Max avant notre mariage, mais il ne m'a jamais traversé l'esprit que j'aurais à lui annoncer que j'ai offert ma virginité à un autre.

Lizzy est devant le bar, vêtue d'une longue robe noire sans manches, et tape du pied en rythme avec la musique. Elle note nos mains liées et sourit.

— Vous étiez charmants sur la piste.

Max dépose un baiser sur le dos de ma main et m'offre un clin d'œil.

— Cette beauté rendrait n'importe qui charmant.

Lizzy en reste bouche bée et me jette un coup d'oeil qui pourrait signifier :

« Comment as-tu pu douter d'un avenir avec ce type » tout autant que « Tu es vraiment une garce ».

Étant sa jumelle, je suis douée pour la comprendre, mais ce sont deux expressions plutôt similaires chez elle.

— Que puis-je vous servir ? demande le barman.

Max glisse un billet de cinq dans le bocal à pourboires.

— Une pinte pour moi et un verre de Riesling pour ma chérie.

Le barman nous tend nos verres et Max dépose un baiser sur mon épaule nue.

— Je dois parler avec William de nos plans pour son enterrement de vie de garçon. Sam a prévu quelque chose dans un club de strip-tease d'Indianapolis et Will n'est pas d'accord. Je suis apparemment censé jouer les médiateurs.

— Alors va arbitrer.

Je m'efforce de sourire.

—Je reste dans les parages.

—Je t'aime, chuchote-t-il.

J'attends qu'il soit parti avant de tourner vers Liz et de la traîner dans la maison de Maman jusqu'à notre ancienne chambre.

— Que se passe-t-il ? demande-t-elle alors que je ferme la porte.

— Max dit que je suis vierge.

Ses yeux s'écarquillent et elle reste bouche bée.

— Il a dit que je souhaitais attendre d'être mariée pour coucher avec lui.

— Depuis... quand ?

Je souffle et observe le plafond. Tout ceci est si étrange. Certains jours je n'ai même pas l'impression d'avoir oublié un an de ma vie. J'ai l'impression de vivre celle de quelqu'un d'autre.

—J'ai supposé que vous couchiez ensemble.

— Moi aussi.

— Toi et Maman êtes devenues proches ces derniers-temps, dit-elle. Peut-être qu'elle t'a convaincue de rejoindre le rang des chastes ?

—Je n'y crois pas.

— Ouais. Moi non plus. Mais hé, ça veut au moins dire que tu n'as pas non plus couché avec Nate Crane, n'est-ce pas ?

— Mais si c'était le cas ? je chuchote.

— Oh.

Elle s'affaisse sur le lit.

— Ce serait vraiment terrible, hein ? Max qui pense

que tu es vierge alors que tu as déjà offert ta première fois à quelqu'un d'autre ?

— Je dois dire à Max ce que je sais.

— Pourquoi ?

— Lizzy, je me marie avec lui.

— Précisément.

— Je dois être honnête. J'ai besoin qu'il sache ce que j'ai fait.

— Si tu avais tous tes souvenirs, je serai peut-être d'accord, mais la vérité c'est que, sans eux, tu ne connais pas toute l'histoire. La seule chose que tu vas accomplir en parlant à Max c'est de le blesser.

— Ce que tu es en train de dire, c'est que je ne devrais pas parler à mon futur époux de mon aventure avec un autre ? Du fait que j'ai potentiellement *couché* avec un autre ? Je ne devrais pas lui dire pour quelle raison je ne voulais pas porter sa bague pendant tous ces mois ?

— C'est exactement ça.

— Mes souvenirs commencent à remonter à la surface.

— Un peu plus depuis la dernière fois ?

Je hoche la tête.

— C'est bizarre, tu sais. Je récupère toutes ces bribes, et la plupart d'entre elles sont sans importance. Je me rappelle avoir couru avec Max le matin. Je me rappelle m'être rendue à son club et lui avoir demandé de m'entraîner. Je me rappelle de notre premier baiser lors du vernissage d'hiver de la galerie.

— Quoi que ce soit à propos de Nate ?

Je secoue la tête.

— Et rien qui n'indique que j'aurais eu la moindre raison de tromper Max.

Mis à part mes complexes sévères. Et si je n'avais jamais réussi à dépasser cette impression que je ne suis pas assez bien pour Max ? Et si ces sentiments m'avaient poussé à faire quelque chose de stupide ? Et qu'en est-il de la Saint-Valentin, quand il m'a laissée seule pour s'occuper de Meredith ? Est-ce le prix à payer pour sortir avec un homme bien ? Ou est-ce que ça cache autre chose ? Lizzy tapote sur son genou, l'air songeur.

— Tout cela n'a pas de sens. Infidèle ? Cela ne te ressemble pas du tout. Peut-être que tu n'as pas réalisé que ta relation avec Max menait quelque part. Peut-être que tu ne savais pas qu'il était sérieux à propos de votre relation.

— Tu oublies qu'il m'a demandée en mariage il y a *trois mois.*

— Merde, c'est vrai.

— Les filles ! nous appelle Maman depuis le rez-de-chaussée. Que faites-vous là-haut ? Revenez à la fête !

— On arrive ! je crie en retour.

Lizzy me regarde fixement.

— Es-tu sûre de toi ? Je ne parle pas de ta perte de mémoire et des autres conneries, mais de ton mariage avec Max ? Est-ce que tu le veux vraiment ?

— Bien sûr.

Mais en cet instant, alors que tout le monde nous attend en bas pour me féliciter et me demander combien d'enfants nous souhaitons, je ne sais pas si c'est ce que je désire réellement ou si c'est ce que je *devrais* désirer.

CHAPITRE TREIZE

Max pose ses pieds nus sur ma table basse et sirote une bière. Je ne savais pas que les pieds nus d'un homme pouvaient être aussi sexy. Notre fête de fiançailles était parfaite, mais je suis contente qu'elle soit terminée. Dès que nous sommes arrivés chez moi, toutes mes craintes et complexes se sont évaporés. Parce que Max me fait du bien.

— J'ai entendu dire que tu as choisi ta robe la semaine dernière, dit Max.

— Je ne sais pas si c'est *moi* qui l'ait choisi ou ma mère, mais c'est plus ou moins vrai.

Il fronce les sourcils.

— Est-ce qu'elle te plait ?

— Elle est belle, et avec de la chance, elle *te* plaira.

Je lui retire sa bière de la main et la pose sur la table avant de le chevaucher. Je porte toujours la robe rouge et je n'ai pas la moindre envie de mettre un terme à la manière dont il me dévore des yeux ainsi vêtue. Je m'installe sur ses genoux, les miens de chaque côté de ses hanches. Son regard glisse vers le décolleté plongeant de la robe et il déglutit.

— Tu m'as manqué cette semaine.

Je frotte mes doigts sur l'ombre de sa barbe.

— Est-ce que tu travailles plus que d'habitude ou est-ce normal ?

Il hausse les épaules.

— Mon budget est un peu serré ces temps-ci et j'ai du me séparer de deux temps-partiels. L'été est toujours une période creuse. Ça repartira quand le semestre aura commencé et que les étudiants de Sinclair décideront qu'ils préfèrent s'entraîner dans un endroit plus sympa que le donjon qui sert de gymnase sur le campus.

— Hmm. Eh bien, nous allons devoir trouver un moyen de passer plus de temps ensemble.

— Quand ton médecin t'aura donné le feu vert, nous pourrons recommencer à courir ensemble. Ça a toujours été un moment à *nous*.

Je hausse un sourcil.

— Sans vouloir te vexer et critiquer tes projets très sains, j'avais une autre forme d'exercice en tête.

Ses yeux s'assombrissent, ses pupilles se dilatent et je fais glisser les fines bretelles de la robe de mes épaules. Il passe ses mains sous le coton doux de mon vêtement et saisit mon derrière.

— Hanna ?

— Mmm ?

Mes paupières s'abaissent alors que ses doigts massent mes muscles contractés.

— Où sont passés tes sous-vêtements ?

Je le regarde à travers mes cils.

— Je les ai retirés en arrivant à la maison. Je me suis dit qu'ils nous gêneraient.

J'embrasse le coin de ses lèvres, la barbe naissante à la lisière de sa mâchoire, et ouvre ma bouche contre son cou. Il tire mes hanches vers lui et soulève les siennes d'un mouvement fluide, pressant mon sexe exposé contre le denim rugueux de son jean.

— Tu sais ce qu'il y a de pire à propos de notre soirée dans le hammam ?

Je recule.

— Je ne savais même pas qu'il y avait quelque chose de déplaisant.

— Oh, il y a bien quelque chose.

Il trace ma lèvre inférieure avec son pouce.

— Je ne pouvais pas te voir. J'en ai envie.

Il enroule ses bras autour de moi et se lève. Je couine et enveloppe sa taille de mes jambes, crochetant mes chevilles derrière son dos pour m'accrocher. Il me porte jusqu'à la chambre et me pose sur le lit avant d'allumer la lampe de chevet. Lentement, il me dévore des yeux, de mes ongles de pieds vernis de rouge jusqu'à mes cuisses. Je me soulève du lit quand il attrape l'ourlet de la robe et la tire par-dessus ma tête. Son regard est brûlant quand il croise de nouveau le mien. Brûlant et avide. Il me coupe le souffle.

Il retire son haut et grimpe à côté de moi dans son jean. J'aimerais qu'il se déshabille mais ses mains sont sur moi avant que je ne puisse demander, ses doigts traçant le même chemin que ses yeux — de mes orteils à mes mollets jusqu'à mes cuisses. Il hésite entre mes jambes et caresse légèrement mon sexe avant de continuer sa route par-dessus mon nombril et jusqu'à ma poitrine. Je suis déjà mouillée et dans le besoin, le souffle saccadé, et il n'a rien fait d'autre que me caresser du bout des doigts.

— Dis-moi ce que tu aimes.

Ce que j'*aime* ? Qui saurait ça mieux que lui ?

— Je...

Son téléphone bipe et vibre dans sa poche.

— Désolé.

Il le sort et le jette au sol sans le consulter.

— Tu disais ?

Je hausse les épaules, subitement embarrassée.

— Toi. C'est ça que j'aime. Juste toi.

Il grogne et pose sa bouche contre la mienne, une de ses jambes nichée entre les miennes. Son téléphone bipe et vibre de nouveau, claquant sur le sol.

— Tu devrais y jeter un coup d'oeil, je souffle contre ses lèvres.

Il soupire bruyamment et se détache de moi pour l'attraper, mais quand il consulte l'écran, quelque chose change sur son visage.

— Je suis désolé. Je vais devoir y aller.

Il tape sur son écran et enfonce le téléphone dans sa poche. Quand il me regarde enfin, il me dévisage de la tête aux pieds et secoue la tête.

— Je n'en ai pas envie mais je n'ai pas le choix.

Je me hisse sur mes coudes et fronce les sourcils.

— Qu'est-ce qui ne va pas ? Qui c'était ?

— Une amie.

Il attrape son t-shirt au sol et l'enfile.

— Je te raconterai les détails plus tard mais je dois aller l'aider.

Elle ? Mes mains tremblent alors que j'ajuste ma robe et que je le suis jusqu'à la porte. Il enfonce ses pieds dans ses chaussures et mon estomac se noue. Ma voix est faible quand je demande :

— Qui ?

Je comprends à la manière dont il se raidit que sa réponse ne va pas me plaire.

— Meredith.

Ce nom me frappe comme un coup de poing dans le ventre. *Meredith.* Mon esprit conjure le souvenir de son départ le jour de la Saint Valentin. Ses tendres attentions complètement oubliées à la réception de son texto. Son départ précipité par la porte quand elle avait besoin de lui. Et maintenant, le soir de notre putain de fête de fiançailles, il va la rejoindre.

— De quoi a-t-elle besoin ? Je demande, mais ma question est étouffée par la sonnerie de son téléphone.

— Je t'aime.

Il dépose un baiser contre mon front puis sort le téléphone de sa poche.

— Hé... Ouais, je suis en route.

Puis il passe la porte. Je le regarde descendre les escaliers au pas de course, le téléphone collé à son oreille tout du long. Quand il disparaît à l'angle, je retourne dans mon appartement. *Respire. Respire simplement.* Mais cette technique ne m'aide pas et je me précipite dans la salle de bain pour vomir.

Je n'aurais jamais imaginé être fiancée à un homme en qui je ne peux pas avoir confiance. Je n'aurais jamais imaginé douter de Max en particulier. Il n'a rien fait pour mériter mes soupçons, mais je ne peux pas m'en empêcher. Mon insécurité fait un retour fracassant, et peu importe ce à quoi je ressemble ou le poids que j'ai perdu, parce que Meredith est tout ce que je ne serai jamais. Blonde, mince, le genre de femme qui attire les regards masculins quand elle pénétre dans une pièce.

Et pour couronner le tout, c'est une véritable garce. William Bailey est sorti avec elle avant que Cally ne revienne en ville, et quand il a mis fin à leur relation pour retrouver son premier amour, Meredith s'est faite inséminer artificiellement et à laisser croire tout le monde en ville qu'il s'agissait du bébé de Will. Une fois mes dents lavées et mon estomac apaisé avec un peu de Sprite, je trouve ma culotte — bon vent à *cette* tentative de séduction — et une paire d'espadrilles avant de sortir marcher.

Rien ne m'apaise autant que la rivière et je rejoins donc le chemin à l'arrière de la pâtisserie. Trois fois d'affilée, j'affiche le numéro de Max sur mon téléphone, prête à l'appeler et demander des réponses. Trois fois d'affilée, je change d'avis. Je ne veux pas être *cette fille*. Fragile. Méfiante. Il va m'épouser après tout, n'est-ce pas ? Et s'il faisait quelque chose de mal, m'aurait-il dit où il se rendait ?

Je retire mes chaussures et marche dans l'herbe fraîche, les étoiles me narguant depuis le ciel avec leur scintillement joyeux. Je ne sais pas combien de temps je marche ou même quelle distance je parcours, mais quand j'ai quitté le centre ville et que j'aperçois la maison de maman au loin, les soles de mes pieds sont sensibles après mon escapade pieds nus.

Devant moi se trouve le jardin vacant de Maman. La fête est finie. L'orchestre a remballé ses instruments, les décorations ont été retirées. Comme si elles n'avaient jamais existé. Je ne suis pas encore prête à regagner mon appartement, donc je m'arrête près du ponton situé entre les propriétés mitoyennes de Maman et de Asher. Je me laisse tomber sur les planches en bois, enroule mes bras autour de mes genoux, pose ma tête contre eux, et me répète que tout va bien se passer. Je me concentre sur ma respiration. *Inspire. Expire. Inspire. Expire.*

— Tu comptes dormir ici ou bien rester juste assez longtemps pour détruire cette robe sexy ?

Je lève la tête et remarque une silhouette sombre appuyée sur la rambarde au bout du ponton. Je cligne des yeux jusqu'à obtenir une vision nette de Nate Crane. Il tire sur sa cigarette — non, pas une cigarette, un joint. Un rictus de dégoût retrousse mes lèvres. Je déteste les drogues. Les gens incapables de trouver une autre méthode pour s'occuper ne m'intéressent pas.

— Tu prévois de te défoncer pour le restant de tes

jours ou bien de faire quelque chose qui en vaille la peine ?

Il se rapproche, et à la clarté de la lune, je détecte finalement son sourire en coin.

— Asher et Maggie m'ont invité à ta fête de fiançailles ce soir, mais j'ai décidé qu'être défoncé et bon à rien serait plus plaisant. Tout comme le supplice chinois, maintenant que j'y pense. Apparemment, tu as l'air de ressentir la même chose.

Il fait un autre pas dans ma direction et me tend le joint.

— Alors là, non.

Je chasse le nuage de fumée d'un geste de la main et tousse en prime.

— Comme tu veux, murmure-t-il.

Son regard tourne de nouveau vers la rivière, mais au lieu de tirer à nouveau sur le joint, il plonge l'extrémité dans l'eau et le range ensuite dans sa poche.

— Est-ce que tu veux en discuter ?

— Je ne vois pas de quoi tu veux parler.

J'ai l'air d'une adolescente renfrognée. Il hausse un sourcil mais n'insiste pas. Je lâche mes genoux et me relève pour le rejoindre derrière la rambarde.

— Lors de notre première rencontre, est-ce que je t'ai parlé de mon désir d'ouvrir une pâtisserie ?

— Oui.

Je dois lui demander.

— Et tu voulais que je le fasse ?

— Je t'ai dit que tu devrais le faire.

Une grenouille croasse au loin et brise le silence.

— Tu as du talent.

— J'adore ça, tu sais. Chaque fois que j'entre dans la pâtisserie, je souris.

— Je suis heureux de l'entendre.

Une pointe de douleur se cache dans ses paroles.

— Et tu t'es assuré que j'aie une chance de le faire, j'annonce de façon détachée.

— Je ne suis pas sûr de bien comprendre.

Il n'est manifestement pas intéressé par l'idée de changer le statut anonyme de notre partenariat, et je suis trop reconnaissante pour insister, mais je ne peux réprimer mon soupir.

— J'ai l'impression que tout le monde en sait plus que moi sur ma vie.

Il continue de regarder l'eau.

— Que veux-tu savoir ?

— Tout, je murmure.

— Pourquoi ?

Si une plaie béante était un son, ce serait celui de sa voix en cet instant.

— Tu n'as pas idée de ce que c'est d'avoir des trous dans ta mémoire, d'avoir l'impression que ton corps te fait défaut.

Il grogne.

— As-tu le moindre souvenir du temps passé ensemble ?

— Rien.

— Est-ce que ça va te revenir ?

Le vent tourne et un nuage bloque la lune et nous plonge dans l'obscurité. Je suis dans le noir en compagnie d'un homme qui m'est étranger. Je devrais me sentir mal à l'aise — ou prudente au moins. Au lieu de cela, mes muscles se décontractent progressivement. Il y a quelque chose de réconfortant dans l'obscurité, dans le fait d'être invisible.

— Le docteur estime que c'est difficile d'en juger pour l'instant. Peut-être, peut-être pas. Les souvenirs les plus proches de mon accident sont ceux que j'ai le moins de chances de récupérer. Peut-être que je ne me souviendrais jamais de toi. Peut-être que si tu ne t'étais pas glissé dans mon lit il y a deux semaines, je n'aurais jamais découvert notre relation.

— Le plus grand regret de ma vie, chuchote-t-il.

Je tressaille. Une gifle aurait été moins douloureuse.

— Je suis ton plus grand regret ?

— Non.

Il gronde sa réponse puis inspire.

— Je ne suis pas un type génial. J'ai commis beaucoup d'erreurs. Fait beaucoup de conneries et de choix égoïstes. Mais au final, ça a fonctionné pour moi.

J'aimerais pouvoir étudier son visage, lire les nuances de son expression. Au lieu de ça, il est simplement une silhouette nocturne, et je n'ai rien d'autre que ses mots et le grondement sourd de sa voix.

— Je ne regrette pas grand-chose, explique-t-il. Mais je regrette de m'être glissé dans ton lit à mon arrivée en ville.

Il regarde le ciel.

— Ton amnésie était un cadeau que j'ai gâché.

— Tu *voulais* que je t'oublies ?

Sa poitrine se gonfle quand il inspire, et je dois réprimer mon désir irrationnel d'appuyer ma tête contre lui. De le réconforter par ma présence, malgré ses propos.

— Ce serait... plus simple.

— Je ne compte pas t'embêter, si c'est ce qui t'inquiète. Je ne vais pas être cette nana qui balance tous les détails de son aventure érotique avec Nate Crane.

— Hanna.

Il saisit mes épaules et m'encourage à lui faire face. Il m'observe un instant. Puis un autre. Comme s'il essayait de résoudre un puzzle et que la réponse se trouve au fond de mes yeux. Puis il laisse tomber ses mains et se détourne de nouveau. Alors que son regard se perd dans la nuit, je ne peux qu'essayer de deviner ce qu'il s'apprêtait à dire.

— Je ne me souviens peut-être pas de ce qui s'est passé entre nous, mais je ressens quelque chose...

Je serre mon poing et le presse contre ma poitrine.

— Quelque chose ici. Chaque fois que tu es près de moi.

— Et avec lui ? Est-ce que tu ressens la même chose ?

Des larmes brûlantes piquent le fond de mes yeux et je hoche la tête.

— Oui.

— Tu as ta réponse.

Son regard se pose sur ma main, ses yeux brûlant rivés sur la bague que je porte.

— C'est tout ce que tu as besoin de savoir.

— Mais je ne me souviens même pas l'avoir enfilée.

Comment avoir confiance en une décision dont je ne me souviens pas ?

Ma question est rythmée par l'appel d'une chouette.

— Tu es la fille la plus maline que je connaisse. Je te fais confiance. Peut-être que tu devrais en faire de même.

— J'ai besoin de savoir quelque chose d'abord.

Il baisse la tête.

— Tu devrais parler avec ton fiancé.

— Est-ce que j'ai couché avec toi ?

Les nuages disparaissent, et le clair de lune met en relief les traits ciselés de son visage. Mon cœur bat la chamade quand il s'approche de moi. Il soulève mon menton jusqu'à rencontrer mon regard.

— Qu'est-ce que tu crois ?

— Je pense qu'on fait tous des erreurs.

Quelque chose hante brièvement son regard, mais disparaît aussi vite que c'est apparu, une expression vacante de camé recouvrant ses traits. Je dois répéter ma question. Si je ne le fais pas, je pourrais perdre mon sang-froid et m'enfuir sans entendre sa réponse.

— Est-ce qu'on a couché ensemble ?

— Non.

Je ne ressens aucun soulagement en entendant ça. Pas vraiment. Seulement un vide. Quoi qu'on en dise, j'ai quand même trahi mon fiancé. Je n'ai cessé de me promettre que je dirais la vérité à Max si j'apprenais avoir couché avec Nate. Peut-être que j'avais besoin de cette excuse pour forcer ma confession.

— Bonne nuit, mon ange.

— Ne t'en vas pas.

Il ferme les yeux et je ne peux plus me retenir. Je caresse son visage, prudemment, timidement. Il reste figé alors que je passe le bout de mes doigts sur sa barbe de trois jours et l'observe alors que ses yeux restent clos. Puis je reste ainsi, aucun de nous n'esquissant le moindre geste. Emportés par l'instant présent et le clair de lune.

Quand il ouvre les yeux, ils sont emplis de peine. De regret. Est-ce réel ou bien ne s'agit-il que du fruit de mon imagination ? Il est aussi mystérieux pour moi que cette connexion entre nous. Il écarte les lèvres et ses yeux plongent dans les miens. Quand je commence à croire que nous pourrions rester là pour toujours, une scène tragique emplie de secrets et de chagrin, il bouge infiniment et savoure mon toucher.

— Merde, Hanna.

Ses mots sont doux, torturés.

— Qu'attends-tu de moi ?

— Embrasse-moi.

Et je n'arrive pas à croire à ma demande, mais elle m'a échappé et je ne peux pas la ravaler. Je n'en ai pas envie.

— Comment suis-je censé refuser ça ?

— Tu ne l'es pas.

Son regard tombe sur mes lèvres et mon cœur bat la chamade. Un rythme si douloureux et violent que je crains qu'il ne s'échappe de ma poitrine et ne tombe à ses pieds. Un sentiment de paix m'envahit alors qu'il se penche vers moi. Mes épaules s'affaissent. Ma respiration se calme. Pendant un instant, mon passé ne compte pas. Mon avenir non plus. Seulement l'instant présent. Quand ses lèvres sont si proches que je peux presque les goûter, il ferme les yeux et pose son front contre le mien.

— Je t'aime trop pour gâcher ta vie. Je t'aime trop pour te laisser culpabiliser au sujet d'un stupide baiser.

Il titube en arrière.

— Je suis désolée.

Je porte ma main à ma bouche. Je suis envahie par la honte, une vague brûlante suivie de l'étau glacial de la solitude.

— Je n'aurais pas dû... Je ne sais pas pourquoi

— Rentre chez toi, Hanna. va rejoindre ton futur mari.

CHAPITRE QUATORZE

— T'a-t-on déjà dit que tu travailles trop ? demande Max alors que la porte d'entrée se ferme derrière lui.

Je tends à Mme. Oaks son cappuccino au lait écrémé et lui sourit alors que je réponds :

— C'est celui qui le dit qui l'est.

Elle me sourit en retour.

— Est-ce que je peux avoir le reste de tes feuilletés au fromage, ma chérie ?

— Bien sûr !

J'attrape une boîte sur l'étagère derrière moi et la remplit.

— Je compte faire la surprise aux dames de mon groupe de lecture de la Bible, m'explique Mme. Oaks alors que je l'encaisse. Je leur ai apporté des pains au chocolat la semaine dernière et on aurait dit que j'avais offert la lune à chacune d'entre elles.

— Vous êtes trop aimable !

— C'est sincère.

Elle paye et glisse la boîte sous son bras.

— Passez une belle journée tous les deux. Transmets mes amitiés à ta maman, Hanna.

— Je n'y manquerai pas. Merci.

Max se faufile derrière le comptoir alors qu'elle part. Nous sommes seuls dans le magasin, rien que nous et le bruit de Drew qui s'affaire à nettoyer la cuisine. Debout derrière moi, il glisse une main sous mon t-shirt et m'attire contre lui. Je me raidit. Il enfouit son nez dans le creux de mon cou et prend une grande inspiration.

— Tu sens le linge frais et les fleurs, chuchote-t-il. Je pourrais passer des jours à humer ton parfum.

La chaleur de sa bouche contre le côté de mon cou devrait être aussi douce que délicieuse, mais noue au contraire mon estomac.

— Tu es distrayant, je proteste.

— Mission accomplie.

Sa main glisse plus haut et englobe mon sein, et alors même que mon corps réagit, chaud et avide de caresses, une autre partie de moi pense à Nate. La manière dont ses murmures ont fait vibrer mes veines la nuit dernière. Le regret dans ses yeux quand il a reculé. Max doit sentir quelque chose, car sa main stoppe ses bons soins et il retire sa bouche de mon cou.

— Tout va bien pour nous ?

Cinq mots. Une simple question. Un nœud se forme dans ma gorge.

— Je n'ai pas apprécié la manière dont tu as filé rejoindre Meredith la nuit dernière. Ça m'a blessée.

Il recule, retire sa main de sous mon t-shirt, et fait un pas en arrière.

— Je n'ai pas *filé la rejoindre*. Ce n'est pas comme ça.

Je serre la mâchoire et croise les bras sur ma poitrine. Je ne veux pas connaître ses raisons ou le genre d'urgence qu'elle a rencontré.

— J'ai eu le sentiment d'être moins importante qu'elle à tes yeux.

Il soupire et passe une main dans ses cheveux.

— Je suis désolé que tu aies eu cette impression.

— Ce ne sont pas des excuses.

Je fais volte-face et pénètre dans la cuisine. Toute ma vie j'ai lutté pour exprimer ma douleur quand les gens me blessent, et la plupart du temps cela veut dire qu'ils se servent de moi et m'écrasent. La raison pour laquelle ma jumelle est ma meilleure amie, c'est qu'elle n'a pas besoin d'être alertée quand j'ai mal. Elle peut le voir sans que j'aie à le verbaliser. J'attrape une plaque et la remplit de cookies à la cannelle refroidis.

— Je m'apprêtais à faire ça, annonce Drew, les mains sur les hanches.

Elle commencé tôt ce matin — loué soit le ciel car je ne me suis pas couchée avant deux heures du matin.

— Je m'en occupe, je marmonne.

— Ne laisse pas ta mauvaise humeur gâcher mon travail, râle-t-elle.

— Drew, j'entends Max l'interpeller, tu veux bien t'occuper de la boutique pendant que je parle à Hanna ?

— Y a-t-il de l'eau dans le gaz ? demande-t-elle, mais

quand je lui jette un regard noir, elle lève les mains au ciel et se hâte vers le magasin.

— Est-ce que j'ai râté quelque chose ? demande-t-il.

Il me rejoint et m'encourage à lui faire face. Au lieu de croiser son regard, j'observe le logo ringard sur son torse : *Hallowell Health Club, la forme au Max.*

— Que se passe-t-il réellement ?

Je ferme les yeux. Je me sens puérile, comme une adolescente qui pique une crise quand elle aperçoit son petit-ami en pleine conversation avec une autre fille.

— Je me souviens de la Saint-Valentin, j'admets.

— La Saint-Valentin ?

Il a l'air perdu.

— Tu es parti aider Meredith.

Je secoue la tête.

— Je sais que ma jalousie est sûrement sans fondement, mais il faut du temps pour apprendre à faire confiance. Tu as presque neuf mois de relation sur lesquels t'appuyer dans tes mauvais jours. Je n'ai que deux semaines et une poignée de souvenirs. Je me suis sentie insignifiante la nuit dernière, et je n'ai pas apprécié.

Sa mâchoire serrée se détend.

— Je suis désolé.

— Je ne prétends pas que tu ne peux pas venir en aide à tes amis, mais j'ai besoin de savoir — j'ai besoin de croire — que je compte pour toi.

— Bien sûr que c'est le cas.

Il caresse ma joue.

— Tu es tout pour moi, Hanna. Mon avenir. Tu comptes pour moi.

Quand il pose ses lèvres sur les miennes, ma colère a déjà disparu. Peut-être que notre dispute ne devrait pas en rester là. Peut-être que je devrais insister. Mais je suis si confuse après la nuit dernière que j'ai besoin du réconfort que m'offre son toucher. Je le laisse m'embrasser et je lui retourne son baiser jusqu'à ce que le résidu de ma douleur se soit évaporé dans l'air doux et sucré de la cuisine.

— Vous n'arrivez vraiment pas à garder vos mains pour vous, n'est-ce pas les tourtereaux ?

La voix de ma mère me pousse à interrompre notre baiser et à reculer. Elle a déjà un mug de café à la main, sa Bible logée sous son bras.

— Bonjour Maman. La messe s'est bien passée ?

— Oui, parfaitement. C'était fantastique. Je voulais vous inviter avec Max à mon brunch du dimanche. Max, certaines dames qui siègent au conseil de Restauration de New Hope seront présentes. Ne te méprends pas, je pense que nous allons obtenir cette bourse pour ta salle de sport — j'ai soutenu ton dossier — mais ça ne fait jamais de mal de se faire un carnet d'adresse. En guise d'assurance, si tu veux.

C'est la première fois que j'entends parler de l'application de Max à une bourse auprès du conseil de restauration de la ville, mais je ne suis pas surprise. Maman fait partie du conseil, et il est logique qu'ils offrent des subventions aux entreprises comme celles de Max.

— Je ne peux pas venir, Maman. J'ai trop de travail ici.

— Tu travailles trop, dit-elle.

Max sourit et me fait un clin d'œil.

— C'est ce que je ne cesse de lui répéter.

— Max, pourquoi n'irais-tu pas sans moi ? Maman a raison. Ça ne fait jamais de mal de soigner son relationnel.

Il acquiesce et pique un cookie sur la plaque.

— Je peux passer un moment.

Le visage de Maman s'illumine.

— Super ! Pendant que tu seras là, je te présenterai à Fred Wellings. C'est lui qui a construit ma maison. Celle de William Bailey aussi. Tu peux discuter avec lui de la construction d'une maison pour toi et Hanna après le mariage.

Max baisse le cookie qu'il s'apprêtait à croquer et me regarde avant de reporter son attention sur Maman.

— Mme. Thompson, Hanna et moi sommes tous les deux de jeunes entrepreneurs. Nous n'aurons pas de quoi construire une maison avant un moment.

— N'importe quoi, répond Maman en gesticulant. Hanna aura accès à son fond fiduciaire une fois mariée. Il y a bien assez sur ce compte pour construire une maison tout en gardant un peu d'épargne par sécurité.

Pauvre Max à l'air si mal à l'aise.

— Nous allons vivre dans mon appartement pendant un moment, j'interviens.

— Ce sera parfait pendant les travaux de construction, bien entendu, mais vous ne pourrez pas élever mes petits enfants dans un minuscule appartement au-dessus de ta pâtisserie.

Max et moi échangeons un regard.

— Nous en parlerons, je promets.

Elle consulte sa montre et pousse un petit cri.

— Je dois y aller. Max, je te verrai à la maison tout à l'heure.

Une fois qu'elle est partie, je me tourne vers lui et grimace.

— Je suis désolée. Elle m'a totalement prise au dépourvu avec ça, mais c'est son mode opératoire habituel.

Il prend ma main et serre mes doigts.

— Ne t'inquiètes pas. Nous en parlerons plus tard.

J'acquiesce.

— Je ne pense jamais vraiment à mon héritage. C'est l'argent de l'assurance vie de Papa. S'il n'était pas mort si jeune, il ne serait pas aussi conséquent, donc ce n'est pas une chose à laquelle j'apprécie de penser. Mais elle a raison. Il contient assez d'argent pour qu'on construise une maison sympa si c'est ce que nous avons envie de faire.

— Eh bien.

Il penche la tête sur le côté et observe mon visage.

— Je suppose que ça dépendra de la vitesse à laquelle tu souhaites lui donner ces petits enfants qu'elle a mentionnés.

— Je...oh, euh... Je ne suis pas certaine d'être prête à devenir mère pour le moment. Je veux dire, on est encore jeunes, non ? Et...

Et si je tombe enceinte, je vais reprendre du poids. Et si tu ne voulais plus de moi ?

— Ok.

Il presse de nouveau mes mains, mais son geste n'est

217

pas rassurant quand tout dans son expression indique que je n'ai pas répondu comme il l'espérait.

— *A*lors comment te sens-tu ? demande Nix une fois installée dans son cabinet mercredi matin.

— J'ai eu la nausée à plusieurs reprises, mais je pense que c'est lié au stress. Tu sais, avec le mariage, je continue sans conviction.

— Et tes maux de tête ?

— Pas un seul depuis environ une semaine.

— C'est une excellente nouvelle.

Elle examine mes yeux et mes oreilles.

— Et tu dis que tu as retrouvé certains souvenirs ?

— Quelques uns, je réponds, mais pas tous. C'est frustrant, mais j'essaye de me montrer patiente.

— Qu'en est-il de l'autre sujet que nous avons abordé à l'hôpital ?

Je hausse un sourcil.

— Te sens-tu en sécurité ?

Elle marque un temps d'arrêt.

— Est-ce que Max te traite correctement ?

— Oh ! Bien sûr.

J'agite la main.

— Sérieusement, je suis certaine que je suis juste tombée dans les escaliers. Max est un vrai prince.

Elle fronce les sourcils.

— Ta soeur me dit que tu as recommencé à passer du

temps avec elle et Maggie, et que tu ne t'isoles plus comme tu le faisais. C'est un très bon signe.

— Bien sûr. Mis à part Cally, mes sœurs sont mes meilleures amies.

— Continue comme ça. Il est important d'avoir du soutien autre que celui de Max.

— Je le ferai. C'est promis.

Elle hoche la tête, manifestement satisfaite.

— As-tu jeûné ce matin ?

Je grimace.

— Merde. J'ai complètement oublié que tu voulais réaliser des analyses de sang.

— C'est pas grave.

Elle sourit et s'assoit dans son fauteuil.

— Tu peux passer au laboratoire quand tu le souhaites pour les prélèvements, mais je peux déjà deviner que les résultats devraient être meilleurs.

— Pourquoi est-ce que tu dis ça ?

— Eh bien, depuis que tu as quitté l'hôpital il y a deux semaines et demi, tu as pris environ trois kilos. Je sais sans avoir besoin de consulter tes analyses que tu as recommencé à manger. C'est une bonne nouvelle.

— Tu es le premier médecin qui a jamais qualifié ma prise de poids de bonne nouvelle.

Je n'arrive pas à affronter la sympathie qu'émet son sourire attristé et j'observe donc les taches bleues sur le carrelage industriel.

— Est-ce que tu étais au courant ? Pour mon anorexie ?

Nix inspire, surprise par ma confession, je suppose.

— J'avais des soupçons, mais tu ne t'es pas montrée réceptive quand j'ai tenté de t'en toucher deux mots durant l'été.

— Tu crois que je peux reprendre l'entraînement ? La course ?

— Commence avec une semaine d'entraînement peu intensif. Si tout se passe bien, tu pourras essayer une petite course. Prends juste ton temps et écoute ton corps. Mais je ne veux pas que tu t'entraînes plus d'une fois par jour, d'accord ?

— J'ai peur de reprendre tout le poids que j'ai perdu.

Je déteste l'admettre. Je déteste laisser quelqu'un comprendre à quel point mon stupide corps affecte la manière dont je me sens.

— Mais je crois que je suis tout autant effrayée à l'idée de laisser la nourriture contrôler ma vie, de laisser mon désir de minceur gâcher tout le reste.

Quand je lève la tête et croise son regard, il y a plus de compréhension dans son regard que ce à quoi je m'attendais.

— Tu vas probablement reprendre du poids, du moins un peu. Quand tu perds du poids de manière aussi nocive, ton corps ne peut pas s'y maintenir une fois que tu retrouves des habitudes alimentaires et une routine d'exercices physiques normales. Tu vas connaître une période d'ajustement pendant laquelle tu vas découvrir quel poids tu peux maintenir en mangeant régulièrement tout en conservant un rapport sain à l'exercice physique.

Je hoche la tête, mais mes yeux s'emplissent de larmes et je détourne le regard. Je n'ai retrouvé que quelques souvenirs de Nix, et je ne sais pas si nous étions proches. Mais si j'exprime mes craintes à Liz, elle va simplement se fâcher contre moi.

— Qu'y a-t-il Hanna ?

Les points bleus flottent sous mes yeux. Une larme tombe sur le carreau à côté de ma sandale.

— Et si Max n'était plus attiré par moi si je reprends tout mon poids ?

— Oh, chérie.

Elle me surprend alors et m'étreint, m'enveloppant de ses bras.

— Les médecins sont-ils censés faire des câlins à leurs patients ? je demande en lui retournant le geste de manière maladroite.

— Ce n'est pas un câlin de ton médecin. C'est celui de ton amie.

Elle me presse contre elle une dernière fois puis me relâche.

— Il faut que tu parles à Max. Tu ne peux pas vivre le restant de tes jours avec la crainte qu'il cesse de te désirer.

MAI – TROIS MOIS AVANT L'ACCIDENT

— Je suis ravie de faire votre connaissance, mademoiselle Thompson, dit l'avocate.

Elle m'indique le fauteuil d'un geste de la main et s'installe de l'autre côté du bureau.

— Je suis sûre que vous vous demandez pourquoi je vous ai convoquée.

— En effet.

Je m'assois dans le fauteuil à oreilles. Son cabinet est élégant et moderne avec juste assez de touches chaleureuses — des coussins, des portraits encadrés — pour le rendre confortable. Enfin, pour mettre la plupart des gens à l'aise. Il n'y a rien de confortable dans ce que je ressens à l'idée d'avoir été convoquée à Indianapolis pour rencontrer une avocate dont je n'ai jamais entendu parler auparavant.

— Je peux seulement imaginer qu'un parent lointain est décédé et m'a laissé sa fortune.

Elle s'esclaffe avec bonhomie.

— J'attends moi-même cet appel, mais ce n'est malheureusement pas la raison de mon invitation.

— Mince.

Je m'efforce de sourire et réajuste ma position. Et je patiente.

— D'après ce que je sais, vous venez juste d'être diplômée de Sinclair et vous opérez un travail annexe de décoration de gâteaux pour vos amis qui rencontre un certain succès.

— Je viens en effet d'être diplômée, en revanche je ne sais quoi dire du succès de mon travail. Je le fais plus pour m'amuser que tout autre chose.

— Mais cela vous plait ?

— Évidemment !

Je rougis.

— C'est amusant de créer quelque chose à partir d'ingrédients bruts. Et les gâteaux rendent les gens heureux.

— Et vous avez pour rêve d'ouvrir votre propre pâtisserie à New Hope, c'est exact ?

Je vais définitivement classer ceci comme l'une de mes *Expériences Super Étranges.*

— Oui, mais il ne s'agit pour l'instant que d'une chimère. Rien de sérieux.

— Et si cela pouvait devenir réalité ?

Elle pousse une fine liasse de papiers à travers le bureau.

— Mon client qui, soyons clairs, désire rester anonyme, pense que votre « chimère », comme vous l'appelez, pourrait devenir une entreprise rentable.

J'attrape la pile de papiers et la feuillette, mais je ne suis pas certaine de comprendre ce que j'ai sous les yeux.

— Le document du dessus concerne le projet de relance de New Hope et détaille les crédits d'impôt et les subventions que la ville de New Hope offrira aux jeunes entrepreneurs qui décident de dynamiser le centre-ville historique.

J'étudie la page, et mon regard se pose sur la somme maximale que la ville contribuera.

— J'ai entendu parler de ces subventions, lui dis-je. William Bailey a obtenu une subvention pour ouvrir sa galerie d'art. J'ai conscience de ces opportunités, mais elles sont loin de couvrir ce dont quelqu'un comme moi aurait besoin pour ouvrir ma propre entreprise.

Je pourrais le faire avec l'argent de mon fond fiduciaire, mais je n'y aurais accès qu'à mes trente ans ou après mon mariage. La demande en mariage de Max me traverse l'esprit — l'expression sur son visage quand j'ai regardé la bague sans dire un mot, le moment où il s'est relevé et a posé la bague dans le creux de ma main, pressant ensuite mes doigts autour de l'objet. *Garde-la. C'est te dire à quel point j'ai envie de ça, Hanna. Garde-la. J'attendrai.*

Quel était le *ça* dont il avait envie ? Moi ou mon fond fiduciaire ? Je ferme les yeux.

— C'est pour ça que je suis là. Mon client aimerait faire affaire avec vous, Hanna. Il vous fournirait le reste des fonds dont vous avez besoin pour ouvrir la pâtisserie dans la vieille bâtisse Woolworth sur Main Street. Nous avons fait venir une équipe de prestataires pour obtenir un devis, et il accepterait également d'installer un appartement à l'étage pour compenser les revenus minimes auxquels vous pouvez vous attendre lors de vos premiers mois d'activité.

— Comment puis-je faire affaire avec quelqu'un qui garde l'anonymat ?

— Il serait un associé tacite. Il obtiendrait une partie de vos bénéfices jusqu'à ce que vous décidiez de racheter sa part ou de vendre l'entreprise.

— Que se passe-t-il si je ne fais pas de bénéfices ? Qu'a-t-il à y gagner dans ce cas ?

Elle hausse les épaules.

— Les investissements présentent toujours un risque, mais mon client pense que vous aurez du succès.

— Si j'ai besoin de prendre une décision, comment suis-je censée en discuter avec lui ?

— Vous serez libre de prendre la plupart des décisions

par vous-même, mais il y a certaines décisions majeures pour lesquelles il souhaiterait être consulté, et que je m'occuperais de lui transmettre.

Qui voudrait se lancer en affaires avec moi ? Qui est-ce que je connais qui dispose des fonds nécessaires pour se lancer dans un tel projet ?

— Est-ce que Nate Crane est derrière tout ça ?

Son visage reste impassible.

— Anonyme veut bien dire anonyme.

C'est forcément Nate. Et je devrais dire non. Je ne devrais pas accepter son argent. Sauf qu'il m'offre quelque chose que je désire ardemment. Je peux déjà imaginer ma pâtisserie sur Main Street, des étudiants de Sinclair se présentant entre leurs cours pour un café gourmet, un vitrine remplie de cookie frais et de scones.

— Souhaitez-vous en discuter, ou est-ce que l'idée d'un partenariat anonyme est hors de question pour vous ?

— Dites m'en plus.

CHAPITRE QUINZE

Je ne suis d'abord pas certaine que le bruit que j'entends est quelqu'un qui frappe à ma porte car le bruit du tonnerre le masque. Puis ça recommence. *Boom, boom, boom.* Je pose mon ordinateur portable sur le canapé à côté de moi et me précipite vers la porte.

— Hanna ? appelle Liz.

— Que fais-tu dehors par cette tempête ?

Je me précipite sur la porte et la tire. Liz entre, trempée mais souriante. Maggie, Cally, et Nix la suivent à l'intérieur.

— Soirée entre filles improvisée ! annonce Liz.

— Désolée, je n'ai pas entendu vos coups sur la porte avec ce tonnerre.

Les filles retirent leurs chaussures et leurs vestes à côté de la porte et je vais chercher des serviettes pour elles.

— C'est un véritable carnage dehors, me dit ma soeur.

Elle essuie la pluie sur son visage et secoue ses boucles, comme un chien qui rentre après une balade sous la pluie. Cally rejoint la cuisine et branche son iPod sur la chaîne, et Maggie pose deux sacs de courses en toile sur le plan de travail et commence à déballer de la crème, de la liqueur Godiva, et de la vodka — les ingrédients d'un martini au chocolat si je ne m'abuse. Nix sort une boîte de truffes, du fromage et des crackers d'un autre sac.

— Les filles. Je suis censée rentrer dans ma robe de mariée dans trois semaines et demi.

Liz ouvre les placards jusqu'à trouver mes verres à cocktail, puis les pose sur le comptoir.

— Tu ne nous a jamais invitées ici.

— Il fallait qu'on remédie à ça, dit Cally, tout sourire.

— Et Asher et Nate travaillent comme des chiens, donc je m'ennuyais, explique Maggie.

— Où est Will ? je demande à Cally.

— Il est avec Max et Sam au Brady.

Je me dirige vers le plan de travail et gobe une truffe.

— Oh, c'est délicieux !

Je ferme les yeux et mâche lentement.

— Bon sang, ça fait plaisir de te voir manger ! dit Cally en choisissant un chocolat. Tu perdais tellement de poids si rapidement. J'étais inquiète pour toi.

— Elle va vraiment bien, dit Nix.

Elle me fait un clin d'œil et avale elle aussi une truffe.

— Oh, waouh !

— Elles sont orgasmiques, n'est-ce pas ? dit Maggie. Asher les a achetées pour moi lors de son séjour à New

York le mois dernier. Il connaît ce petit magasin en ville, je vous jure qu'ils doivent pratiquer le vaudou pour créer leurs chocolats.

— Laisse-moi essayer.

Lizzy abandonne ses martinis au chocolat à moitié terminés pour essayer la petite douceur orgasmique par elle-même.

— Oh bon sang ! Je ne savais pas que le chocolat pouvait être *meilleur*.

L'enceinte bipe alors que l'iPod de Cally bascule sur une nouvelle chanson, et *Lost In Me* de Nate Crane débute. Je souffle et Lizzy tend le bras pour me serrer la main alors que je ferme les yeux.

— Ça suffit.

Maggie frappe le plan de travail avec sa main.

— Que se passe-t-il avec Nate Crane ?

Lizzy affiche un air innocent.

— Qu'est-ce que tu veux dire ?

— Vous tramez quelque chose toutes les deux. Vous devenez bizarres à chaque fois que je mentionne Nate, et il fait la même chose quand je dis quoi que ce soit au sujet de mes sœurs.

— Bizarre ? dit Lizzy. Nous sommes juste fans. C'est tout.

Maggie hausse un sourcil incrédule.

— Tu es une piètre menteuse.

Ma jumelle soupire de manière dramatique.

— Très bien. Tu sais ce que je pense de son physique. Tu m'as prise en flagrant délit. Je couche avec Nate Crane.

— Dans tes rêves, marmonne Maggie avant de se focaliser sur moi. Hanna, crache le morceau.

— Elle n'a p....

Je lève une main. C'était juste une question de temps, hein ?

— Ça va. Je suis responsable de ce merdier et maintenant je vais devoir en assumer les conséquences. Maggie devrait être au courant.

— Ça a commencé à St. Louis, n'est-ce pas ?

Elle a l'air navrée.

— Elle a perdu la mémoire, tu te souviens ? me défend Lizzy.

— Je ne sais pas grand-chose. Mais la nuit où je suis rentrée de l'hôpital, je me suis réveillée avec Nate Crane dans mon lit, et il était vraiment en colère quand il a vu ma bague.

— Bon sang.

Cally passe une main sur son visage.

— Tu ne peux rien dire à Will, je plaide auprès d'elle. Pas avant que je ne raconte la vérité à Max.

— Tu n'en as pas parlé à Max ? demande Nix.

— Amnésique, tu te souviens ? dit Liz. Elle ne se souvient pas avoir été avec lui.

— Mais il s'est glissé dans ton lit, souligne Maggie. Est-ce que tu lui a demandé ce qui se passait entre vous ?

— Il n'est pas franchement disposé à lui parler, dit Liz. Tu sais, vu qu'elle a choisi l'autre mec.

— Mais tu es certaine qu'il y avait quelque chose entre vous ? demande Maggie. Toi et *Nate Crane* ?

— Tu peux parler, réplique Liz. Tu couches avec

Asher Logan. Franchement, qu'est-il arrivé à cette ville ? Et quand est-ce que j'aurais le droit à une aventure sensuelle avec une rock star sexy ?

Nix secoue la tête comme pour s'éclaircir les idées et attrape le shaker de martini dans la main de Lizzy. Elle retire le couvercle et prend une gorgée directement dans le shaker.

— Ce n'est pas surprenant que tu sois impatiente de retrouver ta mémoire, marmonne-t-elle. *Je* suis impatiente que tes souvenirs reviennent.

— Moi aussi, hein, dit Liz. Je veux des détails, et qu'elle s'en souvienne où non, je suis quasiment certaine que je ne les aurai jamais.

— Et Max dans tout ça ?

L'inquiétude de Cally se lit sur son visage.

— Tu *comptes* lui dire, n'est-ce pas ?

— Je le dois, je murmure.

— Hanna ! s'exclame Lizzy.

— J'ai pris ma décision, Liz. Je me laisse une semaine de plus pour retrouver la mémoire puis je raconterai à Max tout ce que je sais. Pour le meilleur ou pour le pire.

Liz soupire.

— Tu me stresses. Dieu soit loué, nous avons du chocolat.

Elle gobe une autre truffe et gémit en mâchant.

— Oh, merde, c'est mieux que le sexe.

— Non, c'est faux, disent Cally et Maggie de concert.

Elles gloussent et Maggie me donne un petit coup de coude.

— Allez. Ne me laisse pas passer pour la cochonne du

groupe. Je sais que vous êtes d'accord avec moi. Ce chocolat est délicieux, mais ce n'est *pas* meilleur que le sexe.

— Je suis incapable de m'en souvenir, dit Lizzy.

Elle arrache le shaker de martini des mains de Nix et prend une gorgée.

— Partenaires d'abstinence involontaire, dit Nix.

Lizzy tape dans sa main.

— Un club exclusif que personne ne tient à rejoindre.

— M'en parlez pas, je marmonne.

Les filles me regardent fixement et Lizzy ravale son éclat de rire.

— Hanna vient juste d'apprendre qu'elle et Max ne couchent pas ensemble. Elle ne l'a pas très bien pris.

les yeux de Maggie s'écarquillent.

— Mais tu as, genre, vingt-trois ans. Et toi et Max êtes ensemble depuis des *mois*. Comment est-ce que ça a pu arriver ?

— Elle se préserve jusqu'au mariage, dit Lizzy. Qui aurait cru que l'une des filles Thompson atteindrait le mariage avec sa virginité intacte ? Maman serait si fière.

— Donc tu ne couchais pas avec Nate Crane ? demande Cally.

— Apparemment non, je réponds.

— Comment est-ce que tu le sais ? demande Nix à voix basse.

— Je l'ai vu ce weekend et je lui ai posé la question. Il m'a dit que ce n'était pas le cas.

Je fronce les sourcils.

— Tu es mon médecin. Qu'est-ce que tu sais à ce sujet que j'ai oublié ?

Nix brise un cracker en deux et évite mon regard.

— Nous pourrons discuter de ça en privé plus tard.

— Je préfère en parler maintenant. Ces filles connaissent déjà mon pire secret. Dis-moi ce que tu sais.

Elle lève les mains en guise de défense.

— Rien, en fait. Je n'étais pas au courant de ta vie sexuelle. Et tu ne m'as certainement jamais parlé de Nate Crane, que ce soit sexuellement ou dans une autre situation.

— Mais...

— Mais tu es venue me voir début Août pour me parler des options de contraception. Tu as eu des problèmes de maux de tête au lycée quand tu prenais des contraceptifs hormonaux, donc tu voulais discuter d'autres options et tu as décidé que les préservatifs et un diaphragme étaient la combinaison idéale pour toi.

— Donc j'ai un diaphragme ?

— On t'en a mis un.

— T'ai-je dit quoi que soit d'autre ?

Elle rompt un autre cracker et triture la petite pile de miettes devant elle.

— Tu étais toujours vierge quand nous avons discuté, selon tes dires. Mais tu ne pensais pas...

— Tu vas m'achever avec tout ce suspense, dit Liz. Qu'est-ce qu'elle ne pensait pas ?

Nix hausse les épaules.

— Elle ne pensait pas tenir plus de quelques semaines supplémentaires.

— Ça ne veut rien dire, annonce Cally. Elle aurait pu prévoir de coucher avec Max.

Le tonnerre gronde et l'instant d'après, l'appartement est plongé dans l'obscurité, mettant heureusement fin à cette conversation embarrassante.

— Des bougies, j'annonce. Je vais aller chercher des bougies. Et... des allumettes ou quelque chose d'autre.

J'entends un clic, et dans la foulée, une flamme solitaire illumine le visage de mes amies depuis le briquet logé dans la main de Nix.

— J'ai ce qu'il faut de ce côté.

— Tu as toujours un briquet sur toi ?

— Et un couteau de poche, annonce-t-elle fièrement. Mes quatres frères étaient scouts. Toujours se tenir prête et blah blah blah.

— Tu as besoin d'aide pour trouver les bougies ? demande Liz.

— Non. Je sais où chercher.

Je me dirige vers la chambre, l'esprit agité par les répercussions des révélations de Nix. Si j'avais obtenu une contraception quelques semaines avant l'accident, cela pouvait vouloir dire que j'avais décidé d'accepter la demande en mariage de Max. Ou alors que j'avais décidé de mériter mon A rouge.

— Elles ne sont pas dans la cuisine ? demande Maggie, et je peux déjà l'entendre ouvrir les tiroirs et fouiller dedans.

— Peut-être, mais je sais que je garde des bougies parfumées dans mes tiroirs. Ça fonctionne mieux que les sachets pour garder son linge parfumé.

— Elle est tellement féminine, dit Nix. J'ai besoin que vous m'appreniez à le devenir, les filles. Vous voulez bien ? Pour mon anniversaire ?

Je tâtonne jusqu'à ma commode et ouvre le tiroir du haut. Je fouille dans la pile de coton, de satin et de dentelle, et je trouve finalement ce que je cherche.

— J'en ai trouvé une ! C'est une chandelle, donc nous allons devoir la tenir jusqu'à ce que je trouve un bougeoir, mais ça va déjà nous dépanner.

Des éclairs illuminent le ciel et l'appartement l'espace de quelques secondes alors que je quitte la chambre. Puis nous sommes de nouveau plongées dans l'obscurité. J'étudie la chandelle alors que je retourne à tâtons dans la cuisine. La forme est étrange. Je me demande si elle a fondu sous la chaleur et a pris une autre forme ou quelque chose du genre. J'espère que la cire n'a pas fondu sur mes sous-vêtements.

— Nix, Tu veux bien allumer ton briquet ? Je ne trouve pas la mèche.

Avec un clic métallique, le briquet s'allume et je soulève la chandelle.

— Est-ce que tu vois la mèche quelque part ?

Les éclats de rire de Liz résonnent subitement dans la pièce.

— C'était dans quel tiroir ?

Mes joues deviennent rouge vif.

— Mon tiroir à sous-vêtements.

— Laisse-moi deviner. C'était caché sous ta lingerie, peut-être même des sous-vêtements sexy ?

Même à la lueur vacillante du briquet, je détecte la jubilation qui recouvre les traits de Lizzy.

— Oh. Mon. Dieu.

Alors que je réalise ce que je tiens, mes mains s'ouvrent et je lâche le *oh-mon-Dieu-ce-n'est-pas-une-chandelle*. Il tombe au sol avec un bruit sourd. Lizzy s'accroupit et le ramasse avec deux doigts, comme on ramasserait la paire de sous-vêtements sale de quelqu'un d'autre.

— Ça avait l'air d'une chadelle dans le noir. Je ne sais même pas d'où ça vient.

Maggie s'esclaffe.

— L'amnésie est une excuse *tellement* pratique, hein ?

Autant crever tout de suite.

— Est-ce... Est-ce que c'est ce que je pense ? demande Nix.

— Ça dépend de ta supposition, dit Liz.

Elle le fait tourner au centre et confirme ainsi mes pires soupçons quand il se met à vibrer. Je recule. Horrifiée. Lizzy rit de plus belle.

— Ça ne va pas te mordre.

— Je ne savais même pas que j'avais un... Pourquoi est-ce que j'ai ça ?

Mon esprit se tourne aussitôt vers les messages sur le téléphone de Nate. Nate qui demandait si j'avais bien ramené mon cadeau à la maison. Qu'est-ce que j'avais répondu ? *C'est une pauvre alternative à ta présence ?* Pas juste un vibromasseur. Encore pire. Un vibromasseur que m'a offert Nate. Les filles sont désormais toutes mortes de rire.

— Je sais que vous êtes proches toutes les deux, dit Cally, mais je n'arrive absolument pas à croire que tu y touches.

— Je ne comprends pas, dit Nix. Elle sort avec le très sexy et baraqué Max Hallowell en plus d'une aventure avec un rocker sexy. D'où te vient le besoin d'un ami à vibration, Hanna ?

Si seulement je pouvais m'enfoncer six pieds sous terre en cet instant, je serai la plus heureuse des femmes. Un autre éclair illumine la pièce. Mon horreur doit se lire sur mon visage car le rire de Lizzy cesse.

— Hanna, on plaisante. Ça va ?

— Je vais aller chercher tes bougies, dit Maggie en attrapant le briquet de Nix.

J'observe sa silhouette s'éloigner dans l'obscurité en direction de ma chambre; je ne devrais pas la laisser fouiller dans mes vêtements — Dieu sait ce qu'elle pourrait trouver dont je ne suis pas au courant — mais un autre éclair surgit et un souvenir m'assaille. Pas le souvenir d'avoir envoyé ces messages à Nate. Un autre souvenir. Net et intense et viscéral. Maggie tient une bougie allumée dans chaque main à son retour.

— On va arrêter de se moquer de ton vibromasseur, me promet Nix. On en a toutes un.

— Probablement pas ces garces, dit Liz, en indiquant Cally et Maggie.

Elle balance le vibromasseur sur l'îlot. En plein milieu des truffes et du fromage.

— Elles ont des hommes pour se charger du travail.

Maggie pouffe.

— Tu rigoles, Liz ? Les hommes et les vibromasseurs font des miracles ensemble.

— Elle n'a pas tort, dit Cally.

— Je vous déteste, gronde Liz.

— Est-ce qu'on peut changer de sujet ?

La question m'échappe dans un couinement embarrassant.

— Bien sûr, dit Nix. Nous n'avons qu'à discuter de la soirée d'enterrement de vie de jeune fille de Cally.

Les filles commencent à discuter de leurs plans et de leurs idées, mais je n'arrive pas à me concentrer sur la conversation. Mon esprit ne cesse de rejouer le souvenir du regard coquin de Nate Crane alors qu'il frottait le vibromasseur à l'intérieur de mes cuisses.

— Qu'est-ce que tu en penses, Hanna ? demande Lizzy.

— Euh, quoi ?

Arrête de penser au vibromasseur. Arrête de penser à Nate tenant le vibromasseur.

Maggie éclate de rire.

— Nous essayons de décider si nous nous incrusterons à la soirée d'enterrement de vie de célibataire de Will. Il ne va pas réussir à dissuader Sam au sujet du club de strip-tease, donc on se dit qu'on pourrait se pointer.

— Oh, ça pourrait être amusant.

Arrête de penser à Nate Crane. Mais c'est en vain. J'ai finalement un souvenir de Nate Crane, et au lieu de m'aider à l'oublier, il m'accapare tellement que je suis de nouveau confuse.

JUIN – DEUX MOIS AVANT L'ACCIDENT

La boîte nouée avec un ruban est posée sur les draps blancs impeccables du lit de l'hôtel, et je ne peux m'empêcher de m'en approcher, attirée par la perspective d'un cadeau inattendu. Des bras solides s'enroulent autour de moi par derrière et je sens le souffle de Nate près de mon oreille.

— Je t'ai acheté quelque chose.

Sa bouche tombe dans le creux de mon cou, où il mordille ma peau jusqu'à atteindre mon épaule et provoque des petits frissons dans tout mon corps. Je ferme les yeux sous l'effet du plaisir et je gémis.

— Je vois ça. Tu n'aurais pas dû.

— Hmm, il grogne, ses mains déjà passées sous l'ourlet de mon t-shirt. Tu ne devrais pas dire ça avant de savoir de quoi il s'agit. C'est peut-être un cadeau que je me suis fait plus qu'à toi.

Ses doigts caressent la peau sensible de mon ventre puis glissent sous la ceinture de mon jean et plus bas, faisant fléchir mes genoux.

— Tu veux l'ouvrir ?

— Tu me donnes envie d'autre chose pour le moment.

Il s'esclaffe et mordille mon cou une dernière fois avant de reculer et de saisir la boîte sur le lit.

— Tu devrais cesser de m'acheter des trucs, je proteste sans conviction.

— Ne gâche pas mon plaisir, ma belle.

Il me tend le cadeau et je le saisis puis retire le couvercle. J'aimerais prétendre que je suis l'une de ces filles expérimentées qui n'est pas facilement choquée ou embarrassée, mais c'est faux. Le cadeau à l'intérieur de la boîte me choque et m'embarrasse mais je me force à le soulever et le tenir en main alors que je lui dis :

— Merci ?

Malheureusement, toute tentative de sincérité tombe à l'eau quand ce mot m'échappe sous forme de question. Il rit.

— Ça n'a pas l'air très sincère.

— Euh, non, je le pense. Merci.

Je pose la boîte sur le lit et observe l'objet.

— C'est juste... Je ne sais pas pourquoi...

— C'est un vibromasseur, Hanna. Pas un outil de torture médiéval.

Il s'approche et resserre ma prise autour du jouet, faisant pivoter le manche sous mes doigts.

— Oh !

Je pousse un petit cri quand il se met à vibrer dans ma main mais il le tient fermement, maintenant mes doigts enroulés autour. Un gloussement s'échappe de mes lèvres.

— Euh... devrais-je m'inquiéter qu'il s'agisse d'un cadeau pour toi plus que pour moi ? Je veux dire, je suis prête à essayer plein de choses nouvelles, mais je n'ai jamais été avec un type qui voulait...

Il grogne.

— Pas comme ça.

— Non. Je tiens à te donner ce que tu veux. Euh...

239

Je lui indique le lit et mords ma lèvre pour réprimer le rire qui enfle dans ma poitrine.

— Penche-toi en avant ?

Il sourit et s'approche encore.

— J'ai d'autres projets en tête mais merci pour ta proposition. Ça me touche vraiment.

— Je suis très ouverte d'esprit, je lui annonce avec sagesse.

— L'expression sur ton visage quand tu as ouvert la boîte ne vient pas étayer ta déclaration. T'es-tu déjà servie d'un de ces trucs auparavant ?

Mes lèvres s'écartent quand ses mains guident les miennes le long du manche qui vibre dans un mouvement lascif qui m'excite.

— Je préférerais simplement profiter de l'original. Tu sais. Si quelqu'un me le proposait.

Je fais la moue.

— C'est le moins que tu puisses faire alors que tu prévois de m'abandonner au profit du Moyen Orient en septembre.

— Crois-moi, coucher ensemble maintenant ne rendrait pas notre séparation plus simple.

Mes épaules s'affaissent.

— Je n'ai pas envie que tu partes. Je vais être morte d'inquiétude jusqu'à ton retour.

Il grogne et mord mon lobe d'oreille. Ses lèvres chaudes caressent mon cou et ses mains glissent sous mon t-shirt, traçant des cercles autour de mon nombril.

— Tu es adorable quand tu t'inquiètes pour moi. Maintenant, déshabille-toi et pose ton joli petit cul sur ce lit que je puisse te montrer ce que tu dois faire pour moi avec ça.

— Oh.

Je souris et déboutonne mon pantalon, l'observant tandis que je laisse tomber mon jean au sol. Je garde ma culotte et mon t-shirt puis grimpe sur le lit.

— Dans ce cas...

— Tu n'es pas nue.

Je hausse un sourcil.

— Toi non plus.

J'adore son regard torride posé sur moi.

— Allonge-toi.

J'obéis et il me dévore du regard encore et encore. Les yeux de Nate posés sur moi sont tout aussi efficaces que les préliminaires dont j'ai fait l'expérience jusqu'à présent. Il me tend le vibromasseur puis rejoint le pied du lit.

— Place-le entre tes jambes.

— Je préférerais que tu le fasses pour moi, je proteste.

Je tourne l'appareil dans mes mains et le regarde à travers mes cils. Je sais à quel point il désire me toucher, je suis consciente de la retenue dont il fait preuve pour rester au pied du lit quand il pourrait s'allonger sur le matelas à côté de moi. Et me toucher.

— Tu vas devoir apprendre à t'en servir toute seule.

Il croise les bras et me toise comme un geôlier dévisagerait son prisonnier. Je souris.

— Tu crois que je ne sais pas comment me faire jouir ? Tu es vraiment adorable.

Un muscle fait tressaillir sa mâchoire mais il hausse simplement un sourcil et maintient mon regard.

— Prouve-le.

Son challenge fait bondir mon cœur et je me lèche les lèvres. Quand j'écarte les jambes, ses narines palpitent et ses yeux s'assombrissent.

— Avec ça ? je demande en soulevant le vibromasseur.

— Montre-moi comment tu fais.

Il laisse tomber ses bras le long de ses flancs et serre les poings. Je laisse tomber le vibromasseur sur le lit à côté de moi. Je garde les yeux rivés sur lui et pose ma main sur mon entrejambe. Je suis tellement excitée par notre discussion au sujet de la masturbation et par l'expression de son regard. Je suis déjà enflée et moite, et s'il me rejoignait sur le lit et plaçait sa main entre mes cuisses, il ne lui faudrait que quelques secondes pour me faire jouir. Mais il n'est pas au lit avec moi, et je ne compte pas me presser. Je frotte ma main contre mon sexe, avec juste assez de pression sur mon clitoris pour que mes yeux se ferment.

— Là.

Sa voix dure me fait battre des paupières. Il est penché sur le lit et tire ma culotte d'un geste fluide. Je pousse un petit cri quand mes fesses retombent sur le lit et il m'adresse ce fameux sourire suffisant.

— Tu ne t'es jamais touchée sans ta culotte avant, hein ?

J'inspire et écarte un peu plus les jambes. Il me regarde, et c'est ça qui me fait de l'effet — son regard rivé entre mes cuisses, comme si cette partie intime de mon corps est la plus belle chose qu'il ait jamais vue, le mouvement de sa poitrine alors que mes mains remontent le long de mes cuisses.

Je n'ai jamais fait ça avant— je n'ai jamais laissé un homme me regarder me toucher. J'imaginais que ce serait gênant ou que je serais préoccupée à l'idée de sembler préférer mes propres caresses aux siennes, mais il n'y a rien d'embarrassant à cet instant, et nous savons tous les deux que c'est le toucher de Nate dont j'ai envie. Tout ce que je ressens c'est un désir brûlant et ce besoin de lui apporter tout ce qu'il désire.

Je pose une main sur ma poitrine et masse mon sein à travers mon t-shirt au moment ou je pince mon clitoris entre deux doigts de l'autre. Je ne porte pas de soutien-gorge, et le frottement de mes tétons sensibles contre le coton me fait cambrer et accroît mon désir. Mon envie de sentir sa bouche sur mes seins, sa langue cajolant mes tétons avant qu'il ne les suce entre ses lèvres — brusquement et sans pitié.

J'enfonce un doigt en moi tout en pensant à ça et il s'approche. J'adore l'idée de pouvoir lui faire perdre la tête. J'imagine sa bouche contre le plat de mon ventre puis plus bas. Je pince mon clitoris doucement. Juste là où je désire ses lèvres. Mes hanches roulent de plus en plus vite et ses yeux s'embrasent. Je suis proche. Si proche. Mais ma main ne me suffit pas quand il est juste à côté de moi, quand je peux tendre le bras et toucher ce que je désire réellement.

— Nate, je gémis.

— Vas-y, mon ange.

Ses narines s'évasent quand je pince une nouvelle fois mon téton à travers mon t-shirt.

— Je veux t'entendre jouir. Je veux te regarder. J'ai envie que tu le fasses. Fais-le pour moi.

Sa respiration est saccadée. Comme s'il me tenait dans ses bras et me baisait sauvagement au lieu de me regarder. Je vois bien l'effet que je lui fais. Je le lis dans ses yeux, l'entends dans sa voix.

— Baise ta main pour moi, bébé. Juste comme ça.

Ses paroles me déchaînent et mes hanches accélèrent la cadence, la main qui joue avec mon sein pince plus fort, et je m'envole enfin — je me contracte avant d'exploser dans un orgasme foudroyant plus délicieux que tous ceux que j'ai réussi à atteindre auparavant. Il grimpe finalement à côté de moi et repousse les cheveux de mon visage alors que je suis complètement avachie sur le lit.

— Je jure devant Dieu, tu es un fantasme ambulant.

Je m'efforce de soulever mes paupières alourdies.

— C'était incroyable. Je n'aurais jamais imaginé pouvoir me faire...

— Jouir ?

Je secoue la tête.

— Je savais que je pouvais y arriver, mais ce n'est jamais aussi bon. Mais devant toi...

Il dépose un baiser dans le creux de mon cou.

— C'est ce à quoi je veux que tu penses pendant mon absence. Quand tu te toucheras, imagine-moi au pied du lit en train de te dévorer du regard.

J'entends la vibration du jouet qui se déclenche, puis il le presse contre l'intérieur de ma cuisse et suce mon cou alors qu'il remonte progressivement le vibromasseur vers mon entrejambe.

— Qu'est-ce que tu fais ? je murmure en tentant d'atteindre le bouton de son jean. Je crois que c'est à ton tour.

— J'avais peut-être bien une idée derrière la tête quand je t'ai acheté ça.

— Qu'est-ce que tu veux dire ?

Mon souffle se coupe quand il caresse doucement mon clitoris avant de retourner le jouet contre mes cuisses. J'écarte les jambes de manière instinctive.

— J'aimerais te baiser avec ça, Hanna. Si je ne peux pas t'avoir avec mon sexe, j'aimerais quand même te prendre.

Je passe ma main dans ses cheveux et plonge mon regard dans le sien.

— Si tu me veux, je suis à toi. Je te l'ai déjà dit.

Son baiser est brutal et tendre à la fois. Je sais qu'il s'efforce d'être galant, mais je n'en ai pas envie. Je le libère de son jean et il grogne quand j'enroule mes doigts autour de son érection.

— Je suis prête, promis.

Il enfouit son visage dans mon cou et presse doucement le vibromasseur contre mon sexe. La sensation est à la fois nouvelle et intense et je crie alors même que mes hanches se pressent contre son intrusion.

— Tu n'as qu'à imaginer que c'est mon sexe qui glisse en toi.

J'aimerais faire une blague au sujet de son sexe qui vibre comme par magie, mais les mots restent bloqués dans ma gorge. Je suis trop distraite par le bout rond du vibromasseur posé contre mon orifice. Il le glisse à l'intérieur, centimètre par centimètre, tout en embrassant mon cou. Il l'enfonce doucement. Et le retire tout aussi lentement. Des mouvements lents et lascifs qui font déjà palpiter mon corps en réponse.

— Nate.

Je tente de reculer, d'échapper à cette sensation avant de me perdre en son sein. Sa bouche tombe sur mon sein et le suce brusquement. Et au lieu de tenter de m'enfuir, je roule des hanches en avant. Au lieu d'échapper au plaisir, je me précipite dans sa direction.

— Je n'arrête pas de penser à ce que ça me ferait d'être en toi, il chuchote. Tu es si réactive, et je pourrais jouir rien qu'en imaginant ta chatte serrée autour de mon sexe.

Je crie encore, et mes hanches se soulèvent.

— S'il te plait.

Il grogne près de mon oreille et enfonce le jouet un peu plus profondément en moi.

— Je sais, bébé. J'en ai autant envie que toi. Mais tu m'as fait quelque chose.

Il retire le vibromasseur et je hurle, avide, désespérée.

— Prends-moi, Nate.

Je n'aurais pas eu le courage de dire ça à qui que ce soit avant de le rencontrer, mais il fait ressortir mon côté audacieux. Mon côté coquin.

— Ne me fais plus attendre.

— Ce serait tellement bon.

Il presse le vibromasseur contre mon clitoris et mon corps se contracte, entamant une nouvelle ascension.

— Je n'arriverais pas à me rassasier de toi. Je te prendrais par derrière. Je te prendrais avec tes jambes enroulées autour de ma taille. Je te prendrais dans la douche et jusqu'à tu te penses incapable de jouir une nouvelle fois.

— Maintenant, s'il te plait.

Il glisse deux doigts en moi et presse fermement le vibromasseur contre mon clitoris.

— Pas avant que tu aies fait ton choix. Pas tant que tu gardes sa bague dans ta boîte à bijoux.

Avec ces mots, il appuie sur mon clitoris et recourbe ses doigts et je décolle. Je vole. Je tombe. Je jouis.

CHAPITRE SEIZE

Quand mon réveil sonne à quatre heures trente vendredi matin, je roule sur le matelas et enfouis mon visage dans mon oreiller pour hurler ma frustration. J'ai pensé à Nate Crane toute la nuit — ses yeux posés sur moi, ses obscénités, ses caresses osées. Et quand j'ai finalement réussi à m'endormir, j'ai rêvé de lui.

Mon corps est un fil sous tension chargé de désir à ce souvenir, mon sexe palpitant d'une excitation que je ne souhaite pas ignorer. Pendant trente secondes, je reste allongée les yeux fermés et envisage de glisser ma main sous mes draps pour soulager mon besoin, mais la culpabilité me tire du lit.

Je prends une douche froide avant de m'habiller et de me diriger vers la pâtisserie, où les techniques habituelles de pâtisserie me changent les idées. Liz arrive à six heures et s'occupe de la boutique tandis que je teste une nouvelle recette de cupcakes — une façon de gérer le stress pour les pâtissiers. Quand Drew arrive après les cours, Liz lui laisse sa place au magasin et me traîne loin de mon sucre et de ma farine.

— Il est temps d'arrêter de bouder et de se préparer.

— Quoi ? Qui a dit que je boudais ?

Je la laisse me conduire jusqu'à mon appartement puis déverrouille la porte pour nous avant d'entrer.

— J'ai raison, n'est-ce pas ?

Mes épaules s'affaissent.

— Complètement.

— Tu veux en parler ?

— J'ai retrouvé un autre souvenir de Nate Crane.

Elle fronce les sourcils.

— Était-il terrible ?

Je mordille ma lèvre puis secoue la tête.

— Non. C'était bien. Vraiment bien. Et maintenant je me sens coupable à cause de mon souvenir.

Nous restons assises en silence une minute puis Lizzy me demande :

— Est-ce que ça te gêne de ne pas savoir ce qui t'a poussé à choisir Max ?

La question me met mal à l'aise. J'aimerais dire non. Jurer que je n'ai pas *besoin* de savoir. Dire que chaque matin, quand je me réveille, mon coeur choisit Max. Mais ce n'est pas vrai. Mon coeur ? Il ne sait pas ce qu'il veut.

— Tu n'as pas à répondre, murmure-t-elle.

Je soupire.

— Essayage de robes de demoiselles d'honneur cet après-midi ?

— Ouais. La tienne va devoir être reprise. Nous les

avons commandées il y a quelques mois. Je crois qu'on va aussi choisir nos robes de demoiselles d'honneur pour ton mariage pendant qu'on y est.

— Oh. Ouais, je suppose qu'on doit s'en occuper.

Elle fronce les sourcils.

— Quel enthousiasme.

— Qu'est-ce que tu entends par « elle ne te va pas » ? crie ma mère depuis l'autre côté de la porte de la cabine d'essayage. Cette robe t'allait parfaitement le jour où nous l'avons achetée !

La couturière observe ses chaussures, visiblement embarrassée.

— Nous pouvons réessayer de la fermer, murmure-t-elle.

Je secoue la tête.

— Ça ne sert à rien.

Nous avons retrouvé Cally, Maggie et Nix chez Cleanstein pour essayer nos robes de demoiselles d'honneur et vérifier qu'elles n'avaient pas besoin d'ajustements. Ils ont épinglé la mienne pour la reprendre. Puis Maman est arrivée et a décidé que je devais enfiler ma robe de mariée pour la montrer aux filles.

— Ok, dit Maman en entrant dans la cabine. Nous pouvons décaler les modifications pour, disons deux semaines, si nécessaire. Tu vas pouvoir perdre le poids que tu as repris, n'est-ce pas ma chérie ?

Je regarde la couturière.

— C'est possible de l'agrandir un peu ?

— Nous disposons d'un centimètre, répond-elle. C'est peut-être suffisant, mais avec une robe de ce style, nous n'avons pas beaucoup de marge de manœuvre.

— Nous allons attendre, dit Maman. Hanna va rentrer dedans, et si ce n'est pas le cas, nous l'agrandirons.

Elle s'efforce de sourire et me tapote l'épaule de manière maladroite avant de quitter la cabine. La couturière m'aide à retirer la robe puis me laisse seule dans la cabine et j'en profite pour m'observer dans le miroir. Mon corps me paraît quelque peu différent. La courbe de mes hanches et de mes seins. Le retour de ma chair tendre au niveau de l'estomac. C'est un corps qui a fait perdre la tête à deux hommes incroyables. C'est quelque chose de séduisant. Quelque chose qui en vaut la peine.

— Est-ce que ça va ? demande Maggie depuis l'autre côté de la porte.

Je secoue la tête pour m'éclaircir les idées et je m'habille.

— Oui.

Elle m'attend derrière la porte quand je quitte la cabine.

— J'ai entendu qu'elle ne t'allait plus, chuchote-t-elle.

— J'ai pris du poids.

Je baisse le ton avant de continuer pour m'assurer que Maman ne nous entende pas :

— Il n'y a probablement que trois kilos entre moi et la fermeture de cette robe, mais ça va déjà être difficile de maintenir ce poids jusqu'au mariage.

— Serais-tu fâchée si je t'offrais mon ancienne robe, celle de ma cérémonie annulée ?

J'inspire, me rappelant à quel point j'aimais la robe de Maggie. Elle a annulé son mariage, et je ne me suis jamais demandé ce qu'elle a fait de la robe.

— Est-ce qu'elle m'irait ?

Elle acquiesce.

— C'est une taille quarante et une forme trapèze, donc elle est simplement ajustée à la taille et au niveau de la poitrine. Elle est dans la penderie dans la chambre d'ami chez Asher si tu veux l'essayer.

— Tu crois que Maman piquera une crise ?

Elle hausse les épaules.

— C'est ton mariage, Hanna. Je pense qu'il est plus important que tu portes ce que *tu* veux.

*L*a robe de mariée de Maggie me va comme si elle avait été faite pour moi.

— Oh, Han-Han, souffle Lizzy. Elle est parfaite.

La forme trapèze accentue mes seins et affine ma taille, tandis que le satin basique de la robe est recouvert par l'organza le plus délicat que j'aie jamais touché. Le bustier en satin a un décolleté en forme de cœur et mes épaules sont seulement recouvertes par de larges bretelles diaphanes en organza.

— Tu veux qu'on reste ou préférerais-tu être seule ?

demande Maggie alors que j'observe mon reflet dans le miroir. Tu veux un moment pour réfléchir ?

Je tourne devant le miroir pour étudier chaque profil. Je ne me suis jamais sentie aussi belle de toute ma vie que dans cette robe. Alors pourquoi l'idée de la porter dans trois semaines me donne-t-elle envie de pleurer ?

— Vous voulez bien me laisser quelques minutes ?

Elle acquiesce et entraîne Lizzy avec elle hors de la pièce. La chambre dispose de portes vitrées qui mènent à un balcon surplombant la rivière. Je les déverrouille et les ouvre. Ayant besoin d'un peu d'air, je soulève ma jupe et sors sur le balcon. Je ferme les yeux tandis que la brise fait danser mes cheveux. Je me focalise sur ma respiration.

Tout va bien. Ça va aller.

Mon esprit cherche désespérément de quoi me rassurer, mais une seule chose m'apaise — rien ne m'oblige à aller jusqu'au bout. Si, dans quelques semaines, l'idée du mariage me fait toujours paniquer, Max comprendra. N'est-ce pas ? Ou alors, le perdrai-je pour toujours ? Et qu'en pensera ma mère ? Elle sera si embarrassée qu'une autre de ses filles annule ses noces. Peut-être que les filles Thompson sont maudites.

— Hanna ?

Je tourne vers la voix et me retrouve face à face avec Nate Crane. Ses yeux me dévisagent des pieds à la tête, comme s'il n'arrivait pas à croire à ce qu'il avait sous les yeux. Moi. Dans cette robe.

— Que fais-tu ici ?

Après le souvenir retrouvé hier soir, je suis à la fois plus attirée par lui que jamais et plus méfiante. M'approcher de lui est aussi naturel que de respirer, mais je réprime mon instinct. Je serre les poings le long de mes flancs. J'aimerais apaiser la douleur qui creuse une ride entre ses yeux, caresser sa joue et sentir la chaleur de sa peau sous mes doigts.

— Tu as l'air...

Il m'observe une nouvelle fois.

— Bon sang, tu es belle à en crever.

Des oiseaux piaillent gaiement et le soleil réchauffe ma peau, et je m'en veux de souhaiter être ailleurs avec lui. De souhaiter être *quelqu'un d'autre*.

— Tu ne devrais probablement pas me dire ce genre de choses.

Il doit l'entendre, cette brisure dans ma voix, et il doit se soucier de moi, car il pousse ce long soupir tremblant, comme s'il était aussi paumé que moi à propos de toute cette histoire.

— Tu vas vraiment l'épouser.

Il ne s'agit pas d'une question. Plutôt d'un renoncement. Je regarde la bague et me souviens de la question de Lizzy. *Est-ce que ça te gêne de ne pas savoir ce qui t'a poussé à choisir Max ?* Nate se tourne vers la rivière et serre la rambarde du balcon jusqu'à faire blêmir ses phalanges.

— Quand tu m'as dit que tu étais amnésique, j'ai voulu croire qu'il t'avait dupée pour te faire accepter cette bague.

— Max ne ferait pas ça.

Nate me regarde. Il y a quelque chose au fond de ses

yeux — un secret enfoui — mais il ne conteste pas mon affirmation.

— Pour ton information, je savais que ça se terminerait ainsi. Nous le savions tous les deux. C'est l'amnésie qui rend tout plus compliqué. Ça rend les choses plus difficiles qu'elles ne devraient l'être.

— Max est parfait pour moi.

Ces mots m'échappent car je ne sais pas quoi dire d'autre. J'ai besoin de me rappeler que je ne peux pas laisser cet homme me prendre dans ses bras, peu importe à quel point j'en ai envie. Pas quand j'ai choisi Max.

— Et je vais lui dire la vérité. Je vais lui dire que je l'ai trompé.

Son expression change, la tristesse et la résignation laissant la place à la colère.

— Tu n'as pas *trompé* Max.

Il passe une main dans ses cheveux, visiblement assez énervé pour casser quelque chose.

— Bon sang. C'est ce qu'il t'a fait croire ?

— Il n'a pas eu à le faire. Je me souviens.

Il inspire dans un sifflement.

— De tout ?

— Non. De bribes. Assez pour savoir que j'ai été infidèle.

Un muscle fait tressaillir sa mâchoire et je vois bien qu'il mène un combat intérieur. Puis, comme s'il ne supportait plus de me regarder, il détourne brusquement le regard.

— Tu n'as pas été infidèle. Pas du tout. La nuit où tu m'as rencontré...

— Il y a trois mois. À St. Louis, je lui fournis.

— Tu t'en souviens ?

Sa question est un murmure prudent, mais je n'arrive pas à savoir s'il espère que c'est le cas ou non. Je secoue la tête.

— Maggie me l'a dit.

— Tu venais juste de rompre avec Max cette nuit-là. Franchement, Hanna. Utilise ton esprit fantastique. Tu n'es pas le genre de fille à sortir avec un type et à fricoter avec un autre. Tu ne serais jamais sortie avec moi ce soir-là si toi et Max n'aviez pas rompu.

— Une rupture ?

Je manque de rire.

— Tu ne sais vraiment rien des petites villes. Si c'était vrai, tout le monde le saurait.

— Mais vous ne vouliez pas que ça se sache. Ta mère l'aidait à obtenir une subvention pour maintenir son entreprise à flot, et tu savais qu'elle arrêterait si elle apprenait votre rupture. Les choses avaient mal tournées pour lui — merde, il a dû vendre sa maison.

Je n'aime pas la logique derrière ses mots — la manière dont ils se logent sous ma peau et fourmillent comme un millier de parasites.

— Tu ne l'as pas trompé, répète Nate. Raconte-lui ce que tu veux à notre sujet, mais tu n'as pas été infidèle.

— Si nous avons rompu, pourquoi ne m'a-t-il rien dit ?

— Peut-être parce qu'il ne souhaite pas te rappeler qu'il t'a brisé le coeur.

Non.

— Il n'a rien fait de tel. Il m'*aime*. Il est bon avec moi. Mieux que ce que je mérite.

Il recule. Un pas. Deux. Les liens invisibles qui nous lient s'étirent et se fissurent avec chaque centimètre. Ce sentiment m'effraie tant que je me déchaîne contre lui.

— Si tu m'aimes vraiment, tu vas faire quelque chose pour moi.

Il rit, un son vide, creux.

— Tu as besoin d'une faveur maintenant ?

— Je veux que tu quittes la ville.

C'est une requête injuste. Il n'a rien fait qui me pousse à croire qu'il va gâcher ma vie idyllique. Mais je crains d'agir de manière désastreuse si je continue de croiser son chemin.

— Je veux que tu sortes de ma vie.

Je prie pour qu'énoncer ces paroles les exaucent. Ce sont les mots que je me dois de dire — je le sais — mais ils sont douloureux, comme si on enfonçait une lame émoussée dans une plaie déjà béante.

— Comme tu veux, mon ange.

Mon ange.

— Pourquoi est-ce que tu m'appelles comme ça ?

Le silence couve entre nous une seconde, si lourd qu'il en devient palpable.

— Parce que tu m'as sauvé.

Et ensuite, je n'ai pas besoin de tourner les talons. Il part avant que je n'ai le temps de digérer ses paroles. Et je lui en suis reconnaissante. Je ne suis pas sûre d'être assez forte pour tourner le dos à Nate Crane en sachant que je ne le reverrai jamais.

— Où as-tu disparu ce soir ? demande Liz en agitant une main devant mon visage.

J'inspire profondément et secoue la tête.

— Désolée, j'ai la tête ailleurs.

Nous sommes dans un boite d'Indianapolis — l'un de ces lieux dans lequel les clientes peuvent danser sur le bar. Maggie, Nix, et Cally sont sur la piste de danse alors que Liz et moi gardons un œil sur nos verres à table. Liz fronce les sourcils dans ma direction.

— Ne recommence pas à prendre tes distances avec moi, s'il te plait ? Tu peux tout me dire.

— Est-ce qu'on avait rompu avec Max avant mon accident ? je lâche.

Elle se rapproche de moi.

— Je suis désolée, annonce-t-elle en haussant le ton par dessus la musique. J'ai cru que tu demandais si tu avais rompu avec Max.

Je hoche la tête.

— Alors ?

Elle grimace.

— Non pas que je sache. Qu'est-ce qui te fait croire ça ?

— Je me sens tellement coupable au sujet de Nate, mais si je n'avais pas de raison d'avoir honte ? Et si j'étais seulement sortie avec Nate après avoir rompu avec Max ?

Elle secoue la tête.

— Sans que personne ne le remarque ? Et puis il y a la

bague. Max ne t'a-t-il pas dit qu'il t'a demandée en mariage il y a des mois ?

C'est une mauvaise idée de discuter de ça ici, dans ce bar si bruyant que je suis pratiquement forcée de hurler mes secrets au monde entier. Mais j'ai gardé les révélations de Nate pour moi pendant vingt-quatre heures et je n'arrive subitement plus à le supporter. J'ai besoin de réponses.

— J'ai vu Nate chez Maggie hier soir, et il a dit que je n'avais jamais trompé Max. Il a dit que Max et moi avions rompu en secret, et que je ne l'avais dit à personne parce que je ne voulais pas que Maman l'apprenne. Elle l'aidait à obtenir une subvention — une subvention dont il avait besoin pour garder le club ouvert.

— La subvention pour *Des Lendemains Plus Sains*, dit Lizzy.

Elle déglutit.

— Il vont annoncer le bénéficiaire la semaine prochaine, mais je suis quasiment certaine que Max va l'obtenir.

Je suis déjà au courant, et pourtant, l'entendre de la bouche de Lizzy me soulève l'estomac.

— Pourquoi avez-vous rompu ? demande Liz. Et pourquoi est-ce que Max ne t'a rien dit ?

Je regarde fixement mon verre, les mots de Nate résonnant dans mon esprit, *peut-être parce qu'il ne souhaite pas te rappeler qu'il t'a brisé le cœur.* Liz plisse les yeux.

— Qu'est-ce que tu me caches ?

Je pousse un long soupir chargé d'anxiété et de regrets.

— Et si je n'étais pas la seule dans cette relation qui ne s'est pas montrée entièrement honnête ?

— Qu'est-ce qu'il a fait ?

Je lui parle du texto fortuit que Max a reçu la nuit de notre fête de fiançailles et de son départ parce que Meredith avait besoin de lui.

— Je ne pense pas que ce soit impossible. On sait tous qu'elle se prend pour le nombril du monde, mais pourquoi est-ce que ses besoins seraient plus importants que d'être avec moi ? Quelque chose dans cette histoire m'a donné l'impression qu'il...

— Qu'il mentait, suggère Liz.

Mes yeux s'emplissent de larmes alors que j'acquiesce.

— Je sais que c'est injuste. C'est un type bien, et je suis sûre que je projette simplement ma propre culpabilité sur lui ou quelque chose du genre.

Elle ouvre la bouche puis la referme avant de tendre le bras et d'attraper ma main.

— Nous allons découvrir la vérité, me dit-elle.

— Ça n'a peut-être pas la moindre importance. Je vais lui dire la vérité au sujet de Nate demain. Si Nate a tort et que Max et moi n'avions pas rompu, ce sera peut-être la fin de notre histoire de toute façon.

— Il t'aime, me rassure-t-elle.

— Tu voudrais que je l'épouse si nos situations étaient inversées ?

Elle ne répond pas. Elle n'a pas besoin de le faire. Je regarde mon téléphone et remarque la notification. J'ai un message vocal.

— J'ai raté un appel. Je vais sortir écouter le message.

Je me fraie un chemin à travers la foule pour sortir du club. Mes oreilles poussent un soupir de soulagement quand les portes se referment derrière moi et étouffent le bruit derrière elles.

— Hanna, mon chou ! piaille la femme qui m'a laissé un message. C'est Elle ! J'espérais te parler en personne, mais j'ai manifestement raté mon coup. C'est la soirée d'enterrement de vie de jeune fille de Cally ce soir, n'est-ce pas ?

Je grimace car je n'ai pas la moindre idée de qui peut bien être Elle ou de la raison pour laquelle elle est au courant de la soirée. Elle soupire bruyamment.

— Eh bien, j'espère que tu passes un moment fabuleux, parce que tu le mérites. Écoute, je suis désolée de te demander ça ce soir en particulier. Je sais que tu as tes propres problèmes à régler en ce moment, mais Nate est au fond du trou depuis qu'il est rentré hier soir. Il est en train de partir en vrille. J'ai essayé de l'aider avant de partir, mais il ne m'écoute pas. Tu es la seule personne à pouvoir lui faire entendre raison. S'il te plaît, passe à la maison et essaye de voir ce que tu peux faire. Je n'aime pas l'imaginer se rendre en tournée dans cet état. Je m'apprête à embarquer dans mon avion et à décoller pour l'Inde, et je te passerai un coup de fil à l'atterrissage, mais après ça je ne serai pas disponible pendant plusieurs semaines. Tu te souviens de cette purification spirituelle dont je t'ai parlé ? Celle que Madonna n'arrête pas d'encenser ? Eh bien, il m'ont proposé une place, même si le timing n'est pas génial parce que les appareils électroniques sont complètement interdits pendant toute la durée du programme. Va prendre soin de lui, ok ?

Je grimace toujours en regardant mon téléphone quand Lizzy, Cally, Maggie, et Nix sortent de la boîte, tout sourires et complètement excitées.

— Qui était-ce ? demande Liz

Je secoue la tête.

— Rien d'important. Qu'est-ce qu'on fait maintenant ?

— Nous allons nous incruster à la soirée des garçons au club de strip-tease, dit Maggie avec un large sourire.

Nix s'approche de moi. Elle nous a demandé de lui donner l'*allure d'une fille* ce soir, et quand nous lui avons offert un jean et un haut ajusté, elle a dit :

— Non, une allumeuse.

Elle porte donc une jupe noire moulante qui expose ses longues jambes musclées — je ne suis visiblement pas la seule amatrice de course du groupe — et un bustier rose qui met en valeur ses épaules. Elle souhaitait porter des talons vertigineux mais nous avons coupé court à son plan en réalisant qu'elle était incapable de marcher avec sans se casser la figure.

— Mon infirmière m'a appelée hier après-midi, dit-elle alors que nous marchons sur le trottoir en direction du club de strip-tease où sont censés se trouver les garçons. Le résultat de tes analyses de sang est arrivé. Je suis désolée de ne pas être passée au cabinet y jeter un coup d'œil, mais je m'y rendrai demain. Je te passerai un coup de fil.

— Je crois qu'ils ont pompé assez de sang pour sauver une vie, je l'informe.

— Désolée pour ça. Je voulais refaire toute la batterie de tests.

— Ne va pas au cabinet juste pour ça. Ce n'est pas grave. Je continue de manger.

Je prends une profonde inspiration dans l'air frais de la nuit et songe à ce message vocal. Je fouille dans ma mémoire encore et encore, mais je n'arrive pas à me souvenir d'une Elle. C'est manifestement quelqu'un que j'ai rencontré grâce à Nate.

— As-tu discuté avec Max ? demande Nix à voix basse.

— Demain. C'est le plan.

Je voulais qu'il profite de la soirée de Will sans que mon sale secret n'occupe ses pensées.

— Euh. On devrait essayer d'établir un signal comme batman pour que je puisse t'interrompre avec un appel au sujet de tes analyses si ça tourne mal.

— C'est là ! nous dit Liz, en indiquant le bâtiment d'en face.

La queue à l'extérieur est plutôt longue, mais le videur nous invite à entrer.

— Est-ce qu'il sait qu'on a prévu de venir ? je demande à Liz.

Elle pouffe.

— Non, mais nous sommes un groupe de cinq filles canons qui visitent un club pour hommes. Nous n'aurons probablement pas besoin de payer un seul verre de la soirée.

Je m'esclaffe mais mon hilarité est rapidement anéantie quand une voix familière nous interpelle :

— Oh, regardez qui voilà.

Quand mes yeux tombent sur Meredith qui quitte le club, j'ai envie de vomir. Elle a peut-être accouché il y a seulement quelques mois, mais elle est aussi sublime qu'avant dans une mini robe noire et des talons, ses longs cheveux blonds soyeux cascadant sur ses épaules nues.

— Qu'est-ce que tu fiches ici ? je demande avec un rictus.

Elle s'appuie sur la façade et croise les pieds au niveau des chevilles.

— Oh, rien de particulier. Je traînais juste avec des... amis. J'ai entendu dire que tu as perdu la mémoire.

— Qu'est-ce que ça peut te faire ?

Ce n'est pas simplement une réplique sarcastique. Je tiens vraiment à le savoir. Elle hausse les épaules.

— Je n'étais pas en ville quand c'est arrivé donc je viens juste d'en entendre parler. Moi et la petite sommes revenues ce weekend. Mais je suppose que tu es au courant puisque Max est venu m'aider un moment. Il sait si bien s'y prendre avec les enfants.

Elle me fait un clin d'œil comme si nous partagions un secret, et je brûle de la gifler. Les yeux de Meredith observent Cally de la tête aux pieds dans son t-shirt de future mariée.

— Quoi de neuf, Cally ? Tu es venue récupérer ton chèque ?

Cally serre les poings et sa mâchoire tressaille mais

elle ne répond pas. Les lèvres brillantes de Meredith se retroussent en un sourire mesquin.

— C'est un sacré pas en avant après ton dernier...emploi.

Cally fume à côté de moi et Liz s'avance.

— Tu n'as pas un bébé qui t'attend à la maison ?

Meredith lève les yeux au ciel.

— Les babysitters sont faites pour ça.

— Vous prévoyez d'entrer, mesdames ? demande le videur.

— Amusez-vous bien, dit Meredith. Perso, j'en ai bien profité.

Je suis les filles dans la boite, mais l'atmosphère de notre groupe a changé. Nous ne sommes plus d'humeur à faire la fête. Au lieu de cela, nous voulons toutes savoir ce que Meredith faisait ici et si ça avait un rapport avec nos mecs. Et c'est exactement ce qu'elle cherchait.

— Je la déteste, crache Lizzy.

Cally serre son épaule.

— Laisse-tomber. Elle est mesquine et superficielle et n'en vaut pas la peine.

Maggie s'efforce de sourire.

— Venez. Les garçons ont réservé la salle à l'arrière.

Nous la suivons à travers les tables et derrière la scène dans une salle privée avec son propre bar. Will et Max sont ensemble au fond de la salle remplie d'une douzaine d'autres types que je ne connais pas.

— Merde, tu es magnifique, Hanna, dit Sam quand il me remarque.

Il tient presque debout, même si rester à la verticale

semble lui demander un gros effort et qu'il sent aussi fort qu'une bouteille de whisky.

— Merci, Sam.

Il fait un clin d'œil à Liz.

— Toi aussi, je suppose.

— Ça alors, merci, ronronne Liz. Je me demande juste ce que Meredith faisait ici.

Sam hausse les épaules.

— Elle voulait juste traîner avec nous un moment. Mais méfie-toi, Hanna, dit-il en levant son verre. Elle a apparemment lâché l'affaire avec Will et jeté son dévolu sur ton homme. Elle avait du mal à garder ses mains pour elle ce soir.

— Hanna, murmure Liz, mais je m'éloigne déjà d'elles à grands pas et me précipite vers Max avant que ma peur de la vérité ne l'emporte sur mon besoin de savoir.

Max marque un temps d'arrêt quand il me voit.

— Qu'est-ce que tu fais ici ?

Je tends la main.

— Donne-moi ton téléphone.

Je ne sais pas ce qui tremble le plus entre ma main ou ma voix. Son sourire s'efface.

— Qu'est-ce qui ne va pas ? Est-ce que quelque chose est arrivé à Cally ?

Une vague de nausée me submerge et je glisse ma main dans sa poche pour récupérer son téléphone moi-même.

— Hanna, arrête.

Sa voix est sévère, mais avant qu'il ne puisse me l'arracher, Lizzy s'interpose.

— Que se passe-t-il ? demande Will.

Puis il aperçoit Cally et sourit.

— Ma soirée vient enfin de s'améliorer.

Je fais glisser mon doigt sur l'écran pour le déverrouiller et Max murmure :

— Est-ce qu'on peut en discuter ?

Mais c'est trop tard. J'ai déjà ouvert la messagerie sur son téléphone et affiché les textos qui sont arrivés après notre soirée de fiançailles.

Meredith : J'ai besoin d'un service. Tu peux être là dans dix minutes ?

Meredith : Va te faire voir, Max. Je suis en train de péter les plombs. C'est aussi ta fille. Viens ici prendre le relais.

Je lève la tête et Max à l'air si triste que je serais désolée pour lui si ce n'était pour cette terrible douleur qui serre ma poitrine.

— C'est une blague ?

Tout mon monde peut-être décrit comme cette tapisserie élaborée dont il tient le seul fil de travers. S'il tire dessus, elle s'effilochera. S'il tire assez, elle sera anéantie. Lizzy m'arrache le téléphone des mains et lit.

— Putain de bordel de bébé.

— Mais... elle a acheté le sperme, hein ?

J'avale de l'air et m'efforce de respirer.

— Elle a été inséminée artificiellement.

Max regarde Will, qui tient Cally dans ses bras. Will a l'air confus. Il peut rejoindre le putain de club.

— Je suis désolé, mon frère, dit Max. Tu n'étais pas sérieusement intéressé et tu sais que Meredith m'a

267

toujours plu. Comme un imbécile. Mais je te jure que je n'ai pas couché avec elle avant le retour de Cally.

La poitrine de Will enfle et se dégonfle alors que sa mâchoire se contracte.

— Mec, ce n'est pas à la bonne personne que tu présentes tes excuses.

Le regard de Max revient vers moi et il secoue la tête.

— Je ne savais pas que le bébé était de moi. Je... le soupçonnais, peut-être ? Mais elle a dit qu'elle avait été inséminée artificiellement. Elle m'a dit que le bébé était de moi seulement une semaine après l'accouchement.

— C'était quand ? je murmure.

— Il y a environ trois mois.

Mon coeur se brise. Lizzy frappe Max sur la poitrine.

— Et quand est-ce que tu comptais en parler à Hanna, hein ?

— Elle le savait déjà.

Il déglutit mais ne me quitte pas des yeux.

— Je ne lui avais juste pas dit *à nouveau*.

Sa voix se brise.

— Je ne savais pas comment le faire. Dis quelque chose, Hanna.

— Je sui désolée, je chuchote. Mais je dois partir.

CHAPITRE DIX-SEPT

— J'aimerais un billet pour Los Angeles s'il vous plaît.

La femme derrière le comptoir de la compagnie Southwest Airlines prend ma carte d'identité et ma carte de crédit et tape sur son clavier. Mon téléphone vibre dans ma main.

Liz : *Qu'est-ce que tu veux dire par JE VAIS À LOS ANGELES ?*

Certains matins, je me réveille avec quelques nouveaux souvenirs. La plupart du temps, ils ne sont pas importants.

— Je peux vous proposer un vol qui décolle à treize heures, m'annonce la jeune femme en m'indiquant un tarif qui me ferait fuir si j'écoutais mon côté rationnel.

Mais je ne me sens pas tellement rationnelle aujourd'hui.

— C'est parfait. Ajoutez-le à la carte.

Je me suis endormie la nuit dernière en ayant décidé

que je pouvais pardonner à Max son omission. Je comprenais pourquoi il avait trouvé difficile de me parler du bébé. C'était compréhensible. Et douloureux. Mais j'ai fermé les yeux, déterminée à parler avec lui aujourd'hui, à lui pardonner son omission et à tout arranger en lui parlant de ce que je sais au sujet de ma relation avec Nate.

— Des bagages à enregistrer ? demande-t-elle.

— Non.

Je me suis endormie complètement épuisée et blessée mais optimiste. Nous allions nous en sortir. Elle me rend mes cartes et me tend ma carte d'embarquement.

— Bon vol.

— Merci.

Je me dirige vers les contrôles de sécurité quand mon téléphone vibre une nouvelle fois.

Liz : Max vient juste de m'appeler pour me demander si je savais où tu étais. Il semblait vraiment peiné. Qu'est-ce qui se passe ?

Certains matins, je me réveille avec quelques nouveaux souvenirs. Une fois, je me suis réveillée avec le souvenir de Max qui me draguait au Brady, mes joues rougies par l'idée qu'il était peut-être sincèrement attiré par moi. L'aéroport d'Indianapolis est calme ce matin, et le type en chemise bleue au guichet des contrôles de sécurité vérifie ma carte d'embarquement et ma carte d'identité.

— Los Angeles, hein ? Pour les affaires ou le plaisir ?

— Un peu des deux, je suppose.

Je m'efforce de sourire. Parce que c'est ce que je fais.

Je souris pour mettre les gens à l'aise. Je souris quand mon cœur me fait souffrir, et j'agis comme si tout allait bien quand j'ai été trahie.

— Vous pensez croiser des stars pendant votre séjour ? me demande le type derrière moi alors que j'enlève mes chaussures.

— J'en suis presque certaine.

Je laisse tomber mon sac de voyage, mon sac à main et mon portable sur le tapis roulant à côté de mes chaussures et traverse le détecteur de métaux.

Certains matins, je me réveille avec quelques nouveaux souvenirs. Il y a quelques jours, je suis allée me coucher sans le moindre souvenir de l'ouverture de ma pâtisserie, et quand mon réveil a sonné le lendemain, je pouvais me remémorer la terreur de mon premier jour avec ma propre entreprise comme si c'était hier.

— Merci, madame, me dit la dame derrière l'écran du détecteur de métaux. Bon vol.

Je hoche la tête et attrape mes chaussures et mon sac. J'ai le bras tendu pour saisir mon téléphone quand il se met à sonner. Le visage de Lizzy apparaît sur l'écran, même si je n'aurais pas eu besoin de sa photo pour savoir que l'appel venait d'elle. Je le porte à mon oreille.

— Salut.

— Parle-moi.

— Je pars à Los Angeles.

— Et tu as dit à ton fiancé que tu ne pouvais pas l'épouser. Qu'est-ce que j'ai raté, bon sang ?

Je lis les panneaux puis tourne à droite pour rejoindre mon terminal.

— J'ai besoin de le voir.

— As-tu récupéré un autre souvenir ? Hanna, allez, dis-moi.

— Je ne peux pas en parler pour le moment. Je comprendrais si tu dois fermer la pâtisserie pendant mon absence. Tu as déjà fait bien plus que ce que j'aurais jamais dû te demander.

— Je vais gérer la pâtisserie. Ce n'est pas un problème.

Un silence s'installe au bout du fil et je sais qu'elle commence à comprendre que je suis sérieuse concernant mon refus de lui parler. Nous sommes jumelles après tout. Nous avons cette connexion. Et maintenant plus que jamais, je suis heureuse qu'elle soit de retour. Parce que je ne peux vraiment pas faire ça. Je ne peux pas parler pour le moment. Ou je vais m'effondrer.

— Si tu veux que je vienne avec toi, tu n'as qu'un mot à dire.

— Merci.

Ma voix déraille comme un vinyle rayé.

— Je t'enverrai un message quand j'aurais atterri.

— Je t'aime.

— Je t'aime aussi, je chuchote.

Et je mets fin à l'appel, la solitude me déchirant la poitrine.

Certains matins, je me réveille avec quelques nouveaux souvenirs. La plupart du temps, ce n'est rien. Ce matin, quand je me suis réveillée, je me suis souvenue de la soirée il y a trois mois au cours de laquelle j'ai mis fin à ma relation avec Max parce qu'il m'avait brisé le cœur.

MAI – TROIS MOIS AVANT L'ACCIDENT

— Bon Dieu, je suis jalouse à en crever.

Lizzy attrape la main de Cally et la tient devant elle pour inspecter sa bague. C'est notre soirée filles au Brady et la table est jonchée de verres vides et de pichets à moitié pleins de margarita.

— Je suis une sacrée veinarde, dit Cally, tout sourires.

Lizzy s'esclaffe.

— Joli, chanceuse et aimable. Ça nous donnerait presque envie de te haïr. Est-ce que tu as eu besoin de te muscler les bras pour supporter le poids de ce gros caillou ?

— Arrête ! Il n'est pas si gros !

Mon téléphone vibre dans mon sac et signale la réception d'un message. Je souris de toutes mes dents en songeant qu'il est de Max. Il voulait me voir ce soir mais n'a pas insisté quand il a appris qu'on avait prévu de se retrouver entre filles pour des margaritas. Je sors mon téléphone et ouvre ma messagerie. Je grimace en regardant l'écran. Je ne reconnais pas ce numéro.

Numéro Inconnu : *Quand vas-tu finir par abandonner ? Max est trop bien pour toi.*

Mon estomac tombe dans mes chaussettes et entraîne mon cœur avec lui dans sa chute. Les mots sont non seulement cruels, ils reflètent précisément mes craintes. J'ai envie de Max depuis notre adolescence, et maintenant que je suis avec, j'ai parfois l'impression que c'est trop beau pour être vrai. J'essaye toujours de décider si je vais répondre ou non quand un autre message arrive.

Numéro Inconnu : *Tu peux continuer à te voiler la face si tu le souhaites, mais même s'il sort avec ton gros cul, il ne peut pas s'empêcher de souhaiter être avec quelqu'un qu'il désire.*

— Hanna ? dit Lizzy. Est-ce que tout va bien ?

Je m'efforce de sourire pour couvrir mon estomac qui se soulève. Je pourrais parler de ces messages aux filles, savourer la chaleur rassurante de leur indignation. Nous pourrions parler de garces menteuses et jalouses qui sont prêtes à tout pour nuire au bonheur des gens heureux. La conversation s'achèverait sans doute sur des éclats de rire et le choix d'ignorer cette méchanceté. Mais, et si la personne à l'autre bout de la ligne disait la vérité ?

— Ouais. Ça va.

Je réponds. Je ne devrais pas les encourager. Je devrais essayer de trouver de qui il s'agit et les montrer à mes amies et à Max.

Hanna : *Qui êtes vous ?*

Unknown Number : *La garce sexy que ton copain aimerait se taper.*

— Je reviens tout de suite, j'annonce avec précipitation.

Ce n'est pas tant le texto que les captures d'écran qui y sont attachées qui me font trembler. Je dois m'éloigner de la table avant que les larmes ne tombent. Je ne peux pas laisser les filles le remarquer. J'atteins de justesse les toilettes avant de pleurer, et Meredith m'attend de l'autre côté de la porte, un sourire au coin des lèvres.

— Pourquoi es-tu si triste, Hanna ?

Je titube en arrière.

— Toi ?

Elle sourit de manière charmante et retouche son rouge à lèvres parfait dans le miroir.

— Je ne pensais pas avoir envie de lui, dit-elle. Je veux dire, je préférerais un homme qui puisse m'entretenir, tu sais. Mais finalement les choses n'ont pas marché avec William puisqu'il a une prédilection pour les catins...

— Arrête !

Je gronde et mes ongles s'enfoncent dans la paume de mes mains.

— Vous êtes adorables. Toujours à vous défendre les unes et les autres. Pourquoi ne vas-tu pas chercher tes amies ? Je peux leur montrer les textos à elles aussi. Nous verrons ce qu'elles pensent de ton petit-ami parfait après ça.

— Pourquoi est-ce que ça t'intéresse ? Ne viens-tu pas d'accoucher ?

— Si. C'est pour ça que j'ai décidé qu'il était temps de me montrer proactive.

— Qu'est-ce que tu veux de moi ?

— Max, dit-elle simplement. Je veux ce que tu as, et comme tu l'as peut-être remarqué grâce à ces textos, il a envie de moi.

— Alors pourquoi sort-il avec moi ?

Je m'oblige à demander. Parce que c'est la seule défense dont je dispose. Meredith est belle. Elle est mince et blonde et parfaite. Tout ce que je ne serais jamais. Et les textos entre elle et Max sont si explicites que j'aimerais me laisser mourir comme une fleur au soleil.

— Allons, Hanna. Tout le monde sait que ta famille est pleine aux as. Le petit club de sport de Max ne va pas le mener bien loin sans l'aide d'une maman gâteau pour le tirer d'affaires.

J'ouvre la bouche pour le défendre puis la referme. Parce que c'est vrai. J'ai déjà demandé service à ma mère et ses amies pour tenter d'obtenir une subvention pour Max afin de l'aider à rembourser son emprunt pour le club. Et à en juger par le sourire félin qui étire les lèvres de Meredith, elle le sait pertinemment.

— J'en ai assez d'attendre, Hanna, et il a trop besoin de ton argent pour te quitter. Alors...

Elle hausse les épaules.

— Je me suis dit qu'il était temps de partager notre petit secret avec toi pour que tu précipites les choses en ma faveur.

J'ai l'impression qu'un animal sauvage tente désespérément de se frayer un chemin à travers mes entrailles. Je ne peux pas continuer à la regarder. Je ne peux pas rester à l'écouter. Je me retourne et attrape la poignée de la porte, mais ses paroles me clouent sur place.

— Oh, j'ai mis Max en copie du dernier message. Je ne voulais pas courir le risque que tu fasses semblant de ne jamais les avoir vu pour le garder. Maintenant, tu peux jouer aux faux-semblants autant que tu veux, mais vous en serez tous les deux conscients et rien ne sera plus jamais comme avant.

Je ne la regarde pas et quitte simplement les toilettes.

— Je dois y aller, j'annonce une fois que j'ai rejoint la table.

Lizzy fronce les sourcils.

— Quoi ? Qu'est-ce qui s'est passé ? De qui étaient ces textos ?

Ma jumelle me connait trop bien, mais j'affiche un sourire et secoue la tête.

— Je me sens just un peu patraque. On se verra à la maison tout à l'heure.

Je n'attends ni leur permission ni leurs adieux et je me dirige vers la porte puis la maison. J'ai trop bu ce soir pour conduire, donc je marche un kilomètre jusque chez moi, mes talons pinçant mes orteils à chaque pas. Max m'attend devant la porte quand j'arrive, ses traits tirés par l'anxiété.

— Ce n'est pas ce que tu crois.

Je hoche la tête et pénètre dans le hall.

— Super.

Ma voix est forte et claire, et une partie reculée de mon esprit est simplement fière que je ne m'écroule pas à ses pieds de manière pathétique en le suppliant de m'aimer et de trouver une explication à tout ça.

— Parce que je crois que tu es un connard de menteur.

Il passe une main dans ses cheveux.

— Hanna, ne commence pas. Ok ? Tu n'étais pas censée voir ces textos.

— Oh mon Dieu. Sérieusement ? C'est ce que tu as trouvé de mieux ? Je n'étais pas censée *voir* que notre relation n'est qu'un mensonge ? Que c'est une *mascarade* ? Que tu...

Un sanglot s'échappe de ma poitrine avant que je ne puisse terminer. C'est trop douloureux.

— Mais c'est faux, gronde-t-il.

Je tente de le contourner, mais il attrape ma main et la tient fermement.

— Tout ceci est bien réel. Rien de ce que je ressens pour toi n'est un mensonge.

— Mais c'en était un. C'en était un, *à un moment*.

— Je me suis conduit comme un idiot, il murmure. Un véritable idiot.

— Tu ne comprends pas ce que ça fait de te sentir minable à cause de ton physique. Tu n'imagines pas l'élan de foi qu'il m'a fallut pour croire que tu voulais être avec moi quand tu pourrais être avec n'importe quelle femme dans cette ville.

— Meredith et moi avons une longue histoire tordue, et jusqu'à ce que les choses soient sérieuses entre Will et Cally...

— Va-t-en.

Je lui indique la porte.

— Ne fais pas ça, Hanna. Ces messages datent de *décembre*. C'était il y a des mois. Nous ne nous étions même pas encore embrassés. Je ne savais pas que j'allais tomber amoureux de toi.

— Arrête. Je n'en peux plus.

Je secoue la tête.

— J'ai passé trop d'années à me détester. Je ne peux pas rester avec toi. Je ne peux pas....

Je hausse les épaules et laisse mes larmes tomber le long de mes joues.

— Va-t-en s'il te plaît.

— Je vais te laisser du temps, mais s'il te plaît...

— C'est terminé, Max. Va-t-en.

J'ai l'air déchaînée. Affolée. Peut-être que je le suis. Je m'effondre au sol quand il passe la porte et enroule mes bras autour de mes genoux quand j'éclate en sanglots. Je n'ai pas besoin de consulter mon téléphone pour me remémorer les messages. Ils sont gravés dans ma mémoire.

Meredith : *Tu sors vraiment avec Hanna Gros Cul Thompson.*

Max : *Tu vas réellement entamer cette conversation en te conduisant comme une garce ?*

Meredith : *Explique-moi simplement comment c'est arrivé.*

Max : *C'est juste un arrangement temporaire. Elle avait besoin d'un petit coup de pouce avec son estime d'elle-même .*

Meredith : *Je ne savais pas que tu acceptais les cas sociaux.*

Max : *Ne t'inquiètes pas, je préfère toujours les blondes.*

Meredith : *Alors, c'est comment de baiser une petite grosse ?*

Max : *Pas besoin d'être une garce.*

Meredith : *Il évite la question.*

Max : *Crois-moi, je ne compte pas laisser cette mascarade en arriver là. C'est une fille adorable, mais ce n'est pas mon genre.*

Meredith : *Et moi, je suis ton genre ?*

Max : *Tu sais bien que oui. Mais aux dernières nouvelles tu courrais toujours après Will Bailey.*

Meredith : *C'est totalement dépassé. Viens chez moi et je te le prouverai.*

Max : *À quoi tu penses ?*

Meredith : *Toi. Ma bouche. Plus précisément, ta bite dans ma bouche.*

Max : *Merde. Ne dis pas des trucs comme ça quand tu sais que je ne peux pas.*

Meredith : *Tu as dit toi-même que cette histoire avec Hanna était n'importe quoi.*

Max : *Je ne veux pas la blesser. Point final. Je vais devoir remettre ça à plus tard.*

Meredith : *Je peux garder un secret. Je sais quand me servir de ma bouche. Et où.*

Max : *C'est une mauvaise idée.*

Meredith : *Alors on se voit dans dix minutes ?*

Max : *Plutôt cinq.*

CHAPITRE DIX-HUIT

Quand je monte dans un taxi à l'aéroport et que je dis au chauffeur de m'emmener jusque chez *Nate Crane, s'il-vous plait,* je m'attends presque à ce qu'il me rie au nez. Au lieu de cela, il marmonne dans sa barbe quelque chose à propos des touristes et commence le trajet en direction des collines d'Hollywood.

— Nate Crane vit juste derrière ces grilles, me dit-il d'un ton monotone.

La maison en question brille autant que le dernier gâteau d'anniversaire de Mamie, et l'allée circulaire est jonchée avec assez de voitures de luxe pour faire pleurer le meilleur (et le seul) vendeur de New Hope.

— Où voulez-vous aller désormais ? La maison d'Eminem n'est pas très loin d'ici.

— Non. C'est ici que je descends, merci.

— Vous savez qu'ils n'invitent pas n'importe qui à faire la fête avec eux, hein ?

Je souris et lui tends des espèces pour la course. Il me regarde comme si j'avais perdu la tête mais hausse les épaules alors que je descends de la banquette arrière. Quand j'arrive devant les grilles, deux agents de sécurité en costume noir montent la garde. Des armoires à glace.

— Désolé, madame, m'annonce l'homme noir qui se tient devant la grille. C'est une soirée privée.

— Passez votre chemin, m'ordonne son camarade blanc.

— Ouais, euh.

Merde. Je ne m'étais pas préparée à affronter les Men in Black devant la grille pour rejoindre Nate.

— Je...

— Bon sang, Hanna, chérie ? C'est toi ?

Le premier type fait glisser ses lunettes de soleil sur la pointe de son nez et m'observe par-dessus les verres.

— Qu'est-ce que tu portes ?

Il hoche la tête en direction de son collègue puis m'attrape par le haut du bras alors que la grille s'ouvre. Bon, je vais pouvoir entrer apparemment, car dans la seconde qui suit, je suis installée dans une voiture de golf et conduite jusqu'à la maison. Sans un mot, il m'aide à descendre puis me guide dans les escaliers et jusque dans la maison.

— Nate vit ici ?

La cage d'escalier massive en marbre remplit le hall d'entrée avec tout le faste et l'apparat d'un musée renommé. Des chandeliers en cristal sont suspendus au plafond. Bizarrement, j'ai du mal à associer le décor avec le rocker qui cache un geek en lui dont je sais si peu de choses. L'inconnu me regarde en grimaçant.

— Qu'est-ce qui cloche avec toi ?

Il secoue la tête.

— Je ne peux pas te laisser sortir habillée ainsi. Pas avec toutes les pétasses qui rôdent.

C'est à mon tour de grimacer. Je ne m'étais pas vraiment souciée de mon t-shirt et de mon jean ce matin quand j'avais quitté la maison. J'étais plus préoccupée par le besoin de filer en vitesse. De toute façon, je ne suis pas là pour participer à une compétition contre des *pétasses*. Je veux juste parler à Nate.

— Euh, est-ce qu'on se connaît ? je lui demande alors que nous montons les escaliers.

Il m'escorte dans une chambre massive et impressionnante dotée d'un dressing encore plus impressionnant.

— Oh, tu te prends pour un clown et tu vas faire genre que tu ne me connais pas, hein ? Eh bien, fais la maline tant que tu veux, mais ces filles que Crane a invitées ce soir ne sont pas là pour jouer.

— De quoi...

Je suis interrompue par mon propre cri quand il arrache le chouchou qui maintient ma queue de cheval en place et tire mon t-shirt par-dessus ma tête. J'enroule mes bras autour de moi-même pour préserver ma pudeur autant que possible. Il agite ses sourcils.

— Eh bien, tu as au moins choisi des sous-vêtements potables.

Puis il étudie le dressing et je me détends. Cet

homme ne cherche manifestement pas à me reluquer. En fait, si je devais deviner…

— C'est une putain de chance que tu aies un homme gay à tes côtés pour t'habiller ce soir, ma chérie. Parce que ces garces dehors ne plaisantent pas.

Je souffle de manière dramatique.

— Tu veux dire qu'il y a des pétasses *et* des garces ici ce soir ?

— Tu te crois marrante, dit-il en bougeant la tête d'un côté puis de l'autre, mais elles s'apprêtent à te piquer ton homme.

— Ce n'est pas mon homme.

Il lève les yeux au ciel et balaie mon objection.

— Ça !

Il attrape une robe rouge vif sur le présentoir et me la tend.

— À qui sont ces vêtements ?

— Eh bien, ils sont à Janelle, évidemment. Maintenant, change-toi et défile à côté de ce garçon avant qu'il ne fasse quelque chose qu'il va regretter. Je ne sais pas ce que tu lui as fait, mais il est dans un sale état depuis son arrivée vendredi soir. Il boit et fait la fête. Et essaye d'oublier quelque chose.

Il hausse un sourcil et me dévisage de manière peu convaincue.

— Tu sais bien ce que tu as fait.

— En fait, je…

— Change-toi. Après ça, rejoins Jamaal dans la salle de bain pour rafraîchir ton maquillage.

Il a presque quitté le dressing quand je demande :

— Qui est Jamaal ?

C'est une question parmi les milliers qui flottent dans mon esprit en ce moment, mais comme je suis censée retrouver *Jamaal* dans la foulée, je suppose qu'elle devient prioritaire. L'inconnu s'arrête, se retourne, et me jette un regard noir.

— Je croyais que tu ne te droguais pas, petite ? Tu sais que c'est pour ça que Janelle t'aime bien. Aucune drogue ou autre connerie. Maintenant change-toi et retrouve-moi dans la salle de bain.

— Jamaal !

Je retiens ma respiration. Est-il possible que cet homme flamboyant soit un cliché au point de parler de lui-même à la troisième personne ? Il s'arrête et se retourne.

— Oui, princesse ?

Je souris. Je ne peux pas m'en empêcher. J'aime ce type. Je l'aime vraiment.

— Je ne me souviens pas de toi.

Il renifle.

— Ne sois pas désagréable. Personne n'oublie Jamaal.

— Non, je...

Je secoue la tête et réprime mon fou rire.

— Je n'ai pas énormément de souvenirs de l'année écoulée. Je me suis blessée à la tête et je suis amnésique.

Ses grands yeux marrons s'écarquillent encore plus.

— Sérieux ?

— Sérieux, je réponds de manière solennelle. Et plus j'en apprends au sujet de ce que j'ai oublié...

Je déglutis, luttant pour trouver les mots pour expliquer l'étrange mais indéniable pulsion qui m'a amenée ici.

— Plus j'en apprends, plus je réalise que j'ai besoin de passer du temps avec Nate avant de l'écarter de ma vie.

— Pourquoi est-ce que tu ferais ça ? C'est une idée dingue, dit-il.

Je soulève ma main gauche, et Jamaal prend une grande inspiration, ses narines se dilatant alors qu'il presse une main sur sa poitrine.

— Qui t'a offert *cette* pathétique excuse qui prétend être un bijou ?

— Est-ce que le nom Max Hallowell te rappelle quelque chose ?

Il secoue la tête et claque la langue.

— Tu ne te souviens pas de Nathaniel ? Vraiment ?

Nathaniel. Ça me plaît. C'est assorti aux comics et à son tatouage de Hulk. *Nathaniel.*

— Quand je me suis réveillée à l'hôpital, je ne me souvenais pas du tout de lui. Maintenant, je me rappelle de quelques bribes. J'aimerais juste qu'il me parle.

Un grondement évasif lui échappe.

— Change-toi et retrouve moi dans la salle de bain.

D'un geste théâtral, il ferme les portes derrière lui et me laisse seule dans le dressing bien éclairé. J'apprécie assez Jamaal pour suivre ses instructions plutôt que de le questionner. Je retire mes vêtements et enfile la robe rouge. Elle est trop petite pour moi, mais il a choisi une robe dont l'étoffe est assez élastique, et après des efforts pour l'ajuster en position, elle couvre presque mes hanches de manière respectable. Je repère une paire de chaussures rouges à talons assorties sur le meuble à chaussure et souris quand je remarque qu'elles sont à ma pointure. Je me sens peut-être mal à l'aise dans cette robe, mais j'aime les chaussures. J'ai toujours adoré les chaussures. Les chaussures me vont toujours. Mon téléphone vibre dans ma poche et je le sors pour lire le texto.

Nix : *Il faut que tu m'appelles. Tout de suite.*

Je ne veux parler à personne de la maison pour le moment. Je n'ai pas la force de supporter leur sympathie. Quand je sors du dressing, je n'ai même pas le temps de chercher la salle de bain que Jamaal me siffle — comme si j'étais un chien et non pour saluer mon apparence — et me fait signe d'entrer dans une autre pièce. Je siffle en entrant dans la salle de bain fastueuse. *Faste* est le seul terme valable. Du marbre et du verre, des miroirs et du cristal. C'est un large espace scintillant qui est bien trop excessif pour ne pas mériter une apparition dans un épisode de *Ma maison de star*.

— Si tu comptes rester la bouche grande ouverte, tourne-toi au moins vers moi, que je puisse te retoucher pendant que tu avales les mouches.

J'obéis, et les larges mains de Jamaal commencent leur application de mascara, de blush et de gloss de manière experte. Quand il a fini, je ne peux que cligner des yeux en observant mon reflet dans le miroir. En moins de trois minutes, il a réussi à me métamorphoser de *la fille d'à côté* à l'une de ces femmes de Los Angeles que j'ai remarquées à l'aéroport.

— Waouh.

— De rien. Maintenant, dépêchons nous de descendre

à la piscine et de trouver ton imbécile d'homme avant qu'il ne fasse quelque chose de vraiment stupide.

— Ce n'est pas mon homme, Jamaal.

Il renifle pour simple réponse et m'escorte dans le couloir, mais au lieu de prendre les escaliers qui nous ont menés ici, il me guide vers le fond du hall et ouvre une porte qui donne sur une petite cage d'escaliers étroits.

— Fais attention avec ces talons.

Quand nous atteignons le bas, Jamaal m'indique le chemin vers la porte arrière.

— C'est par là, gamine. Il est dehors en train de se ridiculiser.

J'observe les portes vitrées et les femmes en tenue légère qui évoluent derrière elles. Certaines d'entre elles sont habillées comme moi, en robe et talons. D'autres sont en bikinis et paréos. Et d'autres encore en bikinis et talons. Les pétasses et les garces, je suppose. Elles sont *toutes* maquillées et plus belles que je ne le serais jamais sans intervention chirurgicale. Savoir que je m'apprête à sortir dehors comme si j'étais l'une d'elles me noue l'estomac.

— Tu as quelque chose de plus que toutes ces femmes, dit Jamaal derrière moi, comme s'il lisait dans mes pensées.

— De quoi s'agit-il ?

— Un esprit propre à toi, gamine. Pourquoi est-ce que tu crois qu'il t'apprécie autant ?

Il soulève mon menton et observe mon visage à la lumière.

— Tu ne te souviens vraiment pas ? Ce ne sont pas des conneries ?

— Non, vraiment pas. Est-ce que je suis souvent venue ici ?

Il hausse les épaules.

— Deux ou trois fois.

Mon regard retourne vers la porte et la musique qui s'infiltre depuis l'extérieur. Quelqu'un pousse un cri aigu et j'entends un bruit d'éclaboussures.

— Qu'est-ce que je vais faire s'il refuse de me parler ?

Jamaal hausse les épaules.

— Janelle va appeler. Nous lui demanderons son aide. Il est incapable de lui dire non.

Ah oui. Janelle. La femme dont je porte les vêtements.

— Et qui est Janelle ?

— Janelle Crane ? Tu t'es vraiment cognée si fort que ça ?

Il s'éloigne alors même que le nom résonne enfin en moi. *Janelle Crane*. L'actrice. Je m'efforce de garder la bouche fermée en regardant ma robe. Je porte la robe de Janelle Crane. Les chaussures de Janelle Crane. *Oh. Mon. Dieu.*

— Martini ?

La voix me fait sursauter. Une femme est debout à côté de moi avec un plateau de verres à martini remplis d'un liquide rose.

— Euh, non merci.

Elle sourit poliment et passe la porte. Je fais rouler mes épaules et redresse le menton puis je la suis. L'arrière de la maison est aussi sublime que la façade. Une large piscine se situe sur la droite, entourée de plusieurs tables et d'innombrables transats. L'espace est bondé, la plupart des convives sont des femmes, et une musique toni-truante agresse mes oreilles. Des femmes dansent les unes contre les autres, boivent, et plongent dans la piscine. Et au moins trois d'entre elles me regardent comme si j'avais plusieurs têtes et que je devrais immé-diatement quitter les lieux.

Je soulève mon menton et observe la scène à la recherche de Nate. Le seul homme dans une foule de femmes ne devrait pas être si difficile à trouver. Je le trouve installé dans le jacuzzi, se servant de sa bouche pour attraper un shot entre les seins d'une femme. Je ravale la jalousie que je ressens en voyant ça et souhaite-rais me baffer.

Mon égo était déjà bien amoché par le souvenir de ce que Max avait fait. Naturellement, je n'avais pas trouvé de meilleure idée que de rendre visite à une célébrité qui enfouit son visage entre les seins de la première venue. Quel plan incroyable. Et pourtant je ne peux pas faire demi-tour. Je continue d'avancer et de me diriger vers Nate et ce je-ne-sais-quoi après lequel je cours.

Le claquement de mes talons sur les dalles de la terrasse est étouffé par la musique et les conversations mais je me focalise sur ce bruit et me concentre dessus alors que je continue mon chemin. Il est en train de rire, mais quand ses yeux se posent sur moi, son sourire dispa-raît. Et après la manière dont je l'ai traité la dernière fois que je l'ai vu, qui pourrait lui en vouloir ?

— Alors ça, regardez qui est venu faire la fête, dit-il, ses mots un peu brouillés.

Il est ivre. Je le vois dans ses yeux. Merde, je peux quasiment sentir l'alcool sur chaque personne présente dans le jacuzzi.

— On peut parler ?

Mes mots s'échappent humblement, et j'aimerais pouvoir revenir en arrière et en faire un ordre. *Nous devons parler.* Ou quelque chose. Tout sauf la sensation d'être faible et indésirable.

— Qu'est-ce que vous en pensez, mesdames ? demande-t-il aux filles qui l'entourent. Y'a-t-il de la place pour une personne supplémentaire ?

Elles font la moue et s'agglutinent autour de Nate.

— On ne te suffit pas, Crane ? demande l'une d'elles.

Une autre dit :

— Les choses commençaient tout juste à devenir intéressantes.

Et une autre se plaint :

— C'est déjà encombré. Il n'y a pas vraiment de place pour *elle*.

Cette pique concernant mon poids est encore plus douloureuse maintenant que j'ai perdu vingt-cinq kilos. Parce qu'avec ma taille quarante, je suis plus grosse que toutes ces femmes qui fouillent les présentoirs à la recherche d'une taille extra petite. C'est plus douloureux que ça ne l'aurait été avant parce que je suis aussi mince que je ne le serais jamais et j'en suis consciente. D'ailleurs, je ne vais probablement pas maintenir *cette* silhouette.

Je suis tellement stupide. J'ai un homme qui m'aime à la maison. Qui est mieux que ce que je mérite. Qui me regarde comme si j'étais tout pour lui. Max a merdé. M'a blessée. Trahie. Mais je peux imaginer une vie à ses côtés, élever des enfants avec lui à New Hope avec nos amis. Alors qu'est-ce que je fiche ici ?

Nate m'étudie du regard, de la tête jusqu'aux pieds, laissant dans son sillage un frisson de désir électrifié. Pourquoi mon corps réagit-il ainsi quand il me regarde ?

— Tu veux parler ? dit-il, en plongeant ses yeux endormis dans les miens. Alors grimpe.

Il se tourne vers les femmes qui l'entourent.

— Désolé, mesdames. Je vais devoir vous demander de nous laisser un moment. Vous avez raison. Il n'y a pas assez de place pour elle et vous, et je préfère sa compagnie.

Les jeunes femmes se lamentent de concert et flirtent avec Nate. Il garde les yeux rivés sur les miens pendant un instant avant d'embrasser brusquement sa voisine. C'est un baiser baveux, négligé, et entièrement à mon intention, mais je refuse de lui donner raison et de détourner le regard.

Mon estomac se noue, mais je reste de marbre tandis qu'il la relâche et que les trois femmes sortent du jacuzzi, visiblement indifférentes à leurs poitrines exposées. Il ne les regarde même pas partir. Il pose juste sa tête en arrière, ferme les yeux, et dit :

—Si tu veux discuter, tu vas devoir t'installer.

—Je....

Je secoue la tête, ce qui est futile puisqu'il ne peut pas me voir.

— Je ne porte pas de maillot.

Il lève la tête, et cette fois-ci son regard tombe sur ma main gauche.

— Je suppose que ça peut attendre, alors.

— J'ai fait le voyage jusqu'ici, j'insiste dans un murmure ferme.

Je ne tiens pas à attirer l'attention sur moi-même.

— Le moins que tu puisses faire, c'est me parler.

— Beaucoup de gens me rendent visite ici.

Il attrape un shot à l'arrière du jacuzzi et le descend.

— Dommage que tu n'aies pas apporté de maillot. Nous aurions pu avoir cette discussion à laquelle tu tiens tant.

Et merde. Même en culotte et soutien-gorge, je serai toujours plus couverte que la plupart des femmes présentes ce soir. Je jette mes chaussures et arrache la robe par-dessus ma tête. Je la plie soigneusement puis la pose sur un fauteuil. La dernière chose dont j'ai envie c'est de ruiner la robe de Janelle Crane. Quand je me tourne vers le jacuzzi, ses yeux sont de nouveau posés sur moi, brûlants, avides et... quelque chose d'autre. Il y a quelque chose de plus dans son regard cette fois-ci. De la tristesse ?

— Retire aussi le soutien-gorge, demande-t-il alors que je grimpe dans le jacuzzi.

— Dans tes rêves.

Je plonge dans l'eau et suis obligée de ravaler mon soupir au contact des bulles chaudes. J'ai passé une journée longue et abominable, et un long bain relaxant est exactement ce dont j'ai besoin. Au lieu de ça, je vais devoir parler à ce connard. Ai-je vraiment cru qu'il était la meilleure personne à qui parler alors que mon coeur me fait souffrir ? Il me regarde attentivement.

— Lors de notre dernière discussion, tu as dit clairement que tu ne voulais plus jamais me revoir.

— J'ai changé d'avis.

— Et pourtant je ne me rappelle pas t'avoir invitée ici.

— Tu sais comment accueillir une fille. C'est vraiment ta maison ? Elle ne te ressemble pas du tout.

— Oh, donc tu me connais désormais ? Ces souvenirs sont-ils revenus ?

Mes joues sont rougies par mon fard.

— Certains.

— Ah ouais ?

Son regard tombe sur mes seins.

— Quelque chose d'intéressant ?

— Je me souviens avoir rompu avec Max. Je me souviens que je ne l'ai pas trompé. Je me souviens à quel point il m'a fait souffrir.

Il soupire et appuie sa tête en arrière sur le rebord du jacuzzi.

— Je ne suis pas intéressé par l'idée de t'aider à te venger.

— Il ne s'agit pas de revanche.

Il ne me regarde pas.

— Mais bien sûr.

— J'ai annulé le mariage.

— J'y croirais le jour où tu ne porteras plus cette bague. Que fais-tu ici, Hanna ?

— Je suis ici parce que rien n'est comme il paraît et...

Et quoi ? Pourquoi *suis-je* là ?

— Tu as dit que tu étais amoureux de moi.

— Ouais, eh bien, qu'est-ce que tu as dit déjà ? *Nous faisons tous des erreurs* ?

— L'erreur, c'était d'être amoureux de moi ou de me le dire ?

Je ne sais pas pourquoi je tiens autant à le savoir, mais à cet instant, c'est si important à mes yeux que je ferai presque n'importe quoi pour obtenir une réponse honnête de sa part.

— Qu'est-ce que tu attends de moi ?

Son ton est monotone. J'observe la fête qui bat son plein autour de nous. Les femmes, l'alcool, les conneries superficielles.

— J'aimerais juste te parler. Sans ces témoins. Sans secrets.

Il hausse un sourcil et attrape un téléphone sur le rebord du bassin. Il tape sur l'écran puis le pose et en l'espace de quelques secondes, Jamaal sort par la porte arrière en compagnie de plusieurs autres hommes en costumes noirs.

— La fête est finie, annonce Jamaal. Merci d'être venus. Nous espérons que vous avez passé un bon moment. Maintenant il est temps de partir. Vous n'êtes pas obligés de rentrer chez vous, mais vous ne pouvez pas rester ici.

Je suis ébahie quand tout le monde s'exécute et

qu'une minute après, Nate et moi sommes seuls, la musique éteinte, et le seul bruit est celui des jets du jacuzzi et le bourdonnement du trafic au loin.

— C'est mieux ? demande-t-il doucement.

Il n'est peut-être pas aussi ivre que je l'imaginais. Et peut-être n'est-il pas las de ma présence. Ses yeux plongent une nouvelle fois dans mon décolleté avant de remonter et d'observer mon visage. J'ai une nouvelle fois l'impression qu'il me dévore du regard. Qu'il mémorise mes traits. Je déglutis. La vérité, c'est que je souhaite en faire de même. Les traits ciselés de ses pommettes et de sa mâchoire, le marron foncé de ses yeux sensuels, la douceur de sa bouche séduisante.

— Ne me regarde pas comme ça, chuchote-t-il.

— Pourquoi pas ? Peut-être que j'aurais dû le faire la nuit où tu t'es incrusté dans mon lit. Peut-être que j'aurais dû te forcer à me parler à ce moment. Peut-être que si je savais ce que *toi* tu sais, je comprendrais pourquoi je l'ai choisi lui plutôt que toi.

Il souffle et ferme les yeux. Je prends mon courage à deux mains et me tourne vers lui, chevauchant ses genoux avant d'enrouler mes bras autour de son cou. Ses yeux s'ouvrent brusquement.

— Qu'est-ce que tu fais ?

— Il n'est pas question de revanche.

Il caresse ma mâchoire avec ses phalanges. Je savoure son contact, le tendre réconfort qu'il m'offre.

— Ce n'est pas à propos de Max. Mais bien de nous.

Une expression douloureuse masque son visage et sa main tombe.

— Il n'y a pas de *nous,* Hanna.

— Je ne me souviens pas avoir fait ce choix. Juste...

Ses traits se durcissent.

— Il n'était pas question de *choisir.* Ou en tout cas je ne rentrais pas dans l'équation. Le choix n'a jamais été entre moi et Max. Le seul choix que tu avais à faire était de décider si tu voulais reprendre ta relation avec Max.

— Je ne comprends pas.

— Je ne t'ai jamais offert ce qu'il te propose. La vie de couple, le mariage, l'engagement. Le putain de conte de fées. Je ne peux pas. Je ne le ferai pas. Ce n'était pas un choix entre nous deux car je ne t'offrais pas toutes ces choses.

Je vacille et recule. Si notre relation était purement physique, alors pourquoi est-ce que je ressens tout ceci ?

— Toi et moi ? Ça ? Ce n'était que du sexe ?

— Et même pas au début.

— Alors comment...

Je ferme les yeux alors que le souvenir me submerge et la compréhension dans la foulée. Il n'a jamais été question d'un choix entre deux hommes.

— Je suis désolé, souffle-t-il. Tu ne peux pas savoir à quel point.

De l'eau gicle partout quand il se lève et sort. Je le suis machinalement, ne sachant pas quoi faire de moi-même. Il me tend une serviette mais ne croise pas mon regard.

— Viens. Tu peux passer la nuit dans la chambre de Janelle.

Dans la maison puis dans les escaliers étroits, il m'escorte vers la pièce dans laquelle Jamaal m'a conduite à mon arrivée. Une fois la lumière allumée, Nate disparaît dans le dressing puis revient chargé d'un pyjama gris en coton.

— Ça devrait t'aller. Tu peux rester aussi longtemps que tu le souhaites. Tu es toujours la bienvenue.

Je suis toujours sous le coup de ce souvenir récupéré.

— Je me sens... vraiment stupide.

— Tu ne devrais pas.

Il soulève mon menton jusqu'à ce que nos yeux se rencontrent. Puis il laisse brusquement tomber sa main, comme si me toucher lui en coûtait.

— Tu ne devrais vraiment pas.

CHAPITRE DIX-NEUF

AOÛT – CINQ JOURS AVANT L'ACCIDENT

L'odeur alléchante de bacon, de cannelle, et de pâte feuilletée me réveille. Je roule et m'étire, mon corps repu de la plus langoureuse des manières, tout mon corps empli de bonheur. Si un weekend au lit à faire *tout* sauf l'amour me laisse dans cet état, qu'est-ce que ce serait si Nate couchait avec moi ?

Je ne veux pas retourner à New Hope. Je veux rester à Los Angeles dans la maison immense de Nate, où la vie ne m'apparait pas comme un nuage noir à affronter mais comme un jeu d'enfant. Je sors du lit et me dirige vers la salle de bain, où je me lave le visage et les dents et tente de coiffer mes cheveux ébouriffés. Je me dirige vers la cuisine après avoir enfilé une robe de chambre.

Nate est debout derrière l'îlot, torse-nu et sublime, les muscles de ses avant-bras se contractant alors qu'il coupe des pommes et des pêches et les jette dans un saladier. Derrière lui, du bacon crépite sur la gazinière et sent incroyablement bon. Mon estomac gronde.

— On dirait que tu te prépares à nourrir un régiment ce matin.

Il lève la tête et me remarque pour la première fois depuis mon arrivée dans la cuisine. Son sourire éclaire ses yeux. Il essuie ses mains sur un torchon et contourne l'îlot pour m'attirer dans ses bras et m'embrasser fermement. Quand il met fin au baiser et recule, je suis obligée de saisir le rebord du comptoir pour garder l'équilibre.

Si seulement c'était mon quotidien.

— Qu'est-ce que tu fais avec toute cette nourriture ?

J'observe le plat de roulés à la cannelle qui refroidit sur le plan de travail à côté d'un gratin qui semble contenir plus de fromage que ce que je me suis autorisée à manger ces derniers mois.

— J'ai prévu de nourrir ma copine.

Je rougis. Je suis gênée qu'il pense que j'ai besoin d'autant de choses pour le petit-déjeuner. L'inconvénient d'être grosse.

— J'ai juste besoin de café et d'un peu de cette salade de fruits.

Il hausse un sourcil.

— Ce dont tu as besoin, c'est d'une nounou. Combien de poids as-tu perdu depuis notre rencontre il y a trois mois ?

Dix-sept kilos. Si on ajoute à ça les dix que j'ai réussi à perdre les cinq mois précédents, j'ai perdu presque vingt-trois kilos. Mais je sais que Nate ne va pas aimer ma réponse, donc j'esquive sa question et me dirige vers la cafetière pour me verser un mug. Le lait est posé à côté de la cafetière, et je le regarde un moment, tentée. *Calories inutiles.* Quand je me retourne, il est juste devant moi.

— Hanna, murmure-t-il en soulevant mon menton pour me regarder dans les yeux. Je suis inquiet pour toi.

— J'avais besoin de perdre un peu de poids. Fais-moi confiance, je ne vais pas dépérir.

— Tu n'avais pas besoin de perdre un seul gramme.

Il *est* inquiet. Je peux le lire dans son regard.

— Est-ce que c'est lui qui t'a fait ça ? Qui t'a donné cette impression ?

Pas besoin de demander qui est le *il* en question.

— Peu importe.

— Merde, Hanna. Qu'est-ce que ce raté t'a fait ?

— Ce n'est pas un raté !

Je ferme la bouche et regarde mon café. Max est un sujet tabou, ce que Nate respecte habituellement.

— Donc tu ne lui a pas encore donné de réponse.

Je siffle, horrifiée que cela ne lui semble pas évident.

— Je ne serais pas ici si c'était le cas.

Nate m'offre un simulacre de sourire plutôt triste et fait un pas en arrière.

— Ouais, mais tu vois, cela sous-entend que tu comptes retourner avec lui. Si tu avais répondu et que tu lui avais dit non, il n'y aurait rien de mal à ce que tu sois ici avec moi.

Il reprend ses préparatifs pour le petit-déjeuner, le silence chargé de non-dits. Quand il a terminé, Nate nous sert tous les deux. Je sais que je ne mangerai pas grand chose de son petit-déjeuner calorique — cela me rendrait malade au point où j'en suis — mais je ne proteste pas quand il remplit mon assiette.

Nous nous installons sur la table en verre de la véranda et la pluie matinale résonne sur les vitres. J'aimerais sentir le soleil réchauffer ma peau à travers les carreaux. Je ferme les yeux un instant et imagine la scène, l'espoir que cela m'offre d'habitude.

— Je suis désolé, Hanna, dit Nate, et quand j'ouvre les yeux, il me regarde. Je sais que tu aimes Max. C'est juste que...

Sa mâchoire se contracte et son regard se détourne vers un objet indiscernable, derrière les fenêtres. Les oiseaux dans le jardin ? Ou quelque chose d'invisible.

— Que veux-tu que je fasse ?

Ma voix se brise sur cette question. J'aimerais vraiment une réponse car je ne sais pas quoi faire. À cause de moi, nous sommes bloqués dans cet intermède douloureux jusqu'à ce que je trouve la bonne voie. Je patiente simplement en espérant que la réponse me parvienne naturellement. Est-ce que j'attends simplement que Nate m'offre plus que ce qu'il m'a proposé ? Sa fourchette tombe sur son assiette et il secoue la tête.

— Rien. Je n'attends rien de toi. Je ne suis pas comme lui.

Je ferme les yeux. C'est injuste d'attendre une déclaration d'amour de cet homme. Il a été honnête avec moi depuis le début. Il n'est pas du genre à s'impliquer dans une relation, pas du genre à chercher le conte de fée. Je recule de table et me lève avant de sortir sur la terrasse.

Debout sous l'auvent, je regarde la pluie danser sur la surface de la piscine.

— Ce n'est pas toi le problème.

La voix de Nate me submerge de tristesse. Parce qu'il ne m'a jamais rien demandé, alors qu'une partie de moi aimerait qu'il le fasse.

— Tu le sais, n'est-ce pas ?

Debout à côté de moi, la tête penchée en arrière, il regarde le ciel.

— Je ne peux pas t'offrir plus que ça. Même si tu mérites mieux. Ce n'est pas parce que je n'en ai pas envie. C'est parce que je me suis fait une promesse à moi-même. Et à mon fils.

Je me tourne et caresse la date tatouée au-dessus de son pectoral gauche du bout des doigts. Il m'a expliqué la signification de cette date le soir où nous nous sommes rencontrés. C'est l'anniversaire de son fils. Le jour qui a changé sa vie, selon lui.

— Je ne t'ai jamais demandé autre chose, Nate.

Il attrape mes doigts et les presse avec les siens.

— Mais tu le mérites.

— Je suis une grande fille. Laisse-moi choisir ce que je mérite.

— Tu mérites tout. Tout ce que tu pourrais désirer.

Sa prise est presque douloureuse autour de mes doigts mais je ne recule pas. J'ai trop peur qu'il cesse de parler.

— Mais je ne suis pas l'homme qui pourra te l'offrir. Je ne peux pas.

Tu ne veux pas, je pense. Ses yeux étudient le ciel sombre et orageux.

— Mon père a quitté ma mère quand on avait huit ans Janelle et moi. Ça craint toujours pour les enfants quand leurs parents se séparent, mais il a quitté notre maison pour s'installer chez Jayda. Elle était déjà enceinte de son enfant, et je me souviens de la naissance de ma demi-sœur. Tu aurais dû voir les yeux de mon père quand il la regardait. Comme si elle était la chose la plus précieuse qu'on ne lui avait jamais offert. Puis Jayda a eu un deuxième enfant, et un troisième. Il était tellement heureux avec eux. Pendant un moment, il a continué à nous rendre visite avec Janelle. Nous nous rendions chez lui le weekend et pour certaines vacances. Mais c'était tellement évident que nous étions les *autres* enfants, l'*autre* famille. Nous étions un désagrément. L'erreur avec laquelle il devait composer maintenant qu'il avait trouvé sa voie.

Je comprends ce que ça fait d'être déçu par un parent, et mon coeur saigne pour lui.

— Je suis désolée.

— Quand Collin est né, ma relation avec sa mère était déjà terminée. Nous étions jeunes, et ça n'avait jamais été du sérieux entre nous, mais la première fois que je l'ai tenu dans mes bras, ses yeux ont plongé dans les miens et j'ai su que je ne pourrais pas lui faire subir ce que mon père nous avait infligé à Elle et moi. Je me suis juré qu'*il* serait ma famille. Même si sa mère et moi ne vivions pas ensemble. Cela importait peu. J'ai juré de tout faire pour qu'il ne se sente pas comme un pis-aller.

— Tu es un père fantastique, Nate. Tu ne lui ferais jamais ça.

— C'est bien assez difficile d'être le fils de célébrités. Je ne tiens pas à lui infliger ça en plus.

Ses cheveux tombent sur son visage quand il penche la tête.

— Collin est la chose la plus précieuse à mes yeux. Je ne peux pas t'offrir plus sans lui arracher quelque chose. Je refuse de faire ça.

— J'aimerais que tu cesses d'agir comme si je te le demandais.

Ma voix se brise parce que nous savons tous les deux que je veux plus que ça. Que j'ai besoin de plus. Un foyer. Des enfants.

— Que va-t'il se passer si nous ne mettons pas un terme à tout ça, Hanna ? Tu ne peux pas rester ma maîtresse pour le restant de mes jours. Tu ne peux pas continuer à prendre l'avion jusqu'ici dès que je claque des doigts.

Une expression de dégoût déforme son visage et il s'éloigne de moi, sous la pluie.

— Chaque fois que je te dis au revoir, je me dis que c'est la dernière. Que c'est terminé. Parce que c'est ce que tu mérites. Mais je suis faible et égoïste et je ne cesse de te rappeler parce que je ne peux pas me passer de toi.

— Qu'essaies-tu de dire ?

Il penche la tête en arrière, son visage tourné vers le ciel et ferme les yeux, laissant la pluie s'abattre sur lui. J'observe les arrêtes de son dos musclé s'étirer alors qu'il inspire puis expire. Je sors à mon tour sous la pluie et presse mes lèvres mouillées sur la peau humide de son épaule nue. Quand il reprend la parole, sa question est si discrète que je parviens à peine à la comprendre à travers le bourdonnement de la pluie dans mes oreilles.

— Est-ce que tu l'aimes toujours ?

C'est à mon tour de me raidir.

— Oui.

Je saisis mon courage à deux mains et murmure :

— Mais je t'aime aussi.

— Ne dis pas ça.

Je recule. Doucement d'abord, puis à toute vitesse. Je tourne enfin les talons et m'élance en courant. Vers la maison, en haut des escaliers. Je me glisse sous la couette dans ma robe de chambre trempée par la pluie et me roule en boule sur le flanc. Quand je l'entends entrer dans la chambre, je ne roule pas sur le côté pour le regarder. Quand je sens le matelas s'enfoncer sous le poids de son corps, je n'ouvre pas les yeux. Et quand ses bras s'enroulent autour de moi par derrière et qu'il m'attire contre sa poitrine, je ne dis rien.

— J'étais dans un sale état, le soir où nous nous sommes rencontrés. Je t'ai regardée dans les yeux, et tu étais là avec moi — mon ange dans les ténèbres. Tu m'as sauvé.

Il enfouit son nez dans mes cheveux et inhale.

— Tu m'as sauvé et je t'aime.

Je prends une inspiration mais l'air qui pénètre dans mes poumons les lacère.

— Je crois que je t'aime depuis ce soir-là. Et je sais que ça semble dingue et improbable — comme le genre de trucs dont un type se sert pour draguer une fille — mais pour moi, c'est juste la vérité. Je t'aime et je suis terrifié à l'idée que tu gâches ta vie à cause de ça.

Ses bras se resserrent autour de moi et il presse un baiser contre mon épaule.

— Je ne t'encourage pas à accepter sa bague. Je crois sincèrement que s'il était digne de toi, tu ne serais pas ici avec moi Mais *je* ne veux pas être la raison qui t'empêche de croquer dans la vie que tu souhaites à pleine dents.

— Et si c'est *toi* la vie que je souhaite ?

Il me serre plus fort et embrasse mon épaule.

— Tu me demandes quelque chose que je ne peux pas t'offrir.

PRÉSENT

Nate est assis au bord du large matelas, les coudes sur les genoux, les yeux rivés au sol. Je frotte mes yeux et me redresse avant de m'appuyer sur la tête de lit. Ma bague de fiançailles attire mon attention sur la table de chevet. Je l'ai retirée la nuit dernière. J'aurais dû la laisser à la maison. Je l'ignore et attrape mon téléphone pour vérifier l'heure. Il y a un autre message.

Nix : *Appelle-moi vite !*

— Je suis désolée. Je vais m'habiller et décamper aussi vite que possible.

Je glisse jusqu'au bord du lit. Il me stoppe en posant sa main sur mon poignet.

— Est-ce que ça va aller ?

— Ouais.

J'acquiesce et m'efforce de paraître joyeuse, même si ce n'est pas le cas.

— Ça va aller.

— Tu as retiré la bague.

Il masse sa nuque.

— C'est terminé ?

— C'est nécessaire. Je ne sais pas comment je suis censée avancer quand notre histoire est si douloureuse.

Il m'observe, ses yeux emplis de pensées que je ne parviens pas à déchiffrer et qu'il ne partagera pas.

— Tu peux rester aussi longtemps que tu le souhaites. Prends ton temps. Réfléchis. Jamaal sera présent. Il te fournira tout ce dont tu peux avoir besoin.

Je glisse mes pieds sous mon corps et m'assois à côté de lui. Il est déjà vêtu d'un jean foncé et d'une chemise blanche.

— Tu vas quelque part ?

— Je pars pour l'Afghanistan ce matin.

Un souvenir vacille dans mon esprit.

— Un concert pour les soldats déployés ?

— Ouais.

— Tu pars dans combien de temps ?

Il me regarde et se lève.

— Mon chauffeur m'attend devant.

— Ça y est ? Est-ce... un au revoir ? Pour toujours ?

Il ferme les yeux.

— Tu sais bien que oui.

Je descends du lit et touche son visage.

— Comment suis-je censée te laisser partir ?

Je caresse sa mâchoire du bout des doigts.

— C'est la meilleure chose à faire, mais...

Ma voix se brise. Il prend ma mâchoire dans le creux de sa main et passe ses doigts dans mes cheveux.

— Je sais que ta mémoire n'est pas dans le meilleur des états en ce moment, dit-il. Donc je vais te dire ce dont j'aimerais que tu te souviennes pour moi.

— Ok.

— Tu es la plus belle femme que j'aie jamais rencontrée.

Il déglutit et m'offre un sourire timide.

— Tu es comme le soleil — complètement inconsciente de ta propre beauté car tu es trop occupée à faire briller les gens qui t'entourent. Peu importe qu'on essaye de se cacher dans l'obscurité, tu partages ta lumière. C'est comme ça que tu as volé mon cœur alors que personne d'autre n'était capable de le trouver.

J'ai du mal à respirer.

— Nate.

Des pas résonnent à l'extérieur de la chambre.

— L'avion t'attend, Crane, dit Jamaal. Il est temps d'y aller.

Nate l'ignore et garde ses yeux rivés sur les miens.

— Tu dois y aller.

Il me serre fort.

— Une dernière chose.

— Quoi ?

Je ne suis pas sûre de pouvoir supporter quoi que ce soit d'autre.

— Merci, chuchote-t-il. Merci de m'avoir offert

quelque chose que je n'aurais jamais cru mériter. Et pour me l'avoir donné sans rien attendre en retour. Tu m'as permis de croire que je le méritais.

Je secoue la tête, incertaine du sens de ses propos.

— De ma lumière ?

— De ton amour.

Il laisse tomber ses mains et recule. J'avale de l'air et le regarde avancer à reculons vers la porte. Appuyer sur la poignée. Et partir. Quand il ferme la porte derrière lui, je me précipite dans la salle de bain et tourne le débit de la douche au maximum car je ne supporte pas l'idée qu'il m'entende pleurer. Je mords mon poing pour retenir mes sanglots, mais ils s'échappent malgré tout — lourds et furieux, des sanglots de chagrin et d'apitoiement. Parce que je n'ai pas besoin de savoir quoi que ce soit d'autre au sujet de Nate Crane pour être certaine que je l'aime. Et il vient juste de me dire adieu.

Quand le miroir est obscurci par la vapeur, je retire mon pyjama et me glisse sous le jet, laissant l'eau s'abattre sur mon corps. Je ferme les yeux et imagine que l'eau peut faire disparaître tout mon chagrin, mes craintes et ma confusion. J'appuie ma tête contre la paroi vitrée et laisse mes larmes couler. Mon corps tremble avec mes sanglots. Ils s'arrachent de ma gorge comme si mon corps rejetait un poison. Je les laisse venir et laisse l'eau les emporter jusqu'à ce que ma respiration se calme et que mes larmes s'apaisent. Je ne me rends pas compte que je ne suis plus seule jusqu'à sentir des mains chaudes et rugueuses sur mes épaules tandis que Nate me retourne.

— Nate, je souffle.

Il est toujours habillé, et l'eau coule sur son visage alors qu'il me regarde.

— Pourquoi as-tu oublié ?

Puis sa bouche capture la mienne, ses lèvres, sa langue et ses dents prenant, demandant, me punissant. Je désire trop ce baiser pour faire autre chose que d'y répondre. Je suce sa lèvre inférieure et explore sa bouche avec ma langue. Son goût est à la fois nouveau et familier.

Mes mains s'enfoncent dans ses cheveux et je le tiens près de moi. J'ai peur qu'il disparaisse — que tout ceci ne soit qu'une hallucination — mais il est bien là, sous mes mains. L'eau se déverse sur nous alors que nos bouches se livrent bataille, et mes mains quittent ses cheveux pour rejoindre ses épaules, son torse, et finalement, l'ourlet de sa chemise.

Sa bouche lâche la mienne juste assez longtemps pour qu'il retire sa chemise et la jette sur le sol de la douche. Puis il s'approche de nouveau tout contre moi. Une jambe entre mes cuisses, il me plaque contre le mur alors que sa bouche retrouve la mienne. Son baiser est plus tendre cette fois-ci. Plus lent, plus doux, et moins désespéré. S'il me dévorait avant, il prend désormais le temps de me savourer, et je le laisse faire. J'en fais de même en retour. Les dernières gorgées d'une bonne bouteille de vin, les derniers instants d'un rêve fugace.

Je ne sais pas ce que je fais. Je ne sais pas ce que ça signifie pour demain ou la semaine prochaine. À cet instant, je m'en fiche. J'ai juste besoin de ses mains sur mon corps, de son goût sur ma langue. Je tâtonne pour trouver le bouton de son jean. Je le détache et le pousse le long de ses cuisses avant qu'il ne s'en débarrasse d'un coup de pied.

Ses mains agrippent mes hanches et il fait glisser mon corps sur la vitre de la cabine jusqu'à ce que mes pieds quittent le sol et que je sois en équilibre sur ses cuisses. La pression est si douce et parfaite. Il arrache ses lèvres aux miennes et pose sa bouche contre mon cou alors qu'il englobe un sein d'une main. Je suis assaillie de sensations et je voudrais que ça ne cesse jamais — la pression de sa cuisse entre mes jambes, son pouce qui cajole mon téton, sa bouche qui agressent la peau sensible de mon cou.

— Ça m'a manqué, chuchote-t-il.

Je pose la tête contre le mur, rends les armes et ferme les yeux.

— Qu'est-ce qui t'a manqué ?

— Non, Hanna, gronde-t-il. Regarde-moi. Je veux que tu saches qui te touche.

Je m'efforce d'ouvrir les yeux et savoure la vision de sa tête plongeant sur ma poitrine.

— Oh Mon Dieu.

Je devrais l'interrompre. Je ne devrais pas laisser les choses aller si loin. Nous savons tous les deux ce que c'est. Un instant volé. Des adieux qui s'éternisent. Mais ses dents griffent mon téton, et au lieu de protester, je me cambre contre sa bouche et l'encourage. Il presse mon sein et grogne en levant la tête pour retrouver mon regard. Il lèche le lobe de mon oreille.

— Ton goût m'a manqué.

Il pince un téton entre ses doigts.

— Ta manière de gémir quand je te touche.

Il réajuste sa position entre son corps et le mur jusqu'à ce que mes cuisses encadrent le renflement de son érection.

— La chaleur de ta chatte quand tu es excitée m'a manquée.

Puis sa bouche prend une nouvelle fois la mienne, ses mains plongeant dans mes cheveux mouillés alors qu'il me dévore.

— L'avion ?

— Il est à moi. Ils attendront.

Finalement, nous quittons la douche et nous séchons avec des serviettes moelleuses. Puis il me prend la main et me guide vers sa chambre. Il se glisse sous les couvertures avec moi. Le rythme frénétique de la douche a été remplacé par la cadence régulière d'une triste chanson d'amour. Il trace chaque ligne de mon corps avec ses doigts et sa langue. L'amour et le désir qui m'habitent maintiennent ensemble les différentes pièces de mon cœur brisé. Quand Nate pose sa tête à côté de moi sur l'oreiller, ses yeux sont aussi tendres que brûlants.

— Je dois te laisser partir. Ceci doit être notre au revoir.

Ma gorge se resserre.

— Je sais.

CHAPITRE VINGT

Je me suis endormie dans ses bras. Quand je me réveille à nouveau, la chambre est calme. Nate est parti, son absence presque tangible. La couette est toujours couverte de son parfum. Je peux encore sentir sa barbe qui érafle ma peau. Et malgré le chagrin qui engourdit mes membres et pique mes yeux, un sentiment de paix que je n'ai pas ressenti depuis des semaines me gagne.

Je sors du lit et enfile une robe de chambre avant de descendre les escaliers et de rejoindre la terrasse. Le soleil brille dans le ciel, réchauffe l'air et se reflète à la surface de la piscine. Des suspensions en verre accrochées à l'auvent tourbillonnent dans la brise, projetant des éclats lumineux dans les ombres qui encadrent la porte. Je ferme les yeux et m'avance sous le soleil, laissant sa lumière réchauffer mes joues.

Inspire. Expire. Lâche prise.

Tout va bien se passer. J'ai les idées claires, le

brouillard des deux derniers jours s'est levé. La compréhension accompagne cette clarté. J'aurais aimé avoir plus de temps avec Nate, et pourtant je suis heureuse qu'il ait été obligé de partir. Il avait besoin que je le laisse partir. Nous avions besoin de lâcher prise mutuellement. M'accrocher à lui le faisait tout autant souffrir que moi.

Et Max...

J'ouvre les yeux et lève mon visage vers le soleil. Des nuages blancs roulent dans cette infinie mer bleue. Je peux pardonner Max. Je l'aime trop pour m'accrocher à ma colère. Je peux le pardonner. Mais je ne peux pas l'épouser. Peut-être que cela changera avec le temps, mais je ne vais pas lui demander de patienter dans l'incertitude une nouvelle fois. Je dois aussi renoncer à Max.

Annuler le mariage brisera le cœur de ma mère, mais j'ai besoin de prendre cette décision pour moi-même et non pour elle. Et quoi que j'ai pu croire quand j'ai enfilé la bague de Max avant mon accident, quelles que soient les émotions ou les révélations que j'ai oubliées, je ne suis pas prête à me marier. Pas avec Max. Pas avec qui que ce soit. J'ai toujours besoin de découvrir qui je suis et ma place dans ce monde.

Je me donne du temps sans aucune attache. Peut-être que je retrouverai la mémoire, peut-être pas. Mais quels que soient les secrets perdus dans les tréfonds de mon cerveau endommagé, j'ai laissé la personne que je suis — la personne que je souhaite devenir — s'y perdre aussi. Ou peut-être s'était-elle perdue avant même la disparition de mes souvenirs. Peut-être que je me suis perdue trois mois auparavant quand mon monde a déraillé.

Je dois appeler Liz et arranger un vol de retour. Je dois appeler Maman et Max. Tout d'un coup, les appels qui me terrifiaient il y a vingt-quatre heures sont désormais les premières étapes de ma nouvelle voie. Je grimpe les escaliers pour rejoindre la chambre de Janelle. Mon téléphone clignote sur la table de chevet et le l'attrape et ouvre le dernier message.

Nix : *Appelle-moi. Maintenant.*

Je me redresse. Est-il arrivé quelque chose à Liz ? J'appuie sur le bouton pour l'appeler, et alors que la sonnerie retentit, j'imagine une demi douzaine de scénarios différents dans lesquels Lizzy, Cally, ou ma mère auraient pu être blessées. Mon estomac se noue subitement et mon sentiment d'apaisement s'envole. Est-il arrivé quelque chose à Max ? Et si il était hospitalisé en pensant que je m'en fiche ? La culpabilité m'atteint comme un coup de poing en plein ventre et je tressaille.

— Allez, Nix, je murmure alors que la sonnerie continue.

Je m'attends à atteindre sa messagerie vocale quand elle décroche finalement.

— Hanna !

— Est-ce que tout va bien ?

— J'ai le résultat de tes analyses de sang.

Mes épaules s'affaissent. Personne n'est blessé. Rien de terrible ne s'est produit. Nix se comporte simplement comme un médecin.

— Ok ? Mes électrolytes sont-ils toujours catastrophiques ?

— Leur niveau est excellent, mais ton taux de HCG est élevé.

— Qu'est-ce que ça veut dire ?

— Ça veut dire que tu es enceinte.

Merci d'avoir lu le premier tome de la série Vivre l'instant présent. L'histoire d'Hanna continue dans le tome deux, *Rattrape-moi*.

À PROPOS DE L'AUTEUR

Lexi Ryan est l'auteur à succès USA Today bestselling author de romances émotionnelles sensationnelles encensée par le New York Times. Lexi est la lauréate 2018 de la Romance Writers of America® RITA® du prix pour la Best Contemporary Romance: Long. Elle se considère comme la plus chanceuse des femmes, ayant pu faire de sa passion pour l'écriture une carrière. Elle adore passer du temps avec ses enfants surexcités, la musculation, la glace, les héros romanesques, et les martinis.

Lexi vit dans l'Indiana avec son mari, deux enfants, et un chien très gâté.

Rendez-vous sur mon site internet : www.lexiryan.com

VIVRE L'INSTANT PRÉSENT